Die drei Berge

Samael Aun Weor

Verlag Heliakon

Titel: Die drei Berge

Übersetzung aus dem Spanischen
Übersetzer: Osmar Henry Syring

Originaltitel: Las Tres Montanas
Umschlaggestaltung: Verlag Heliakon

2014 Verlag Heliakon
www.verlag-heliakon.de
info@verlag-heliakon.de

ISBN: 978-3-943208-22-1

Alle Rechte vorbehalten

Inhaltsverzeichnis

Vier Worte an den Leser	7
Meine Kindheit	9
Religion	13
Himmel	13
Höllen	14
Engelskunde	15
Gott	15
Luzifer	16
Dämonen	17
Der Limbus	17
Purgatorium	18
Die göttliche Mutter	21
Maria Magdalena	21
Christus	21
Unbefleckte Empfängnisse	22
Spiritismus	23
Medien	23
Experimente	24
Das Ego	28
Theosophie	30
Die Bruderschaft der Rosenkreuzer	33
Konkrete Ergebnisse	35
Übung des Rückblicks	35
Ergebnisse	35
Solarplexus	35
Ergebnisse	36
Abschied	36
Der Pirat	37
Die Meditation	43
Jinas-Zustand	45
Die dionysische Welle	50
Das sexuelle Feuer	54
Magische Ergebnisse dieses Mantrams:	58
Die heilige Kuh	61
Erste Geschichte	65

Zweite Geschichte	68
Dritte Geschichte	70
Vierte Geschichte	72
Fünfte Geschichte	75

Der erste Berg 81
Die gnostische Kirche	83
Epilog	88
Die erste Einweihung des Feuers	89
Die zweite Einweihung des Feuers	99
Die dritte Einweihung des Feuers	108
Die vierte Einweihung des Feuers	117
Die fünfte Einweihung des Feuers	123
Ein übersinnliches Abenteuer	131
Verfolgungen	137
Krebs	141
Falken	142
Verfolgungen	142
Das Geheimnis des Abgrundes	144
Die Taufe von Johannes	149
Die Verklärung Jesu	152
Jerusalem	155
Der Ölberg	160
Die schöne Helena	163
Das Ereignis von Golgotha	169
Das heilige Grab	175

Der zweite Berg 179
Gelassenheit und Geduld	181
Die neun Stufen der Meisterschaft	183
Der Patriarch Henoch	186
Der Himmel des Mondes	188
Guinevere	191
Der Drache der Finsternis	194
Vollendung der lunaren Aufgaben	196
Der Himmel des Merkur	200
Der Himmel der Venus	203

Der Himmel der Sonne	210
Der Himmel des Mars	213
Der Himmel des Jupiter	219
Der Himmel des Saturn	222
Der Himmel des Uranus	228
Der Himmel des Neptun	231
Die Auferstehung	236
Dritter Berg	**245**
Gespräch in Mexiko	247
Die zehnte Arbeit des Herkules	255
Die elfte Aufgabe des Herkules	261
Die zwölfte Aufgabe des Herkules	266

Vier Worte an den Leser

Ohne in irgendeiner Weise Gefühle verletzen wollen, müssen wir betonen, dass in der kulturellen spirituellen Umgebung der heutigen Menschheit verschiedene ehrwürdige Institutionen nebeneinander existieren, die ernsthaft glauben, dass sie den geheimen Weg kennen, ihn jedoch nicht kennen.

Erlauben sie mir die Freiheit, mit großer Feierlichkeit zu sagen, dass wir keine destruktive Kritik üben wollen; wir weisen darauf hin und das ist kein Verbrechen. Selbstverständlich würden wir uns einfach aus tiefem Respekt unseren Mitmenschen gegenüber nie gegen irgendeine mystische Institution aussprechen.

Kein menschliches Wesen kann für die Tatsache, etwas nicht zu wissen, was man es nie gelehrt hat, kritisiert werden. Der geheime Weg wurde nie öffentlich enthüllt.

In streng sokratischem Sinn würden wir sagen, dass viele Wissenschaftler, die vorgeben den Weg auf Messers Schneide genau zu kennen, ihn nicht nur nicht kennen, sondern nicht wissen, dass sie ihn nicht kennen.

Ohne auf irgendeine spirituelle Organisation hinweisen und ohne jemand beleidigen zu wollen, sagen wir nur, dass der gelernte Unwissende nicht nur nicht weiß, sondern auch nicht weiß, dass er nicht weiß.

In allen heiligen Büchern der Antike wird der geheime Weg angedeutet, er wird erwähnt, er wird in vielen Versen genannt, aber die Leute kennen ihn nicht.

Das Ziel dieses Werkes, das sie in ihren Händen halten, liebe Leser, ist es, den esoterischen Weg, der zur endgültigen Befreiung führt, zu enthüllen, ihn zu lehren und auf ihn hinzuweisen.

Dies ist ein weiteres Buch des fünften Evangeliums. Goethe, der große deutsche Eingeweihte, sagte: „Alle Theorie ist grau, nur der Baum mit den goldenen Früchten, der das Leben ist, ist grün."

In diesem neuen Buch vermitteln wir transzendentale Erfahrungen: das, was wir wissen, was wir direkt erfahren haben. Es ist dringend notwendig, eine Karte des Weges zu zeichnen, jeden Schritt genau zu zeigen, auf Gefahren hinzuweisen, usw.

Vor einiger Zeit sagten mir die Hüter des Heiligen Grabes: „Wir wissen, dass Du gehst, aber bevor Du gehst, musst Du für die Menschheit eine Karte des Weges und Deine Worte hinterlassen."

Ich antwortete: „Das ist, was ich tun werde." Damals habe ich feierlich versprochen, dieses Buch zu schreiben.

Der Autor

Kapitel I
Meine Kindheit

Es ist nicht übertrieben zu behaupten, dass ich mit einer starken spirituellen Unruhe geboren wurde; dies zu verneinen wäre absurd. Obwohl die Tatsache, dass es jemanden auf der Welt gibt, der sich vollständig an seine gesamte Existenz erinnern kann, vielen als ungewöhnlich und unglaublich erscheinen mag, möchte ich versichern, dass ich einer von ihnen bin.

Nach all den bekannten Abläufen der Geburt wurde ich sehr sauber und wunderschön gekleidet neben meine Mutter ins Bett gelegt. Ein sehr freundlicher Riese kam zu jenem heiligen Bett, lächelte sanft und betrachtete mich, es war mein Vater.

Es ist wichtig, klar und eindeutig zu sagen, dass wir am Anfang jeder Existenz auf vier Beinen gehen, dann auf zwei und schließlich auf drei.

Das Letzte ist natürlich der Gehstock der Alten. Mein Fall konnte keine Ausnahme von der allgemeinen Regel sein. Als ich elf Monate alt war, wollte ich laufen und natürlich gelang es mir, mich auf meinen beiden Beinen zu halten.

Ich erinnere mich noch genau an jenen wunderbaren Augenblick, als ich meine Hände über dem Kopf kreuzte und das feierliche freimaurerische Zeichen für Hilfe machte: „ELAI B' NE AL' MANAH."

Und da ich noch nicht die Fähigkeit des Erstaunens verloren habe, muss ich sagen, dass das, was geschah, mir wunderbar vorkam. Zum ersten Mal mit dem Körper, den Mutter Natur mir gegeben hat, zu gehen, ist zweifellos ein außergewöhnliches Wunder. Sehr vorsichtig ging ich zum alten großen Fenster unserer Wohnung, von wo aus ich die verschiedenen Personen sehen konnte, die hier und dort auf der malerischen Straße meines Dorfes erschienen und verschwanden.

Mich an den Fensterstäben dieses großen Fensters festzuhalten war mein erstes großes Abenteuer; glücklicherweise war mein Vater ein sehr vorsichtiger Mensch, der jede mögliche Gefahr vorherzusehen versuchte, so brachte er ein Drahtgitter an, damit ich nicht auf die Straße fallen konnte.

Wie gut ich mich an dieses alte Fenster in dem hohen Haus erinnere! Die Jahrhunderte alte Wohnung, in der ich meine ersten Schritte tat. In diesem wundervollen Alter liebte ich natürlich die zauberhaften Spielsachen, an denen die Kinder sich erfreuen, aber das hat mich nicht an meinen Übungen der Meditation gehindert.

In diesen ersten Jahren des Lebens, in denen man das Laufen lernt, hatte ich bereits die Angewohnheit, mich im orientalischen Stil hinzusetzen, um zu meditieren. So studierte ich meine vergangenen Reinkarnationen und viele Personen aus alten Zeiten besuchten mich. Wenn ich aus diesem Zustand der unaussprechlichen Ekstase in den normalen Zustand zurückkehrte, betrachtete ich mit Schmerzen die alten Mauern jenes Jahrhunderte alten Elternhauses, wo ich, trotz meines Alters, ein seltsamer Einsiedler zu sein schien.

Wie klein ich mich vor diesen groben Mauern fühlte! Ich weinte, ja, so wie Kinder weinen. Ich klagte: „Wieder in einem neuen Körper! Wie schmerzhaft ist das Leben!"

Genau in diesen Momenten eilte immer meine liebe Mutter herbei, um mir zu helfen und rief: "Das Kind hat Hunger, Durst", usw., usw.

Niemals habe ich diese Momente vergessen, in denen ich glücklich durch die alten Flure meines Hauses gerannt bin. Es ereigneten sich ungewöhnliche Fälle im Bereich der transzendentalen Metaphysik: Mein Vater rief mich von der Türschwelle seines Schlafzimmers aus; ich sah ihn im Schlafanzug und als ich versuchte mich ihm zu nähern, verschwand er spurlos in einer unbekannten Dimension.

Aber ich gebe ehrlich zu, dass solche psychischen Phänomene mir sehr vertraut waren. Ich ging einfach in sein Schlafzimmer, und als ich festgestellt hatte, dass sein physischer Körper schlafend im duftenden Mahagonibett lag, sagte ich Folgendes zu mir: „Ah! Die Seele meines Vaters ist außerhalb, weil sein physischer Körper jetzt schläft."

In jenen Zeiten entstand der Stummfilm und viele Menschen versammelten sich abends auf einem öffentlichen Platz, um sich zu unterhalten, indem sie unter freiem Himmel einen Film auf einer improvisierten Leinwand schauten, die aus einem Bettlaken bestand, das zwischen zwei Pfosten gespannt war. Ich hatte in meinem Haus ein ganz anderes Kino: ich schloss mich in ein dunkles Zimmer ein und richtete meinen Blick auf die Decke oder die Wand.

Nach ein paar Augenblicken der spontanen und reinen Konzentration, leuchtete die Mauer, als ob sie eine multidimensionale Leinwand wäre und schließlich verschwanden die Wände vollkommen; aus dem unendlichen Raum tauchten lebendige Landschaften der großen Natur auf, verspielte Gnome, Sylphen der Luft, Salamander des Feuers, Undinen des Wassers, Nereiden des riesigen Meeres, glückliche Kreaturen, unendlich glückliche Wesen, die mit mir spielten.

Mein Kino war nicht stumm und brauchte weder einen Rodolfo Valentino noch die berühmte „Gatita Blanca"* der vergangenen Zeiten.

Meine Filme waren mit Ton und alle Geschöpfe, die auf meiner speziellen Leinwand erschienen, sangen oder sprachen in der reinen, göttlichen, ursprünglichen Sprache, die wie ein goldener Fluss unter dem dichten Dschungel der Sonne floss.

Später, als meine Familie größer geworden war, lud ich meine unschuldigen Geschwister ein und sie teilten dieses unvergleichliche Glück mit mir und beobachteten die astralen Bilder auf der außergewöhnlichen Wand meines dunklen Zimmers.

Ich war immer ein Bewunderer der Sonne und sowohl im Morgengrauen als auch in der Abenddämmerung stieg ich auf das Dach meines Hauses (weil es damals keine Dachterrassen gab) und setzte mich im orientalischen Stil wie ein kindlicher Yogi auf die Dachziegel aus Ton, betrachtete die Sonne in einem Zustand der Ekstase und begab mich in tiefe Meditation; meine ehrwürdige Mutter erschrak sehr, wenn sie mich auf dem Dach herumlaufen sah.

Immer wenn mein alter Vater die alte Tür des Kleiderschranks öffnete, dachte ich, er würde mir jene einzigartige purpurrote Jacke mit goldenen Knöpfen geben.

Ein altes Kleidungsstück aus ritterlicher Zeit, das ich in meiner damaligen Reinkarnation als Simeon Bleler trug; manchmal kam es

---

Anm. des Übers.: María Conesa, spanische Schauspielerin

mir vor, als ob in diesem alten Schrank auch Schwerter und Degen aus alten Zeiten aufbewahrt würden.

Ich weiß nicht, ob mein Vater mich verstand; ich dachte, dass er mir vielleicht Objekte dieser vergangenen Existenz zurückgeben würde; der alte Mann sah mich an und statt solcher Kleidungsstücke gab er mir einen Wagen, um damit zu spielen; ein Spielzeug aus den unschuldigen glücklichen Tagen meiner Kindheit.

Kapitel II
Religion

Ich wurde in guten Manieren unterrichtet, ich gestehe offen und ohne Umschweife, dass ich in der offiziellen Religion meines Volkes erzogen wurde.

Mitten in der Liturgie mit jemandem grundlos herumzutollen, fand ich immer verwerflich.

Seit meiner Kindheit hatte ich ein Gefühl von Ehrfurcht und Respekt. Ich war nie unwillig in der Messe; ich wollte mich weder vor meinen heiligen Pflichten drücken, noch darüber lachen, oder mich über heilige Dinge lustig machen.

Ohne mich zu komplizieren, möchte ich nur sagen, dass ich in jener mystischen Sekte, unwichtig wie sie hieß, religiöse Prinzipien fand, die allen Weltreligionen gemeinsam sind.

Sie hier kurz zu beschreiben, ist dem Wohle der großen Sache dienlich.

Himmel

Wir finden sie in allen konfessionellen Religionen, wenn auch mit unterschiedlichen Namen; es sind jedoch immer neun, wie es der Florentiner Dante so trefflich in seinem klassischen Gedicht „Die Göttliche Komödie", sagte.

1. Der Himmel des Mondes (Astralwelt)
2. Der Himmel des Merkur (Mentalwelt)
3. Der Himmel der Venus (Kausalwelt)
4. Der Himmel der Sonne (buddhische oder intuitive Welt)
5. Der Himmel des Mars (atomare Welt. Region von Atman)
6. Der Himmel des Jupiter (das Nirvana)
7. Der Himmel des Saturn (paranirvanische Welt)
8. Der Himmel des Uranus (mahaparanirvanische Welt)
9. Der Himmel des Neptun (das Empyreum)

Es ist ganz offensichtlich, dass diese neun Himmel sich auch in uns selbst befinden, hier und jetzt, und sich gegenseitig durchdringen, ohne sich zu vermischen.

Offensichtlich befinden sich diese neun Himmel in neun höheren Dimensionen; es handelt sich offenbar um neun parallele Universen.

Höllen

Es ist angebracht, in dieser esoterischen Weihnachtsbotschaft von 1972-1973, mit großem Nachdruck an die verschiedenen religiösen Höllen zu erinnern.

Rufen wir uns feierlich die vielfältigen prähistorischen und historischen Höllen ins Gedächtnis.

Überall gibt es Erinnerung an die Unterwelten der Chinesen, Muslime, Buddhisten, Christen, usw.

Zweifellos dienen diese verschiedenen Höllen als Symbol für die mineralische Unterwelt.

Offensichtlich entdeckte Dante, der wunderbare Schüler von Vergil, des Dichters von Mantua, mit mystischem Staunen die enge Beziehung zwischen den neun danteskos Kreisen und den neun Himmeln.

Der „Bardo Thödol", das tibetische Buch der Geister der anderen Welt, ist in unseren Augen herausragend, er lässt uns die raue Wirklichkeit der „infernalischen Welten" im Inneren des planetarischen Organismus, in dem wir leben, sehen.

Zweifellos stimmen die neun danteskos Kreise im Inneren der Erde wissenschaftlich mit den neun Infradimensionen überein, die sich unter der dreidimensionalen Region von Euklid befinden.

Daraus resultiert deutlich und klar die kosmische Existenz der Höllenwelten in jeder Welt des unendlichen Raumes.

Offensichtlich ist die Unterwelt des Planeten Erde keine Ausnahme.

Engelskunde

Der gesamte Kosmos wird geführt, bewacht und belebt von einer fast endlosen Reihe von Hierarchien von bewussten Wesen; jedes von ihnen hat eine Aufgabe zu erfüllen, sie sind Boten (welche Namen wir ihnen auch geben, Dhyan Chohan, Engel oder Devas, usw.) im Sinne von Agenten der karmischen und kosmischen Gesetze. Bezüglich ihres Bewusstseins und ihrer Intelligenz gibt es unendliche viele Stufen und alle sind vollkommene Menschen im wahrsten Sinne des Wortes.

Die vielfältigen Dienste der Engel drücken die göttliche Liebe aus. Alle Elohim arbeiten innerhalb ihres Spezialgebietes. Wir können und sollen an den Schutz der Engel appellieren.

Gott

Alle Religionen sind kostbare Perlen, die auf dem goldenen Faden der Gottheit aufgereiht sind. Die Liebe, die alle mystischen Institutionen der Welt für das Göttliche fühlen, ist offensichtlich: Allah, Brahma, Tao, Zen, IAO, INRI, Gott, usw.

Die religiöse Esoterik lehrt keine Art von Atheismus, außer in dem Sinne, den das Sanskrit Wort „Nastika" beinhaltet: Idole werden nicht akzeptiert, einschließlich des anthropomorphen Gottes der unwissenden Menschen, (es wäre absurd an einen himmlischen Diktator zu glauben, der dort oben auf einem Thron der Tyrannei sitzt und Blitz und Donner auf diesen traurigen menschlichen Ameisenhaufen schleudert).

Die Esoterik erkennt einen Logos oder einen kollektiven Schöpfer des Universums an, einen demiurgischen Architekten.

Es steht außer Frage, dass dieser Demiurg keine persönliche Gottheit ist, wie es viele irrtümlicherweise annehmen, sondern eine Gemeinschaft der Dhyan Chohans, Engel, Erzengel und weiterer Kräfte. Gott ist Götter.

Es steht mit Buchstaben aus Feuer im strahlenden Buch des Lebens geschrieben, dass Gott das Heer der Stimme ist, das große Wort, das Wort.

"Am Anfang war das Wort, und das Wort war bei Gott, und das Wort war Gott.

Alles ist durch das Wort geworden und ohne das Wort wurde nichts, was geworden ist."

Es ist offensichtlich, dass jeder authentische Mensch, der wirklich die Vollkommenheit erreicht, sich mit dem Strom des Klanges vereinigt, mit dem himmlischen Heer, das aus den Buddhas des Mitgefühls, den Engeln, den planetarischen Geistern, den Elohim, den Rishi-Prajapatis, usw., besteht.

Man hat uns mit großem Nachdruck gesagt, dass der Logos tönt und das ist offensichtlich. Der Demiurg, das Wort ist eine vielfältige, vollkommene Einheit.

Wer die Götter verehrt, wer sie anbetet, kann die tiefe Bedeutung der verschiedenen göttlichen Facetten des demiurgischen Architekten besser erfassen. Als die Menschheit über die heiligen Götter spottete, fiel sie tödlich verwundet in den groben Materialismus dieses Eisenzeitalters.

Luzifer

Wir können und müssen sogar alle subjektiven finsteren und perversen psychischen Aggregate, die wir in uns haben, eliminieren; jedoch steht es außer Frage, dass wir niemals in uns selbst den Schatten des inneren Logos auflösen könnten.

Daraus ergibt sich klar und offensichtlich, dass Luzifer die Antithese des schöpferischen Demiurgs ist, sein lebendiger Schatten, der in die Tiefe des Mikrokosmos Mensch projiziert wird.

Luzifer ist der Wächter der Tür und des Schlüssels des Tempels, damit keiner dort eindringen kann, außer den Gesalbten, die das Geheimnis des Hermes besitzen.

Und da wir schon diesen für die frommen Ohren des gemeinen Volkes so abscheulichen Namen geschrieben haben, ist es notwendig anzumerken, dass der esoterische Luzifer der archaischen Doktrin das Gegenteil dessen ist, was die Theologen, wie der berühmte Des Mousseaux und der Markgraf von Mirville fälschlicherweise annehmen, denn er ist das Sinnbild des Guten, das Symbol des höchsten Opfers (Christos-Luzifer) der Gnostiker und der Gott der Weisheit mit einer unendlichen Zahl von Namen. Licht und Schatten, die mysteriöse Symbiose des solaren Logos, die vielfältige vollkommene Einheit, INRI ist Luzifer.

Dämonen

Die verschiedenen religiösen Theogonien stellen uns diese göttlichen Logoi, die in menschlichen Körpern reinkarniert, den unverzeihlichen Fehler begangen haben, in die tierische Art der Zeugung zu fallen, als Bestrafte dar.

Diese finsteren Genien sind gefallene Engel, authentische Dämonen im wahrsten Sinne des Wortes.

Es ist absurd zu behaupten, dass diese Rebellen dem Menschen den Verstand gegeben haben; es ist offensichtlich, dass diese Gefallenen wahre kosmische Gescheiterte sind.

Es ist sehr angebracht, uns in diesem Augenblick zu erinnern an die unmenschlichen Namen von Andramelech, Belial, Moloch, Bael, usw., deren schreckliche Abscheulichkeiten von jedem Adepten der weißen Loge in der Akasha Chronik der Natur studiert werden können.

Man muss unterscheiden zwischen einem esoterischen Fall und einem Abstieg.

Offensichtlich sind diese rebellischen Engel nicht herabgestiegen, sondern gefallen und das ist etwas vollkommen anderes.

Der Limbus

Wer die Weltgeschichte kennt, weiß sehr gut was der Orkus der klassischen Griechen und Römer ist; der Limbus der esoterischen Christen. Es ist nicht überflüssig in dieser Abhandlung die transzendentale Idee zu betonen, dass der Limbus das Vorzimmer der Höllenwelten ist. Alle bekannten und noch nicht bekannten Höhlen bilden ein riesiges und ununterbrochenes Netz, welches die gesamte Erde umspannt und den Orkus der Klassiker bildet, wie bereits oben erwähnt wurde, den authentischen Limbus der esoterischen Gnostiker ... das Jenseits, wo wir nach unserem Tod leben.

Dem Limbus entspricht jene mystische und schreckliche Allegorie, die sagt: "Hier leben jene unschuldigen Kinder, die starben, ohne das Wasser der Taufe empfangen zu haben."

Im esoterischen Gnostizismus ist dieses Wasser schöpferisch und bildet das Ens Seminis. (Das Wesen des Samens, wie Paracelsus sagte).

Das Sakrament der Taufe der unterschiedlichen religiösen Kulte symbolisiert das sexuelle Yoga, das Maithuna, die sexuelle Magie. In der Wirbelsäule und im Samen befindet sich der Schlüssel zur Erlösung und alles, was nicht diesem Weg folgt, ist sicherlich eine Verschwendung von Zeit.

Unschuldige Kinder sind jene Heiligen, die nicht mit den spermatischen Wassern des ersten Augenblicks gearbeitet haben; tugendhafte Leute, die glaubten die Selbstverwirklichung des Seins zu erreichen, ohne das Versprechen der heiligen Taufe zu erfüllen; die sexuelle Magie war ihnen unbekannt oder sie haben sie ausdrücklich zurückgewiesen.

Nur Merkur der Führer und Bote der Seelen, mit dem Hermesstab der Weisheit in seiner Rechten kann die unglücklichen unschuldigen Kreaturen, die in den Orkus gestürzt sind, wieder ins Leben zurückholen.

Nur er, der Erzmagier und Hierophant kann ihnen eine Wiedergeburt in einer günstigeren Umgebung ermöglichen, für die fruchtbare und schöpferische Arbeit in der Schmiede der Zyklopen.

So lässt Merkur, der Nuntius und Wolf der Sonne, die Seelen wieder aus dem Limbus in das himmlische Heer eintreten.

Purgatorium

Wir definieren Purgatorium folgendermaßen: niedere molekulare Region, eine Zone von sublunarer Art, eine niedere Astralwelt (sekundäres Kamaloka).

In der Welt des Purgatoriums müssen wir die Samen des Bösen verbrennen; infrahumane Larven jeder Art vernichten; uns von jeder Art von Korruption säubern; uns vollkommen reinigen.

Dante Alighieri erzählt Folgendes über das Purgatorium:

Wir traten näher auf den Eingang zu,
und wo zuvor nur eine Bresche mir
erschien, ein Spalt, der in der Mauer klafft,
sah ich ein Tor, zu dem drei Stufen stiegen,
und jede hatte eine andre Farbe.
Ein Pförtner wartete und sprach kein Wort.
Und als ich besser ihn ins Auge fasste,
sah ich ihn sitzend auf der obern Stufe,
ein Antlitz zeigend, das ich nicht ertrug.
Ein nacktes Schwert hielt er in seiner Hand,
das uns entgegenspiegelte so strahlend,
dass oft ich hinschaun musste und nicht konnte.
"Bleibt stehn und sagt von dort aus, was ihr wollt",
rief er uns an, "und wer geleitet euch?
Habt acht, dass ihr nicht Schaden nehmt beim Aufstieg!"
"Vom Himmel eine Frau, kundig der Fahrt",
antwortete der Meister, "sagte uns
noch eben jetzt: dort ist das Tor – geht hin!"
"So fördre sie zum Heil denn eure Schritte",
fiel nun der Pförtner freundlich wieder ein,
"kommt also her zu unsern Stufen jetzt."

Der erste Treppenstein, zu dem wir kamen,
ein weißer Marmor, war so glatt und rein,
dass er mich spiegelte, so wie ich aussah.
Der zweite, mehr als dunkelrot gefärbt,
ein raues brandzerfressenes Gestein,
der Länge und der Breite nach zersprungen.
Der dritte, massig auf den andern lastend,
erschien mir als ein flammender Porphyr,
wie frisches Blut, das aus der Ader springt.
Auf diesem Stein ruhten die beiden Füße
des Engels, der darüber auf der Schwelle,

der diamantenen, des Tores saß.

Wie recht war´s mir, als mich hinauf mein Führer
die Stufen zog und sprach: "In Demut sollst Du
jetzt bitten, dass das Torschloss Dir sich öffne."
Ich warf mich fromm zu Engels Füßen hin,
barmherziglichen Eintritt mir erflehend
und dreimal schlug ich vorher meine Brust.
Mit seines Schwertes Spitze auf die Stirne
Schrieb er mir sieben P und "Wasche" sprach er
"dort drinnen diese Wunde in Dir ab."
Wie Asche oder Aushub trockner Erde,
ein graues Einerlei war sein Gewand,
aus dem zwei Schlüssel unten er hervorzog.
Der eine war aus Gold, der andre silbern.
Erst mit dem helleren, dann mit dem gelben
versuchte er das Tor nach meinem Wunsch.
"Wenn einer von den Schlüsseln hier versagt
und sich nicht regelrecht im Schlosse dreht",
erklärte er uns, "dann wird der Weg nicht frei.
Kostbarer ist der eine, doch der andre
braucht gar so viele Kunst und feinen Geist,
bis er den Wirrwarr löst, das Schloss entriegelt.
Sankt Peter gab sie mir und riet mir, eher
beim Auftun als beim Schließen vorschnell sein,
sobald sich jemand mir zu Füßen werfe."

Des heiligen Tores Eingang stieß er auf
und sprach: "Tretet hinein, doch merkt euch wohl:
wer rückwärts schaut, muss wiederum heraus."
Und als die Flügel der geweihten Pforte,
aus tönendem Metall mächtig geschmiedet
in ihren Angeln sich zu drehn begannen,
da dröhnt`s und kreischte schärfer als das Tor
Tarpejas, als man ihr den wackren Wächter
Metellus raubte und sodann den Staatsschatz.
Ich horchte auf beim ersten Donnerlaut;-

Mir klang`s wie "Te Deum laudamus", dessen
gedämpfter Chor in sanfter Melodie
mir ein Gehörbild schuf, genau wie wenn
man einem Singen zuzuhören pflegt,
das Orgeltöne so begleiten, dass
das Wort bald hörbar auftaucht, bald ertrinkt.

Die göttliche Mutter

Maria oder besser gesagt Ram-Io ist dieselbe wie Isis, Juno, Demeter, Ceres, Maya; die göttliche kosmische Mutter, die Schlangenkraft, die allem Lebendigen der gesamten organischen oder anorganischen Materie zugrunde liegt.

Maria Magdalena

Die schöne Magdalena ist zweifellos dieselbe wie Salambo, Mara, Ishtar, Astarte, Aphrodite und Venus. Die solare Aura der reumütigen Magdalena wird gebildet von allen Priesterinnen-Ehefrauen dieser Welt. Gesegnet sind die Menschen, die Schutz in dieser Aura finden, denn ihnen gehört das Königreich der Himmel.

Christus

Bei den Persern ist Christus Ormus, Ahura Mazda, die Antithese von Ahriman (Satan). Im heiligen Land der Veden ist Christus Vishnu, der zweite Logos, die sublime Emanation von Brahma, dem ersten Logos.

Der indische Jesus ist der Avatar Krishna. Das Evangelium dieses Meisters ähnelt dem des göttlichen Rabi von Galilea.

Bei den alten Chinesen ist Fu Xi der kosmische Christus, derjenige, der das berühmte Buch der Gesetze, I Ging, verfasste und zum Wohle der Menschheit die Drachen-Minister ernannte.

Im sonnenbeschienenen Land von Kem, dem Land der Pharaonen war Christus Osiris und derjenige, der ihn inkarnierte, wurde deshalb ein

Osirifizierter. Quettzalcoatl ist der mexikanische Christus, der nun im fernen Thule wohnt, der weiße Gott.

Unbefleckte Empfängnisse

Es ist dringend notwendig zu verstehen, was die unbefleckten Empfängnisse tatsächlich sind. Diese sind in allen antiken Kulten reichlich vorhanden, Fu Xi, Quetzalcoatl, Buddha und vielen andere sind das Ergebnis einer unbefleckten Empfängnis.

Das heilige Feuer befruchtet die Wasser des Lebens, damit der Meister in uns geboren wird.

Jeder Engel ist sicherlich ein Sohn der göttlichen Mutter Kundalini; sie ist wahrhaftig vor der Geburt, bei der Geburt und nach der Geburt eine Jungfrau.

Im Namen der Wahrheit beteuern wir feierlich das Folgende: der Ehemann von Devi Kundalini, unserer eigenen kosmischen Mutter ist der dritte Logos, der Heilige Geist, Shiva, der Erstgeborene der Schöpfung; unsere innere, individuelle oder besser gesagt unserer überindividuelle Monade.

Kapitel III
Spiritismus

Ich war noch ein Knabe von zwölf Frühlingen, als ich mich entschied, zusammen mit jemandem, der eifrig die Mysterien des Jenseits erforschte, auch das beunruhigende Gebiet des Spiritismus zu erkunden, untersuchen, erforschen.

Mit der Hartnäckigkeit eines Mönches in seiner Zelle studierte ich eine große Anzahl von metaphysischen Werken, von Autoren wie Luis Zea Uribe, Camille Flammarion, Kardek, León Denis, César Lombroso, usw.

Das erste Werk aus einer Reihe von Kardek erschien mir sehr interessant, aber ich musste es dreimal lesen, mit der Absicht es vollkommen zu verstehen.

Ich wurde zu einer wahren Leserate. Ich gestehe freimütig, dass ich eine Leidenschaft für „Das Buch der Geister" entwickelte und dann mit vielen anderen Werken voll interessantem Inhalt fortfuhr.

Mit einem Verstand, der verschlossen war für alles andere, was nicht dieses Studium betraf, schloss ich mich für lange Stunden in meinem Haus oder in der öffentlichen Bibliothek ein, mit dem Wunsch, den geheimen Weg zu finden.

Ohne den Anspruch, ein berühmter Gelehrter in dieser Angelegenheit zu sein, möchte ich nun in diesem Kapitel die Ergebnisse meiner Forschung auf dem Gebiet des Spiritismus mitteilen.

Medien

Passive, empfänglich Menschen, die ihre eigene Materie, ihren eigenen Körper, den metaphysischen Geistern aus dem Jenseits überlassen.

Es ist unbestritten, dass das Karma für Mediumismus die Epilepsie ist. Offenbar waren Epileptiker in ihren früheren Leben Medien.

Experimente

1. Eine gewisse Dame, deren Namen ich nicht nenne, sah ständig den Geist einer toten Frau; dieser Geist flüsterte ihr viele Dinge ins Ohr.

Während einer feierlichen spiritistischen Sitzung fiel die Dame in Trance; der Geist wies das Medium an, an einen bestimmten Ort im Haus zu graben, dort sagte er zu ihr, würde sich ein großer Schatz befinden.

Die Anweisungen des Geistes wurden befolgt, aber leider wurde kein Schatz gefunden.

Zweifellos war dieser Reichtum nur eine mentale Projektion der subjektiven Psyche der Anwesenden. Es ist offensichtlich, dass diese Menschen im Grunde ihres Herzens sehr gierig waren.

2. Vor langer Zeit, sehr weit entfernt von meinem geliebten mexikanischen Land, musste ich nach Zulia in Venezuela, Südamerika gehen.

Ich war im Landhaus meines Gastgebers und ich kann versichern, dass ich während dieser Zeit Augenzeuge eines ungewöhnlichen metaphysischen Ereignisses war.

Im Interesse meiner Leser möchte ich mitteilen, dass mein Gastgeber zweifellos ein sehr bescheidener Mensch war und der farbigen Rasse angehörte.

Unbestreitbar hat dieser gute Mann, wenn er auch sehr großzügig mit den Bedürftigen war, viel für große Bankette ausgegeben.

Es war unmöglich für diesen guten Mann in einem Hotel inmitten von kultivierten Menschen zu leben, oder sich über jemanden aus irgendeinem Grund zu ärgern; er bevorzugte es, sich vollkommen seiner Aufgabe, den Widrigkeiten der Arbeit zu widmen.

Es ist überflüssig zu erwähnen, dass jener Herr die Fähigkeit der Allgegenwart zu haben schien, da er überall gesehen wurde, hier, da und dort.

An einem der vielen Abende lud mich dieser vornehme Herr in aller Heimlichkeit zu einer spiritistischen Sitzung ein.

Ich wollte diese freundliche Einladung auf keinen Fall ablehnen.

Wir waren drei Personen, die sich um einen dreibeinigen Tisch unter dem Dach seines Landhauses versammelt hatten.

Mein Gastgeber öffnete mit großer Verehrung eine kleine Schachtel, die er auf seinen Reisen immer mit sich nahm, und holte einen indianischen Schädel daraus hervor.

Dann rezitierte er einige schöne Gebete und rief laut nach dem Geist dieses geheimnisvollen Schädels.

Es war Mitternacht, der Himmel war bedeckt mit schwarzen, düsteren Wolken, die sich gegen den tropischen Horizont abzeichneten; es regnete und Donner und Blitze ließen das ganze Gebiet erzittern.

Man fühlte seltsame Schläge aus dem Inneren des Möbels und dann erhob sich der Tisch, dem Gesetz der Schwerkraft trotzend, als ob er die alten Texte der Physik verspotten wollte.

Dann geschah das Aufsehenerregendste: der angerufene Geist erschien im Raum und ging an mir vorbei.

Schließlich neigte sich der Tisch auf meine Seite und der Schädel, der sich darauf befand, kam in meinen Armen zu liegen.

„Es reicht!", rief mein Gastgeber. „Der Sturm ist sehr stark und unter diesen Bedingungen sind solche Anrufungen sehr gefährlich." Genau in diesem Moment ließ ein schrecklicher Donner das Gesicht des Beschwörers erblassen.

3. Eines Tages, als ich durch die alten Gassen der Stadt Mexiko City spazierte, getrieben von einer seltsamen Neugier, ging ich mit einigen anderen Menschen in ein altes Haus, in dem, zum Guten oder Schlechten, ein spiritistisches Zentrum betrieben wurde.

Es war ein vornehmer Salon, reich geschmückt und mit vielen emotionalen, sensiblen und wichtigen Leuten.

Ohne mich in irgendeiner Weise einem Risiko auszusetzen, nahm ich respektvoll vor der Bühne Platz.

Es war sicherlich nicht mein Ziel, mich mit der Doktrin der spiritistischen Medien einzulassen, zu diskutieren oder mit freundlichen Worten, vorgetäuschter Freundlichkeit und frommen Haltungen Kritik zu üben, als ich diesen Raum betrat.

Ich wollte einfach nur alle Einzelheiten mit offenem Verständnis und gesundem Menschenverstand aufzunehmen.

Öffentlich zu reden, sich vorzubereiten, war sicherlich zu keinen Zeiten Teil der spiritistischen Mentalität.

Geduldig wartete die heilige Bruderschaft des Mysteriums mit mystischer Sehnsucht auf Stimmen und Worte aus dem Jenseits.

Ein Herr in einem gewissen Alter fiel in Trance und begann zu zucken wie ein Epileptiker, er stieg auf die Bühne, ging zum Rednerpult und begann zu sprechen.

„Hier unter euch ist Jesus von Nazareth, der Christus", rief jener unglückliche Besessene mit lauter Stimme.

In diesen schrecklichen Augenblicken vibrierte die mit Blumen und Kerzen geschmückte Bühne – der Altar der Baale – schrecklich und alle Anhänger fielen auf die Knie.

Ich wollte niemanden bei seiner Aufführung stören und widmete mich ruhig dem Studium des Mediums mit meinem sechsten Sinn.

Voller Besorgnis konnte ich die rohe Wirklichkeit dieses ungewöhnlichen metaphysischen Ereignisses überprüfen. Offensichtlich handelte es sich um einen finsteren Betrüger der schwarzen Seite, der die Leichtgläubigkeit dieser Menschen ausnutzte, indem er sich als Jesus Christus ausgab.

Ich sah mit meinen hellseherischen Fähigkeiten einen schwarzen Magier, gekleidet in eine blutrote Tunika.

Der unheimliche Geist, der sich im physischen Körper des Mediums befand, beriet die Ratsuchenden und versuchte im Tonfall von Jesus Christus zu sprechen, damit diese Fanatiker ihn nicht entlarvten.

Am Ende dieser schrecklichen Sitzung verließ ich den Raum mit einem starken Wunsch, nie mehr zurückzukehren.

4. Glücklich und in Frieden mit seiner Familie auf der Erde zu leben und zu arbeiten wie durch Magie ist etwas sehr Romantisches.

Manchmal ist es jedoch unmöglich, Risiken zu vermeiden, wenn es darum geht, das Bestmögliche für die Anderen zu erreichen.

Begrenzt durch viele intellektuelle Mauern, war es mein Wunsch, Weisheit zu erwerben und unermüdlich bereiste ich viele Orte der Welt, als ich sehr jung war.

Vor langer Zeit, sehr weit entfernt, in der Abgeschiedenheit eines südamerikanischen Gebietes mit dem typischen Namen Quindio, konnte ich mich mit einem spiritistischen Medium, das als Schmied arbeitete, befreunden.

Ohne sich auf Diskussionen jeglicher Art einzulassen, arbeitete er friedlich in seiner roten Schmiede.

Er war ein seltsamer spiritistischer Hufschmied; ein mystischer Herr mit gebräuntem Körper, eine starke einsiedlerische Persönlichkeit.

Gott bewahre! Ich sah ihn in einer finsteren und schwarzmagischen medialen Trance, besessen von Beelzebub, dem Fürsten der Dämonen.

Ich erinnere mich noch an jene düsteren Worte, mit denen die Macht der Finsternis die Sitzung beendete: „Bel tengo mental la petra y que a el le andube sedra, vao genizar le des." (Dann unterschrieb er: Beelzebub.)

Ein widersprüchlicher Schmied und Einsiedler. Am Tag nach diesem schwarzmagischen spiritistischen Hexensabbat fand ich ihn voller Reue; dann schwor er feierlich im Namen des ewigen lebenden Gottes, seinen physischen Körper nie wieder dem Schrecken der Finsternis zu leihen.

Manchmal ertappte ich ihn in seiner Schmiede, wie er sehr ernsthaft das spiritistische Gebetbuch von Kardec zurate zog.

Später lud mich jener Herr voller mystischer Begeisterung zu vielen anderen medialen Sitzungen ein, in denen er mit unendlicher Sehnsucht „Juan Hurtado den Älteren" anrief.

Ohne Übertreibung und zum Wohl meiner geliebten Leser kann ich behaupten, dass der genannte Geist, der mit der Zunge des Mediums in Trance sprach, sich rühmte, in der Lage zu sein, sich in hundertfünfzig Medien gleichzeitig zu manifestieren.

Eine Rede für jemanden zu halten ist sicherlich normal; aber sie zu vervielfältigen in einhundertfünfzig gleichzeitige, unterschiedliche Reden erschien mir zu jenem Zeitpunkt sehr erstaunlich zu sein.

Es ist unbestreitbar, dass ich in dieser Zeit meines Lebens das Thema der Vielfältigkeit des Egos, des Ich Selbst noch nicht analysiert hatte.

Das Ego

Ohne mich sehr in Abschweifungen zu verlieren, möchte ich die Betonung darauf legen, was ich direkt erfahren habe.

Dem oben genannten Ego fehlt jede göttliche, selbsterhebende, würdevolle Eigenschaft.

Erlauben Sie, dass wir nicht mit jenen Personen übereinzustimmen, die die Existenz von zwei Ichs voraussetzen; ein Höheres und ein Niederes. In Namen der Wahrheit bestätigen wir ohne jede Unstimmigkeit die unglaubliche Tatsache, dass in jedem Menschen nur ein vielfältiges und schrecklich perverses Ich existiert.

Diese tiefe Überzeugung basiert auf den erlebten Erfahrungen des Autors dieser esoterischen Abhandlung. In keiner Weise haben wir es nötig unreife Ideen zu äußern; wir würden niemals die Torheit begehen, unsinnige Utopien zu äußern.

Für unsere Behauptungen finden wir vielfältige Dokumentationen in jedem heiligen Text des Altertums.

Als lebendiges Beispiel für unsere Behauptung können wir an die blutigen Schlachten von Arjuna gegen seine geliebten Verwandten (die Egos) in der „Bhagavad Gita" (Das Lied des Herrn) erinnern.

Offensichtlich personifizieren diese subjektiven, psychischen Aggregate, die Gesamtheit der psychologischen Defekte, die wir alle im Inneren tragen.

Die strenge experimentelle Psychologie zeigt eindeutig, dass das Bewusstsein im Inneren dieser subjektiven Ichs eingesperrt ist.

Was jenseits des Grabes fortbesteht, ist daher das Ego, eine Ansammlung von Ich-Teufeln, den psychischen Aggregaten.

Dass solche psychischen Aggregate in spiritistischen Zentren existieren, ist offensichtlich.

Es ist wohlbekannt, dass diese Ich-Teufel, aufgrund ihrer Vielzahl, in viele mediale Körper – wie im Falle von „Juan Hurtado, dem Älteren" – eintreten können, um sich zu manifestieren.

Jeder Meister des Samadhi könnte eindeutig im Zustand der Ekstase Folgendes beweisen: Diejenigen, die sich mithilfe der spiritistischen Medien manifestieren, sind sicherlich weder die Seelen noch die Geister der Toten, sondern ihre Ich-Teufel, die psychischen Aggregate die jenseits des Grabes fortbestehen.

Es wurde uns mit viel Nachdruck gesagt, dass die Medien während des Postmortem-Zustandes weiterhin von einem oder mehreren Dämonen besessen bleiben; unzweifelhaft trennen sie sich nach einer Zeit von ihrem eigenen göttlichen Sein; dann treten sie in die Involution der Höllenwelten ein.

Kapitel IV
Theosophie

Ohne mich in irgendeiner Weise mit diesen heiklen und vielseitigen Angelegenheiten philosophischer und metaphysischer Art zu brüsten, gebe ich offen zu, dass ich noch keine sechzehn Lenze in meiner jetzigen Existenz erreicht hatte, als ich mich schon in viele wichtige Themen vertieft hatte.

Mit unendlichem Eifer habe ich beschlossen, die Probleme des Geistes im Licht der modernen Wissenschaft genau zu analysieren.

Die wissenschaftlichen Experimente des englischen Physikers William Crookes, dem berühmten Mitglied der britischen Royal Society, Entdecker der Lumineszenz und des Thalliums erschienen mir zu jener Zeit sehr interessant.

Die berühmten Materialisationen des Geistes von Katie King im Laboratorium erschienen mir sensationell; dieses Thema hat Crooke in seinem „Experimentelle Untersuchungen über die psychische Kraft" vorgestellt.

Viele heilige Themen aus der Antike erschienen mir großartig, außergewöhnlich und wunderbar, wie z. B.: die Schlange des Paradieses, der Esel des Balaam, die Worte der Sphinx, die geheimnisvollen Stimmen der Statuen von Mennon bei Tagesanbruch, die schrecklichen Worte „Mene Tekel Phares" beim Fest des Belšazar; der Seraphim von Theran, Vater von Abraham; die Orakel von Delphi; die Steinkulte oder sprechenden Steine des Schicksals, die Wackelsteine oder magischen Menhire der Druiden; die rätselhaften Stimmen aller nekromantischen blutigen Opfer, der authentische Ursprung der klassischen Tragödie, deren indiskrete Enthüllungen in Prometheus, in den Choephoroen und den Eumeniden dem Eingeweihten Aischylos das Leben gekostet hat; die Worte des Teiresias, dem Wahrsager, der von Odysseus in „Die Odyssee" am Rand der Grube, die mit dem Blut des schwarzen Lammes gefüllt war, gerufen wurde; die geheimen Stimmen, die Alarich befohlen hatten, das sündige Rom zu zerstören, und diejenigen, die die Jungfrau von Orleans gehört hatte, sodass sie die Engländer zerstören konnte, usw., usw., usw.

Gut erzogen und ohne die Redekunst geübt zu haben, gab ich im Alter von siebzehn Jahren Vorträge bei der theosophischen Gesellschaft.

Ich erhielt das theosophische Diplom aus den Händen Jinarajadasas, dem berühmten Präsidenten dieser ehrwürdigen Gesellschaft, den ich damals persönlich kennenlernen dürfte.

Meiner selbst sicher, war ich gut informiert über das seltsame und mysteriöse Rochester-Klopfen, über die klassischen psychischen Phänomene auf dem Bauernhof der Eddys, wo die theosophische Gesellschaft entstand; es gab die Beschwörer der Sybillen aus antiken Zeiten, ich kannte Geisterhäuser und post mortem Erscheinungen und war vertraut mit allen telepathischen Phänomenen.

Zweifellos wurde ich durch so viele metaphysische Daten, die ich in meinem armen Verstand angehäuft hatte, ein anspruchsvoller Gelehrter.

Trotzdem wollte ich mein Herz aufrichtig nach den theosophischen Kriterien entwickeln und verschlang die Werke, die sich in der großen Bibliothek befanden.

In den Seiten der Geheimlehre, dem außergewöhnlichen Werk der ehrwürdigen großen Meisterin Helena Petrovna Blavatsky, der erhabenen Märtyrerin des XIX. Jahrhunderts, entdeckte ich mit mystischem Erstaunen die unerschöpfliche Quelle der göttlichen Weisheit.

Betrachten wir nun folgende Notizen, die sicherlich sehr interessant sind:

„1885. Oberst Olcott notierte am 9. Januar in seinem Tagebuch.

H. P. B. erhielt von Meister M. den Plan für ihre „Geheimlehre". Er ist sehr gut. Oakley und ich versuchten ihn letzte Nacht zu erarbeiten, aber dieser hier ist viel besser.

Die Verschwörung des Ehepaars Coulomb zwang H. P. B., Adyar zu verlassen und im März nach Europa zu reisen. H. P. B. Nahm das kostbare Manuskript mit sich.

Als ich an Bord des Schiffes gehen wollte, riet Subba Row mir, die Geheimlehre zu schreiben und das Geschriebene wöchentlich zu schicken. Ich versprach es und ich werde es tun … da er Notizen und

Kommentare hinzufügen wird und die theosophische Gesellschaft es dann veröffentlichen wird.

In diesem Jahr schrieb der Meister K. H.: „Wenn die Geheimlehre fertig ist, wird es ein gemeinsames Werk von M., Upasika und mir sein."

Es ist offensichtlich, dass diese Notizen uns zur Meditation einladen. Es ist jedoch offensichtlich, dass die ehrwürdige Meisterin die Lehren an die Zeit angepasst hat.

Als ich die theoretischen theosophischen Studien beendet hatte, praktizierte ich intensiv Raja Yoga, Bhakti Yoga, Jnana Yoga, Karma Yoga usw.

Die Yogapraktiken, die von dieser ehrwürdigen Institution empfohlen wurden, brachten mir viele psychische Vorteile.

Da die ehrwürdigste Meisterin H. P. B. das Hatha Yoga immer als etwas minderwertig bezeichnete, kann ich behaupten, dass ich mich nie für diesen Zweig des indischen Yoga interessiert habe.

Viel später wurde ich zu einer großen Versammlung der ehrwürdigen großen weißen Loge eingeladen, wo das Hatha Yoga als schwarze Magie eingestuft wurde.

Kapitel V
Die Bruderschaft der Rosenkreuzer

Ich war ein Jugendlicher von achtzehn Jahren in meiner jetzigen Reinkarnation, als ich die große Ehre hatte, Mitglied der alten Rosenkreuzer Schule zu werden. Diese verdienstvolle Institution war von dem großen Doktor Arnold Krumm-Heller, Arzt und Oberst der ehrenvollen mexikanischen Armee, gegründet worden; er war ein berühmter Veteran der mexikanischen Revolution; ein angesehener Professor der medizinischen Universität in Berlin, Deutschland; ein bemerkenswerter Wissenschaftler; ein außergewöhnlicher Linguist.

Ich war ein impulsiver Jugendlicher und kam mit einem gewissen Hochmut zu jenem „Aula Lucis", geleitet von einem erhabenen Herrn mit klarem Verstand und ich bekenne freimütig und ohne viele Umschweife, dass ich zuerst begonnen habe zu diskutieren und dann studiert habe.

Mich in der Ecke des Raumes an die Wand zu lehnen, in Ekstase, erschien mir dann das Beste zu sein.

Ich möchte ohne Wichtigtuerei sagen, dass ich mich, obwohl ich mich mit vielen komplizierten Theorien mit wichtigem Inhalt beschäftigte, nur unendlich danach sehnte, meinen alten Weg, den Pfad auf Messers Schneide zu finden.

Nachdem ich sorgfältig jeden Pseudo-Pietismus und jede bedeutungslose Weitschweifigkeit vergeblicher Diskussionen ausgeschlossen hatte, beschloss ich definitiv Theorie und Praxis zu verbinden.

Ohne meine Intelligenz für Gold zu prostituieren, bevorzugte ich es, mich demütig vor dem Demiurgen, dem Schöpfer des Universums niederzuwerfen.

Ich fand eine reiche und unerschöpfliche Quelle vorzüglicher Herrlichkeit in den wunderbaren Werken von Krumm-Heller, Hartmann, Eliphas Levi, Steiner, Max Heindel, usw., usw., usw.

Ohne Prahlerei erkläre ich ernsthaft, aufrichtig und mit Nachdruck, dass ich in dieser Zeit meines aktuellen Lebens die gesamte

Bibliothek der Rosenkreuzer in geordneter Art und Weise untersucht habe. Mit unendlicher Sehnsucht suchte ich auf dem Weg nach einem Reisenden, der im Besitz eines kostbaren Balsams war, um mein schmerzendes Herz zu heilen. Ich litt schrecklich und rief in meiner Einsamkeit die Heiligen Meister der großen weißen Loge an. Der große Kabir Jesus sagte: „Klopft an und es wird euch aufgetan, bittet und es wird euch gegeben, suchet und ihr werdet finden."

Im Namen dessen, was wahr ist, erkläre ich Folgendes: im Einklang mit den Lehren des christlichen Evangeliums fragte ich und es wurde mir gegeben, suchte ich und ich fand, klopfte ich an und es wurde mir aufgetan. Beim Umgang mit solchen langen und komplexen Studien wie den der Rosenkreuzer ist es unmöglich, alle Themen im engen Rahmen dieses Kapitels unterzubringen, deshalb werde ich zusammenfassen und einige Schlussfolgerungen ziehen.

Stirnchakra. Es entwickelt sich mit der Intonation des Vokals I. Folgendermaßen: Iiiiiiii. Fähigkeit: Hellsichtigkeit.

Kehlkopfchakra. Es wird durch das Singen des Vokals E entwickelt. Folgendermaßen: Eeeeeeee. Fähigkeit: magisches Gehör.

Herzchakra. Es entwickelt sich, indem man den Vokal O singt. Folgendermaßen: Oooooooo. Fähigkeiten: Intuition, Astralwanderung, usw., usw.

Nabelchakra. Es wird durch das Singen des Vokals U entwickelt. Folgendermaßen: Uuuuuuuu. Fähigkeit: Telepathie.

Chakra der Thymusdrüse. Es entwickelt sich durch das Singen des Buchstabens A. Folgendermaßen: Aaaaaaa. Fähigkeit: Erinnerung an vergangene Existenzen.

I. E. O. U. A. ist die Reihenfolge der Vokale.

Alle Mantras sind aus diesen Buchstaben gebildet. Dr. Krumm Heller sagte, dass täglich eine Stunde Mantrams singen besser sei, als das Lesen einer Million von pseudoesoterischen und pseudookkulten Büchern. Deshalb atmete ich mit größtem Eifer das christonische Prana, den vitalen Atem der Berge ein und atmete dann langsam aus, indem ich den entsprechenden Vokal erklingen ließ.

Zum besseren Verständnis erkläre ich, dass vor jedem Vokal das Einatmen kommt und dass ich nur beim Ausatmen die Vokale erklingen ließ (es ist offensichtlich, dass ich durch die Nase ein und durch den Mund ausgeatmet habe).

Konkrete Ergebnisse

Alle meine astralen Chakras oder magnetischen Zentren intensivierten ihre Schwingung, indem sie sich positiv von links nach rechts drehten, wie die Zeiger einer Uhr, von vorne betrachtet und nicht von hinten.

Übung des Rückblicks

Sehr methodisch lehrte uns der Lehrer eine bestimmte wunderbare Übung des Rückblicks. Er riet uns, sich im Bett im Augenblick des Erwachens nie zu bewegen und erklärte uns, dass durch die Bewegung des Astralkörpers die Erinnerungen verloren gehen. Zweifellos reisen die menschlichen Seelen während der Stunden des Schlafes außerhalb des physischen Körpers; es ist wichtig, unsere inneren Erfahrungen bei der Rückkehr in den Körper nicht zu vergessen.

Er schlug vor, in diesem Moment eine Übung des Rückblicks zu machen, mit dem Ziel sich an die Taten, Ereignisse und Orte unserer Träume zu erinnern.

Ergebnisse

Ich erkläre feierlich, dass diese psychische Übung erstaunliche Ergebnisse brachte, denn meine Erinnerungen wurden lebendiger, intensiver und tiefer.

Solarplexus

Nach den Anweisungen des Lehrers setzte ich mich jeden Tag (vorzugsweise bei Sonnenaufgang) in einem bequemen Sessel mit dem Blick nach Osten. Ich stellte mir dann ein riesiges goldenes Kreuz vor, das aus dem Osten der Welt und mit der Sonne im Hintergrund göttliche Strahlen aussandte, die in meinem Solarplexus eindrangen, nachdem sie den unendlichen Raum durchquert hatten.

Es gefiel mir, diese Übung mit dem mantrischen Singen des Vokals U zu kombinieren, indem ich den Ton verlängerte, wie es sein sollte: Uuuuuuuuuuuuu.

Ergebnisse

Das Ergebnis war das Erwachen meines telepathischen Auges (das sich oberhalb des Nabels befindet) und ich wurde hypersensibel.

Da dieses magnetische Chakra erstaunliche Fähigkeiten hat, wie z. B. die Strahlungsenergie der Sonne anzuziehen und zu speichern, ist es offensichtlich, dass aus diesem Grund meine Lotusblumen oder astralen Räder höhere elektromagnetische Ladungen empfangen konnten, die die radioaktiven Schwingungen verstärkten. Es ist angebracht, unsere geliebten Leser in diesem Moment daran zu erinnern, dass der Solarplexus alle Chakras des menschlichen Organismus mit solarer Strahlung versorgt.

Zweifellos und ohne Übertreibung kann ich feierlich behaupten, dass jedes meiner astralen Chakras sich auf außergewöhnliche Art und Weise entwickelte und dadurch verstärkten sich meine hellseherischen, hellhörigen, usw., usw., usw. Wahrnehmungen.

Abschied

Kurz bevor ich diese würdige Institution verließ, sagte jener Lehrer: „Keiner der hier Anwesenden sollte es wagen, sich als Rosenkreuzer zu bezeichnen, weil wir alle nichts anderes sind als einfache Anwärter zum Rosenkreuzer."

Und dann fügte er mit großer Feierlichkeit hinzu: „Rosenkreuzer sind ein Buddha, ein Jesus, ein Moria, ein K. H., usw., usw., usw."

Kapitel VI
Der Pirat

Für manche sehr oberflächliche Menschen ist die Theorie der Reinkarnation ein Grund zum Lachen; für andere, die sehr religiös sind, ist es ein Tabu oder eine Sünde; die Pseudo-Okkultisten glauben fest daran; für die Halunken des Intellekts ist es eine unsinnige Utopie; es ist jedoch eine Tatsache, für diejenigen von uns, die sich an unsere früheren Existenzen erinnern.

Im Namen der Wahrheit versichere ich feierlich, dass ich schon mit der Erinnerung an all meine vergangenen Reinkarnationen geboren wurde und das zu schwören ist kein Verbrechen.

Ich bin ein Mann mit erwachtem Bewusstsein. Offensichtlich müssen wir deutlich unterscheiden zwischen Reinkarnation und Wiedergeburt (zwei sehr unterschiedliche Gesetze). Dies ist jedoch nicht das Ziel dieses Kapitels.

Nach dieser Einleitung wollen wir uns mit den Tatsachen beschäftigen, zur Sache kommen.

Einst, als die Meere der Welt von Piratenschiffen überschwemmt waren, musste ich eine sehr bittere Erfahrung machen.

Damals war der Bodhisattwa des Engels „Diobulo Cartobu" reinkarniert.

Es sollte betont werden, dass jenes Wesen einen weiblichen Körper von wunderbarer Schönheit hatte. Es ist eine Tatsache, dass ich ihr Vater war.

Leider und zu einem unglücklichen Zeitpunkt entführten die grausamen Piraten, die weder Leben noch Ehre respektierten, nachdem sie das europäische Dorf, indem wir zusammen mit vielen Bürgern in Frieden lebten, die schönsten Frauen des Ortes, unter denen natürlich auch meine Tochter war, ein unschuldiges Mädchen aus vergangenen Tagen.

Trotz des Entsetzens vieler Bewohner wagte ich es, unter Einsatz meines Lebens, dem Kapitän des Piratenschiffs die Stirn zu bieten.

„Holen Sie meine Tochter aus dieser Hölle, in die Sie sie gebracht haben und ich verspreche Ihnen, dass ich Ihre Seele aus der Hölle heraushole, in der sie jetzt ist!"

Dies waren meine leidvollen Rufe. Der schreckliche Seeräuber schaute mich wütend an, erbarmte sich meiner unbedeutenden Person und befahl mir mit gebieterischer Stimme einen Moment zu warten.

Mit unendlicher Angst sah ich den Freibeuter zu seinem schwarzen Schiff zurückkehren; ich verstehe, dass er seine erbarmungslosen Seeräuber mit einer List täuschen musste; jedenfalls kehrte er einige Augenblicke später mit meiner Tochter zurück.

Gott und heilige Maria, steht mir bei!

Aber wer hätte gedacht, dass ich nach mehreren Jahrhunderten das Ego dieses furchtbaren Piraten, in einem neuen menschlichen Körper wiedergeboren, wieder treffen würde?

So ist das Gesetz der ewigen Wiederkehr aller Wesen und Dinge; und alles wiederholt sich gemäß einem anderen Gesetz, dass sich Rekurrenz nennt. In einer Nacht großer geistiger Unruhe traf ich ihn froh bei einer erlesenen Gruppe von Anwärtern der Rosenkreuzer.

Der alte Pirat sprach auch Englisch und erzählte mir von seinen vielen Reisen, denn er hatte als Seemann für eine nordamerikanische Reederei gearbeitet.

Diese Freundschaft erwies sich jedoch als Strohfeuer, denn schon bald konnte ich feststellen, dass dieser Mann, trotz seiner mystischen Sehnsüchte, im tiefsten Inneren weiterhin ein alter Pirat war, nur modern gekleidet.

Dieser Herr erzählte mir sehr aufgeregt von seinen „Erfahrungen in der Astralebene", denn fraglos konnte er willentlich astralwandern.

Eines Tages vereinbarten wir ein metaphysisches transzendentales Treffen im „Sumum Supremum Sanctuarium" (S. S. S.) in Berlin, Deutschland.

Das war eine relativ neue Erfahrung für mich, denn bis dahin war ich noch nicht auf die Idee gekommen, die willentliche Projektion des Eidolon zu versuchen; aber ich wusste, dass ich es konnte und deshalb wagte ich es, die Verabredung zu akzeptieren.

Mit aller Deutlichkeit erinnere ich mich an jene feierlichen Momente, in denen ich zu einem Spion meines eigenen Schlafes wurde ...

In einer mystischen Haltung belauerte ich diesen Moment des Übergangs, der zwischen Wachsein und Schlaf existiert; ich wollte diesen Moment der Wunder nutzen, um aus meinem physischen Körper zu entkommen.

Der Zustand der Müdigkeit und die ersten Traumbilder waren ausreichend, um vollkommen zu verstehen, dass der ersehnte Moment gekommen war. Behutsam erhob ich mich von meinem Bett und sehr vorsichtig verließ ich mein Haus mit einem Gefühl spiritueller, erlesener, köstlicher Sinnlichkeit.

Es steht außer Frage, dass, als ich mich im Moment des Einschlafens von meinem Bett erhob, die astrale Verdoppelung stattfand, die natürliche Abtrennung des Eidolon.

Mit diesem einzigartigen Glanz des Astralkörpers verließ ich diese Umgebung, mit dem Wunsch zum Tempel in Berlin zu gelangen.

Es war herrlich über die stürmischen Gewässer des Atlantischen Ozeans zu reisen.

Ruhig in der strahlenden astralen Atmosphäre dieser Welt schwebend, erreichte ich die Länder des alten Europa und begab mich sofort in die Hauptstadt von Frankreich.

Ruhig wie ein Gespenst ging ich durch diese alten Straßen, die als Bühne für die Französische Revolution gedient hatten.

Plötzlich geschah etwas Ungewöhnliches; eine telepathische Welle erreichte meinem Solarplexus, und ich fühlte die zwingende Notwendigkeit, ein prächtiges Haus zu betreten.

Ich bedauerte es nicht, die Schwelle dieses edlen Hauses überschritten zu haben, denn dort hatte ich das große Glück einen Freund aus vergangenen Reinkarnationen zu finden.

Dieser Freund schwebte glücklich, eingetaucht in die flüssige astrale Umgebung, außerhalb des dichten Körpers, der schlafend im duftenden Bett aus Mahagoni lag.

In diesem Ehebett schlief auch der liebliche physische Körper seiner Geliebten; ihre siderische Seele, außerhalb ihres sterblichen

Gefäßes, teilte die wunderbare Freude ihres Mannes und schwebte ebenfalls. Und ich sah zwei kleine Kinder von wunderbarer Schönheit, die glücklich im magischen Zauber dieses Hauses spielten.

Ich begrüßte meinen alten Freund und auch seine wunderbare Eva, aber die Kinder erschraken vor meiner ungewöhnlichen Erscheinung.

Es schien mir besser, hinauszugehen auf die Straßen von Paris und mein Freund war mit dieser Idee einverstanden; miteinander sprechend entfernten wir uns von dem Haus. Langsam, sehr langsam spazierten wir durch diese Straßen und Alleen, die vom Zentrum zur Peripherie führten.

Außerhalb dieser großen Metropole schlug ich geradeheraus, wie man hier sagt, vor, gemeinsam den esoterischen Tempel in Berlin, Deutschland zu besuchen; der Eingeweihte lehnte die Einladung auf liebenswürdige Weise ab, mit dem Argument, dass er eine Frau und Kinder hatte und deshalb seine Aufmerksamkeit auf die wirtschaftlichen Probleme des Lebens konzentrieren wollte.

Mit großem Bedauern verließ ich diesen bewussten Mann und beklagte die Tatsache, dass er seine esoterische Arbeit aufschob.

Schwebend im Astrallicht der Wunder und Zauber, überquerte ich einige sehr alte Mauern der Antike.

Glücklich reiste ich entlang der gewundenen Straße, die sich in Serpentinen hierhin und dorthin schlängelte.

Im Zustand der Ekstase erreichte ich in den Tempel der transparenten Wände; der Eingang zu diesem heiligen Ort war sicherlich sehr eigenartig.

Ich sah eine Art Park voller schöner Pflanzen und exotischer Blumen, die einen Hauch des Todes ausströmten.

Am Ende dieses bezaubernden Gartens strahlte feierlich der Tempel der Herrlichkeit.

Die eisernen Gittertüren am Eingang des schönen Parks des Tempels öffneten sich manchmal, sodass jemand eintreten konnte, manchmal schlossen sie sich.

Diese ganze außergewöhnliche und wunderbare Anlage war vom unbefleckten Licht des universellen Geistes des Lebens beleuchtet.

Vor dem Sancto Sanctorum traf ich viele edle Bewerber verschiedener Nationalitäten, Länder und Sprachen. Mystische Seelen, die sich in den Stunden, in denen der physische Körper schläft, bewegt von der Kraft ihrer Sehnsucht aus der dichten sterblichen Gestalt befreit hatten, um zum Sancta zu kommen.

Diese Gläubigen sprachen über unaussprechliche Themen; sie sprachen über das Gesetz des Karmas, über außergewöhnliche kosmische Themen; der Duft der Freundschaft und der Aufrichtigkeit entströmte ihnen.

In einem Zustand der Glückseligkeit ging ich hierhin und dorthin, auf der Suche nach dem verwegenen Freibeuter, der es gewagt hatte, diese gewaltige Verabredung zu treffen.

Ich ging zu vielen Gruppen und fragte nach dem bekannten Herrn von damals, aber niemand konnte mir eine Antwort geben.

Ich verstand dann, dass jener alte Pirat sein Versprechen nicht gehalten hatte; ich wusste nicht, warum, und ich fühlte mich enttäuscht.

Schweigend entschied ich mich, zur die herrlichen Tür des Tempels der Weisheit zu gehen; ich wollte den heiligen Ort betreten, aber der Wächter schloss die Tür und sagte zu mir: „Es ist noch nicht Zeit, entferne Dich ..."

Ich war ruhig, verstand alles und setzte ich mich froh auf den symbolischen Stein nahe dem Portal zum Mysterium.

In diesem Moment der Zufriedenheit beobachtete ich mich vollkommen; sicherlich bin ich nicht jemand, der eine subjektive Psyche hat; ich bin mit erwachtem Bewusstsein geboren und habe Zugang zum objektiven Wissen.

Wie schön der Astralkörper mir erschien! (das herausragende Ergebnis der Umwandlung der Libido in antiken Zeiten).

Ich erinnerte mich an meinen physischen Körper, der nun in der Abgeschiedenheit der westlichen Welt, in einer kleinen Stadt in Amerika schlief.

Während ich mich selbst beobachtete, beging ich den Fehler, den astralen und den physischen Körper zu vergleichen; wegen dieser Vergleiche verlor ich die Ekstase und kehrte sofort in das Innere meiner dichten materiellen Hülle zurück.

Ein paar Augenblicke später erhob ich mich aus dem Bett; ich hatte es erreicht, eine wunderbare Astralreise zu machen.

Als ich den alten Piraten streng nach dem Grund fragte, warum er nicht in der Lage gewesen war, sein Versprechen zu erfüllen, konnte er mir keine befriedigende Antwort geben.

Fünfunddreißig Jahre waren seit jener Zeit vergangen, in der der alte Seebär und ich dieses geheimnisvolle Treffen vereinbart hatten.

Nach so langer Zeit war diese seltsame Person nur noch eine Erinnerung, geschrieben auf den staubigen Seiten meiner alten Chroniken.

Ich gestehe aber, dass ich nach so vielen Jahren von etwas Ungewöhnlichem überrascht wurde. In einer Frühlingsnacht, außerhalb meiner dichten sterblichen Gestalt, sah ich den Herrn Shiva, den Heiligen Geist, meine heilige individuelle Monade, mit dem unbeschreiblichen Aussehen des Alten der Tage.

Der Herr ermahnt den alten Seeräuber der Meere mit großer Strenge; zweifellos schlief sein Körper zu dieser nächtlichen Stunde im Bett.

Ich wollte als Dritter bei dieser Zwietracht eingreifen. Der Alt der Jahrhunderte befahl mir auf strenge Weise, ruhig zu sein.

Damals hatte jener Pirat mir meine Tochter zurückgegeben, er hatte sie aus der Hölle geholt, in die er sich selbst gebracht hatte. Jetzt kämpfte mein wahres Sein, Samael, um ihn zu befreien, um ihn aus den höllischen Welten zu holen.

Kapitel VII
Die Meditation

Begrenzt durch intellektuelle Mauern, ermüdet von so vielen komplizierten und schwierigen Theorien, beschloss ich an die tropische Küste des karibischen Meeres zu reisen. Dort, weit weg, im Schatten eines einsamen Baumes, wie ein Einsiedler aus vergangenen Zeiten, beschloss ich, diesen ganzen schwierigen Anhang des nutzlosen Rationalismus zu begraben.

Ohne zu denken, angefangen bei null, in tiefer Meditation versunken, suchte ich in mir selbst den geheimen Meister. Ich gestehe offen und aufrichtig, dass ich jenen Satz des Testaments der antiken Weisheit sehr ernst nahm, der wörtlich sagt:

„Bevor die falsche Dämmerung über der Erde erschien, priesen diejenigen, die den Orkan und den Sturm überlebten den *Innersten* und ihnen erschienen die Herolde der Morgenröte."

Offensichtlich suchte ich den Innersten, ich verehrte ihn im Geheimnis der Meditation, ich betete ihn an.

Ich wusste, dass ich ihn in mir selbst, in den unbekannten Tiefen meiner Seele, finden würde und die Ergebnisse ließen nicht lange auf sich warten.

Später musste ich diesen Sandstrand verlassen und suchte Zuflucht in anderen Ländern und an anderen Orten.

Doch wo auch immer ich war, setzte ich meine Übungen der Meditation fort; im Bett oder auf dem harten Boden liegend, nahm ich die Stellung des brennenden Sterns ein – die Beine und Arme rechts und links ausgestreckt – den Körper völlig entspannt.

Ich schloss die Augen, sodass nichts aus der Außenwelt mich ablenken konnte; dann berauschte ich mich mit dem Wein der Meditation im Glas der perfekten Konzentration. Zweifellos, je mehr ich meine Übungen intensivierte, fühlte ich, dass ich mich tatsächlich dem Innersten näherte.

Die Eitelkeiten der Welt interessierten mich nicht, wohl wissend, dass alles in diesem Tal der Tränen vergänglich ist.

Der Innerste und seine sofortigen und geheimen Antworten waren das Einzige, was mich wirklich interessierte.

Es gibt außergewöhnliche kosmische Feiern, die nie vergessen werden können; das wissen die Götter und die Menschen sehr gut.

In diesem Moment, in dem ich diese Zeilen schreibe, kommt mir die angenehme Morgendämmerung eines glücklichen Tages ins Gedächtnis.

Vom inneren Garten meines Hauses aus, außerhalb des planetarischen Körpers, demütig kniend, rief ich mit lauter Stimme den Innersten. Der Erhabene kam über die Schwelle meines Hauses; ich sah ihn mit einem Siegeszug zu mir kommen.

In den kostbaren Zephir und eine unaussprechliche weiße Tunika gekleidet, kam der Anbetungswürdige zu mir; ich betrachtete ihn glücklich. Auf seinem himmlischen Kopf strahlte die Krone der Hierophanten prächtig; sein ganzer Körper bestand aus Glückseligkeit.

In seiner Rechten strahlten all die wertvollen Edelsteine, die in der Offenbarung des heiligen Johannes erwähnt werden.

Der Herr hielt den Merkurstab, das Zepter der Könige, den Stab der Patriarchen fest in der Hand. Der Ehrwürdige nahm mich in seine Arme und sang mit paradiesischer Stimme Dinge, die irdischen Wesen nicht möglich sind zu verstehen.

Der Herr der Vollkommenheit hat mich dann zum Planeten Venus gebracht, weit entfernt von den Bitterkeiten dieser Welt.

Auf diese Weise näherte ich mich dem Innersten durch den geheimen Weg der inneren tiefen Meditation; jetzt erzähle ich, warum.

Kapitel VIII
Jinas-Zustand

Es ist so, dass ich, obwohl ich mich in meinem Leben mit vielen Dingen beschäftigt habe, die Jinas-Zustände gründlich untersuchen musste.

Sehen Sie, meine Herren, es ist richtig, dass die Erkenntnisse dieses Kapitels uns erstaunten und erfreuten, als wir auf direkte Weise die tatsächliche Existenz der Länder und Völker des Jinas erforschen konnten.

„Es ist erstaunlich, dass im ersten Drittel des 18. Jahrhunderts, als der abergläubische Philipp nicht mehr regierte, Don Juan de Mur y Aguirre, der ehemalige Statthalter von San Marcos de Arichoa in Peru, blind an die Existenz einer Vielzahl von geheimnisvollen Inseln in allen Meeren der Welt glaubte.

Dies war der Tatsache geschuldet, dass aus La Gomera und La Palma mehr oder weniger fantastische Berichte an den General und die Königliche Audienz geschickt wurden, über wiederholte Erscheinungen dieser berühmten Inseln; Berichte, die – so sagte Viera – ein neues Fieber in den Seelen erzeugte und sie dazu brachte, zum vierten Mal die Entdeckung der Insel Non-Trabada anzustreben.

Es ist wahr, dass die Insel Non-Trabada oder Encubierta seit dem 18. Jahrhundert nicht mehr von Sterblichen gesehen wurde, weil die aggressive Skepsis, die seit der Enzyklopädie in der Welt herrscht, nichts anderes verdient, als dass der Schleier der Maya noch dichter wurde, der ähnliche Mysterien des Äthers oder der vierten Dimension verbirgt.

Die Insel Non-Trabada oder Encubierta, allgemein bekannt als San Borondon – sagt Benitez in seiner *Geschichte der Kanarischen Inseln* – ist einer jener verzauberten Orte, der die heutigen Menschen in der gleichen Weise beschäftigt, wie das Goldene Vlies die Antiken.

Und in der Tat hatten sie gute Gründe dafür, da man von den Inseln La Palma, Gomera und Hierro gelegentlich in Richtung WSW von der Ersten und WNW von der Letzten, im Nord-Süd Verlauf eine Art Bergland sehen konnte, das nach den allgemein akzeptierten Berechnungen etwa 40 Meilen von La Palma entfernt war und – wir wissen nicht, wie man das messen konnte – etwa 87 Meilen lang und 28 breit war und das man manchmal vom Südwesten von Teneriffa aus sehen konnte, das könnte etwa 28 Grad und einige Minuten nördlicher Breite sein.

Am 3. April 1570 gab Dr. Hernán Perez de Grado, erster Regent der Audienz der Kanarischen Inseln eine Anordnung an die Inseln Palma, Gomera und Hierro gerichtet heraus, mit dem Ziel eine genaue Untersuchung aller Personen durchzuführen, die die Erscheinung eines solchen Landes beobachtet hatten oder mit anderen Mitteln einen Beweis für seine Existenz zu erbringen.

Aufgrund dieser Anordnung machte der portugiesische Steuermann Pedro Vello, geboren in Setubal, die Aussage, dass er wegen eines Sturms mit zwei Leuten seiner Mannschaft auf der Insel Non-Trabada landete und dort verschiedene unglaubliche Wunder sah (außerordentliche Phänomene, Fußabdrücke von Riesen, usw.).

Dann im Morgengrauen bewölkte sich der Himmel, ein schrecklicher Orkan kam auf, und aus Angst, sein Schiff zu verlieren, ging er schnell wieder an Bord.

Als sie ausliefen, verloren sie das Land aus dem Blick und bald, nachdem der Orkan aufgehört hatte, versuchten sie zurückzukehren, aber es war unmöglich sie zu finden, sodass sie sehr missmutig wurden, zumal zwei Matrosen der Mannschaft im dichten Wald zurückgeblieben waren."

Diese wahre Jinas-Geschichte, die ich ihnen hier erzählt habe, wurde wörtlich aus alten Chroniken entnommen.

Die drei Berge - 47

Einige alte Traditionen, zweifellos alle sehr ehrbar, sagen, dass während des Goldenen Zeitalters von Latium und Ligurien, der göttliche König Janus oder Saturn (I.A.O, Bacchus, Jehova) über diese heiligen Leute, alles arische Stämme, wenn auch aus ganz unterschiedlichen Epochen und unterschiedlicher Herkunft, regierte.

Deshalb könnte man sagen, dass, wie in der Zeit des hebräischen Volkes, Jinas und Menschen glücklich zusammenlebten.

Jana, Yana, Gnana oder Gnosis, ist nichts anderes als die Wissenschaft von Janus, das heißt, die Wissenschaft des Einweihungswissens; die Wissenschaft von Enoichion, dem Seher und die Varianten seines Namens sind so vielfältig, dass es in jeder Sprache eine gibt, sowie Jan, Chhan oder Kan, Dan, Dzan, D'Jan, Jain; sie entsprechen alle dem höchsten Konzept eines planetarischen Geistes, dem Regenten des Saturn, ein Nazada, ein Kabir im wahrsten Sinne des Wortes.

Für mich ist die Jinas Wissenschaft keine Meinung, sondern eine feststehende Wahrheit, und wenn Sie wollen, dass ich es Ihnen mit einer eigenen Erfahrung beweise, hören Sie geduldig die folgende Geschichte:

Dreißig Male habe ich die Blätter im Herbst in meiner jetzigen Reinkarnation fallen sehen, bevor ich bewusst und tatsächlich mit der Doktrin der Jinas oder des Janus arbeitete.

In einer wunderbaren Nacht bekam ich von Litelantes, meiner Priesterin-Frau, eine erhabene Einladung. Ich befand mich in meinem Ehebett, in entspanntem Zustand, mit dem Gesicht nach oben (in Rückenlage).

Ich muss feierlich behaupten, für das Wohl der großen Sache, dass ich zu dieser Zeit in einem Zustand der Wachsamkeit, wachsamer Wahrnehmung war. Ich schlief, aufmerksam und wachsam, wie ein Wächter in Zeiten des Krieges; ich sehnte mich mit unendlichem Verlangen nach etwas Außergewöhnlichem.

Nach den bekannten, unerlässlichen Anrufungen, fühlte ich mich, als ob ein anderer Mensch auf meinem entspannten Körper sitzen würde, auf den Decken, die mich wunderbar vor der Kälte der Nacht schützten. Zweifellos war es Litelantes; ich erkannte sie durch ihre Stimme, als sie mich kraftvoll bei meinem Taufnamen rief. Offensichtlich hatte es diese Adeptin, durch zusätzliche Hilfe einiger Jinas-Menschen erreicht, ihren physischen Körper in die vierte Dimension zu versetzen.

„Gehen wir!", sagte sie, „gehen wir! Gehen wir!", und ich, der ich diesen Moment mit unendlicher Sehnsucht erwartet hatte, erhob mich eilig aus dem Bett.

Es ist offensichtlich und klar, dass ich, als ich mit dieser Hilfe aufgestanden war, tatsächlich die Grenze der Lichtgeschwindigkeit überschritten hatte und ich blieb neben dem Bett des Büßers und Einsiedlers stehen, mit dem physischen Körper in die vierte Dimension versunken.

Jeder aufrichtige Gnostiker könnte sicherlich das Gleiche tun, wenn er sich im Moment des Einschlafens intensiv auf seine eigene, individuelle, göttliche Mutter Natur konzentrieren würde.

Eine ganz besondere magische Formel lautet wie folgt:

„Ich glaube an Gott,
Ich glaube an meine Mutter Natur,
und ich glaube an die weiße Magie.
Meine Mutter, hole mich mit meinem Körper.
Amen."

Dieses Gebet sollte man Tausende Male im Moment des Einschlafens sagen, aber man sollte das volkstümliche Sprichwort nicht vergessen: „Gott hilft den Tüchtigen."

Wenn Sie fast eingeschlafen sind, erheben Sie sich aus dem Bett, flehen Sie und springen Sie dann hoch, mit der Absicht im Raum zu schweben; haben Sie Glauben wie ein Senfkorn, und Sie werden Berge versetzen.

Wenn Sie es nicht schaffen zu schweben, gehen Sie zurück in Ihr Bett und wiederholen Sie den Versuch.

Vielen gelingt es sofort, anderen erst nach Monaten oder sogar Jahren, in die Jinas-Paradiese einzutreten.

Nach dieser kurzen aber wichtigen erklärenden Abschweifung fahren wir mit unserer Geschichte fort. Ich verließ mein Schlafzimmer mit festen und bestimmten Schritten, überquerte einen kleinen Hof und ging dann auf die Straße. Eine Gruppe von älteren Damen ließ mir mit viel Ehrfurcht den Vortritt, sie verbeugten sich ehrfürchtig vor meiner unbedeutenden, wertlosen Person. Ich dankte ihnen für die besondere Höflichkeit.

Ich verließ die Stadt, dicht gefolgt von jener Gruppe von Jinas-Menschen und ging in Richtung der benachbarten Berge.

Ich fühlte mich, als ob ich in eine entfernte, alte, sublunare Vergangenheit gestürzt wäre; ich verstand, dass ich in den niederen Kosmos eingedrungen war. Ich wurde Mutproben unterzogen, indem man mich gezwungen hat, über tiefe Abgründe zu gehen.

In der vierten Vertikalen schwebend, begleitet von Litelantes und dem ganzen Gefolge von Jinas-Menschen, überquerte ich den stürmischen Ozean und erreichte einen geheimen Ort des alten Europa.

Mutig betrat ich eine bestimmte Burg, wo ich erstaunt ein seltsames Symbol betrachtete, unter dem sich ein Kreuz befand.

Die Rückkehr in mein Haus war relativ einfach, denn es ist ein Gesetz in der vierten Dimension, dass alles zu seinem ursprünglichen Ausgangspunkt zurückkehrt.

Litelantes und ich sprachen sehr erfreut über all dies; offensichtlich hatten wir einen wundervollen Sieg erreicht.

In den folgenden Tage setzen wir unsere Experimente fort; wir lernten, den physischen Körper in den höheren Kosmos zu versetzen.

Heute wissen wir durch direkte Erfahrung, dass wir mithilfe der göttlichen Mutter Kundalini den physischen Körper in den Jinas-Zustand versetzen können, um im höheren Kosmos zu reisen.

Kapitel IX
Die dionysische Welle

Zweifellos können Mammon und Dionysos nie in Einklang gebracht werden, da sie sowohl im Äußeren als auch im Inneren unvereinbar sind. In einer unwiderlegbaren axiomatischen Weise können und müssen wir Mammon durch zwei Begriffe definieren:

A) Intellektualismus.

B) Geld (Gold, Reichtum).

Auf korrekte, unbestreitbare und endgültige Weise muss man Dionysos folgendermaßen definieren:

A) freiwillige Umwandlung der sexuellen Libido.

B) Mystische transzendentale Ekstase.

Es ist angebracht, jetzt jenes Datum der Chroniken dieser armen pygmäenhaften Menschheit – den 4. Februar 1962, zwischen 2 und 3 Uhr nachmittags – zu erwähnen, an dem alle Planeten unseres Sonnensystems sich in einem höchsten kosmischen Konzil vereint haben, genau in der strahlenden Konstellation des Wassermanns, um das neue Zeitalter unter dem erhabenen Donner der Gedanken zu beginnen.

Seit diesem denkwürdigen Datum und unter der Regentschaft von Uranus, dem ehrwürdigen und erhabensten Herrn des Wassermanns vibriert die dionysische Welle intensiv in der ganzen Natur.

Es sollte in diesem Kapitel betont werden, dass der erwähnte Planet jener strahlende Himmelskörper war, ist und immer sein wird, der auf intelligente Weise die endokrinen sexuellen Drüsen regiert.

Jetzt können Sie den eigentlichen Grund, der in diesen Zeiten die intensive dionysische Vibration verursacht, verstehen.

Es ist eine konkrete Tatsache, dass die Erdbewohner, in ihrer überwiegenden Mehrheit der Situation nicht gewachsen waren; sie waren nicht fähig sich positiv mit dieser Welle zu polarisieren.

Die beiden Aspekte – positiv-negativ – dieser kosmischen Schwingung zu erklären ist dringend notwendig und unverzichtbar.

Positiver dionysischer Pol: unterschwelliges sexuelles Vergnügen; freiwillige Umwandlung des Wesens des Samens; erwachtes Bewusstsein; objektives Wissen; überragende Intuition; transzendentale Musik der großen klassischen Meister, usw.

Negativer dionysischer Pol: sexuelle Degeneration; alle Arten von Infrasexualität; Homosexualität; Lesbianismus; dämonisches Vergnügen in den höllischen Welten mithilfe von Drogen, Pilzen, Alkohol; höllische Musik, wie die des New Wave, usw.

Es ist dringend notwendig, die inneren Vorgänge der beiden Pole der dionysischen Welle zutiefst zu verstehen.

Als lebendiges Beispiel für ein solches diametral entgegengesetztes Paar von Polen, die den oben genannten Wellenbewegungen entsprechen, ist es angebracht, als Beispiel zwei zeitgenössische revolutionäre Bewegungen zu zitieren.

Auf vorsichtige Weise will ich mich klar und ohne Umschweife auf die „Universale Internationale Christliche Gnostische Bewegung" und die Rückseite der dionysischen Medaille, bekannt unter dem traurigerweise berühmten Namen „Hippie-Bewegung" beziehen.

Zweifellos sind die beiden genannten psychologischen Antipoden „per se" eine lebende manifestierte Darstellung der beiden entgegengesetzten Pole der gewaltigen dionysischen Vibration.

Nachdem wir in diesem Teil des vorliegenden Kapitels angekommen sind, ist eine didaktische Erklärung unvermeidlich.

Wenn man versucht zu erfahren, was die Wahrheit, die Wirklichkeit ist, dann sind dionysische Trunkenheit, Ekstase, Samadhi offensichtlich unverzichtbar. Ein solches Hochgefühl ist zu hundert Prozent mithilfe der Technik der Meditation möglich.

Psychedelisch ist anders, dieser Begriff wird folgendermaßen übersetzt: Psyche = Seele; delisch = Droge.

Genauer gesagt: Das Psychedelische ist die Antithese der Meditation; die Hölle der Drogen befindet sich im Inneren des planetarischen Organismus, auf dem wir leben; unter der obersten Schicht der Erdkruste.

Halluzinatorische Pilze, LSD Pillen, Marihuana, usw., usw., usw. intensivieren offenbar die Schwingungsfähigkeit der subjektiven

Kräfte, aber es ist klar, dass sie nie in der Lage sind, das Bewusstsein zu erwecken.

Drogen verändern die sexuellen Gene grundlegend, das ist wissenschaftlich nachgewiesen. Die Folge solcher negativer genetischer Mutationen ist offensichtlich die Geburt von monströsen Kindern.

Die Meditation und das Psychedelische sind unvereinbar, gegensätzlich; sie können nie vermischt werden.

Zweifellos weisen diese beiden Faktoren des dionysischen Rausches auf eine psychologische Rebellion hin.

Gnostiker und Hippies langweilte der eitle Intellektualismus des Mammon; sie waren der vielen Theorien überdrüssig; sie kamen zu dem Ergebnis, dass der Verstand als Werkzeug der Forschung wertlos ist.

Zen? Jnana Yoga? Dies ist die Superlative. Es gibt in uns in latentem Zustand Fähigkeiten der Erkenntnis, die dem Verstand unendlich überlegen sind; durch sie können wir auf direkte Weise erfahren, was die Wahrheit ist, was nicht der Zeit angehört.

Die Hippie-Bewegung bevorzugte die Hölle der Drogen; zweifellos haben sie sich für das Perverse entschieden.

Wir Gnostiker, völlig vom törichten Intellektualismus des Mammon desillusioniert, trinken den Wein der Meditation im Glas der perfekten Konzentration.

Psychologische, radikale und tiefe Veränderungen sind dringend notwendig, wenn wir von den Täuschungen des Verstandes ernüchtert sind.

Es ist notwendig, zurückzugehen zum Ausgangspunkt; nur so ist eine radikale Umwandlung möglich.

Sexualwissenschaft? Gott und heilige Maria, steht mir bei!

Bei diesem Thema werden die Puritaner entsetzt sein. Es steht in feurigen Buchstaben in der Heiligen Schrift geschrieben, dass die Sexualität ein Stein des Anstoßes und ein Stolperstein ist.

Es ist klar, dass wir nicht Kinder einer Theorie, Schule oder Sekte sind. Streng genommen finden wir die Wurzel unserer Existenz in einem Mann, einer Frau und einem Koitus. Wir wurden nackt geboren, jemand hat unsere Nabelschnur durchgeschnitten; wir weinten und suchten dann nach der mütterlichen Brust.

Kleidung? Schulen? Theorien? Bildung? Geld?, usw., usw., usw., all das kam später als Zugabe.

Es gibt jede Art von Glauben, aber die einzige Kraft, die uns vollkommen umwandeln kann, ist jene, die uns ins Dasein gebracht hat; ich beziehe mich auf die schöpferische Energie des ersten Augenblicks, die sexuelle Potenz.

Das amouröse Vergnügen, der erotische Genuss ist logischerweise das größte Glück.

Zu wissen, wie man weise kopuliert, ist unerlässlich, wenn man aufrichtig eine endgültige psychologische Veränderung ersehnt.

Die Hippies ahnten all das, als sie gegen Mammon rebellierten, jedoch nahmen sie den falschen Weg; sie haben sich nicht auf den positiven Pol des Dionysos eingestimmt.

Wir Gnostiker sind anders; wir wissen zu genießen, es gefällt uns, die Libido umzuwandeln.

Das ist kein Verbrechen.

Die „Hippie-Bewegung" marschiert entschlossen auf dem involutiven absteigenden Weg der Infrasexualität.

Die „Universale Internationale Gnostische Christliche Bewegung" schreitet siegreich auf dem aufsteigenden revolutionären Pfad der „Suprasexualität".

Kapitel X
Das sexuelle Feuer

Die sexuelle Umwandlung des „ens seminis" in schöpferische Energie ist möglich, wenn wir den abscheulichen Spasmus, den unreinen Orgasmus der Unzüchtigen vermeiden.

Die Bipolarisierung dieser Art der kosmischen Energie im menschlichen Organismus wurde seit der Antike in den Einweihungsschulen in Ägypten, Mexiko, Peru, Griechenland, Chaldäa, Rom, Phönizien, usw., usw., usw., analysiert.

Der Aufstieg der Samenenergie zum Gehirn erfolgt durch ein bestimmtes Paar Nervenstränge, das sich in Form einer acht rechts und links der Wirbelsäule prächtig entfaltet.

Wir haben hier den Merkurstab mit den immer geöffneten Flügeln des Geistes. Das erwähnte Paar von Nervensträngen kann niemals mit einem Skalpell entdeckt werden, da es halb ätherischer, halb physikalischer Natur ist.

Dies sind die beiden Zeugen der Apokalypse, die beiden Oliven und die beiden Leuchter, die sich vor dem Gott der Erde befinden und wenn jemand ihnen schaden will, kommt Feuer aus ihrem Mund und verschlingt ihre Feinde.

Im heiligen Land der Veden sind diese Nervenstränge unter dem Sanskrit-Namen Ida und Pingala bekannt; der Erste ist mit dem linken Nasenloch und der Zweite mit dem rechten Nasenloch verbunden.

Es ist offensichtlich, dass der erste dieser beiden Nadis oder Kanäle lunar ist; es ist offensichtlich, dass der Zweite solarer Natur ist.

Viele gnostische Schüler wundern sich vielleicht, dass Ida, obwohl er kalter und lunarer Natur ist, eine Verbindung zum rechten Hoden hat.

Vielen Schülern unserer gnostischen Bewegung kommt es vielleicht ungewöhnlich und unerwartet vor, dass Pingala, obwohl er streng solarer Art ist, tatsächlich im linken Hoden beginnt.

Allerdings sollte uns das nicht erstaunen, denn alles in der Natur basiert auf dem Gesetz der Polaritäten.

Der rechte Hoden hat seinen genauen Gegenpol im linken Nasenloch und das ist bereits bewiesen.

Der linke Hoden hat seinen genauen Gegenpol im rechten Nasenloch und offensichtlich muss es so sein.

Die esoterische Physiologie lehrt uns, dass im weiblichen Geschlecht die beiden Zeugen in den Eierstöcken beginnen.

Zweifellos ist die Anordnung dieser beiden Oliven des Tempels in den Frauen umgekehrt.

Alte Traditionen, die in der tiefen Nacht aller Zeitalter entstanden, sagen, dass wenn die solaren und lunaren Atome des Samensystems sich im Triveni in der Nähe des Steißbeins treffen, durch einfache elektrische Induktion eine dritte Kraft erwacht; ich beziehe mich auf das wunderbare Feuer der Liebe.

In den alten Texten der antiken Weisheit steht geschrieben, dass die untere Öffnung des Rückenmarkkanals bei normalen Personen hermetische verschlossen ist; die Samendämpfe öffnen sie, damit das heilige Feuer der Sexualität dort eintritt.

Entlang des Rückenmarkkanals findet man eine wunderbare Sammlung verschiedener Kanäle, die sich gegenseitig durchdringen, ohne sich zu vermischen, weil sie sich in verschiedenen Dimensionen befinden; erinnern wir uns an Sushumna und andere wie Vajra, Chitra, Centralis und der berühmte Brahmanadi; durch diesen Letzteren steigt das Feuer der sexuellen Wonnen, wenn wir niemals das Verbrechen begehen, den Samen zu vergießen.

Es ist absurd, die irrtümliche Idee zu betonen, dass das erotische Feuer des höchsten Glückes die Reise zurück zum Steißbein macht, nach der Inkarnation des Seins (der Jivatman) im Herzen des Menschen.

Es ist eine schreckliche Unwahrheit, zu behaupten, dass die göttliche Flamme der Liebe, nachdem sie ihre Vereinigung mit Paramashiva genossen hat, sich trennt und auf dem gleichen Weg zurückkehrt.

Solch eine fatale Rückkehr, der Abstieg zum Steißbein ist nur möglich, wenn der Eingeweihte den Samen vergießt; dann fällt er, niedergeschmettert durch den schrecklichen Strahl der kosmischen Gerechtigkeit.

Der Aufstieg des sexuellen Feuers durch den Rückenmarkkanal geschieht sehr langsam, gemäß den Verdiensten des Herzens.

Die Feuer des Kardias steuern weise den wunderbaren Aufstieg der Flamme der Liebe.

Offensichtlich ist diese erotische Flamme nicht etwas Automatisches oder Mechanisches, wie viele aufrichtig Irrende annehmen.

Dieses Schlangen-Feuer erwacht ausschließlich durch die zärtliche und ehrliche sexuelle Freude.

Die erotische Flamme würde nie durch den Rückenmarkkanal der Ehepaare aufsteigen, die nur aus Zweckmäßigkeit zusammen sind.

Der Aufstieg der heiligen Flamme durch die Wirbelsäule von ehebrecherischen Männern und Frauen ist unmöglich.

Das Feuer der sexuellen Freude würde nie durch die Wirbelsäule derer aufsteigen, die den Guru verraten.

Das sexuelle Feuer würde nie durch den Rückenmarkkanal von Betrunkenen, Homosexuellen, Lesben, Drogenabhängigen, Mördern, Dieben, Lügnern, Verleumdern, Ausbeutern, Gierigen, Blasphemischen, Gotteslästerern, usw., usw., usw. aufsteigen.

Das Feuer des sexuellen Genusses ähnelt einer Schlange der Wunder, die, wenn sie erwacht, einen Klang ausstößt, ähnlich dem einer Viper, die mit einem Stock aufgehetzt wird.

Das sexuelle Feuer, dessen Sanskritname Kundalini ist, entwickelt sich, revolutioniert und steigt in die strahlende Aura des Maha Chohan auf.

Der Aufstieg der Flamme des glühenden Glückes entlang des Rückenmarkkanals, von Wirbel zu Wirbel, von Grad zu Grad, findet sehr langsam statt; sie würde nie plötzlich aufsteigen, wie einige Personen fälschlicherweise annehmen, die nicht über die richtigen Informationen verfügen.

Es ist unnötig zu sagen, dass die dreiunddreißig Grade der okkulten Freimaurerei esoterisch den dreiunddreißig Wirbeln entsprechen.

Wenn der Alchemist das Verbrechen begeht, den Becher des Hermes zu verschütten (ich beziehe mich auf den Samenerguss) verliert er offensichtlich freimaurerische Grade, denn das Feuer des zärtlichen Zaubers fällt ein oder mehrere Wirbel, entsprechend der Schwere des Fehlers.

Es ist extrem schwierig, verlorene Grade wiederzuerlangen; aber, es steht geschrieben, dass in der Kathedrale der Seele mehr Freude herrscht bei einem Sünder, der bereut, als bei tausend rechtschaffenen Menschen, die es nicht nötig haben zu bereuen.

In der Lehre der Liebe werden wir immer von den Elohim unterstützt; sie beraten und helfen uns.

Die adhyatmische Universität der Weisen untersucht in regelmäßigen Abständen die Kandidaten, die, nachdem sie auf den Mammon (Intellektualismus und materielle Reichtümer) verzichtet haben, die Freuden der Liebe im Ehebett weise genießen.

Der Schlüssel zur Erlösung befindet sich in der Wirbelsäule und im Samen und alles, was nicht diesen Weg geht, ist in der Tat eine Zeitverschwendung.

Die Schlangen-Feuer (Kundalini) befindet sich dreieinhalb Mal eingerollt, wie jede Schlange, in einem bestimmten magnetischen Zentrum im Steißbein, an der Basis der Wirbelsäule.

Wenn die sexuelle Schlange erwacht, um ihren Weg nach innen und nach oben beginnt, erleben wir sechs transzendentale mystische Erfahrungen, die wir hier klar mit sechs Sanskrit-Begriffen folgendermaßen definieren können und müssen:

Ananda: ein bestimmtes spirituelles Glück.

Kampan: erhöhte Empfindlichkeit elektrischer und psychischer Art.

Utthan: zunehmende Erhöhung des Selbstbewusstseins; Astralprojektion; transzendentale mystische Erfahrungen in den höheren Welten, usw.

Ghurni: starke Sehnsucht nach dem Göttlichen.

Murcha: Zustand der Ruhe, Entspannung der Muskeln und Nerven während der Meditation auf natürliche und spontane Art und Weise.

Nidra: eine bestimmte Art des Traums, der sich in Kombination mit einer tiefen innerlichen Meditation in ein strahlendes Shamadhi (Ekstase) verwandelt.

Zweifellos verleiht uns das Feuer der Liebe unendliche transzendentale Mächte.

Die sexuelle Flamme ist zweifellos zugleich eine jehovistische und vedantische Wahrheit.

Die sexuelle Flamme ist die Göttin des von den Weisen verehrten Wortes; wenn sie erwacht, verleiht sie uns die Erleuchtung.

Die erotische Flamme verleiht uns diese göttliche Weisheit, die nicht dem Verstand angehört und jenseits der Zeit ist.

Sie gibt auch das Mukti der endgültigen Glückseligkeit und das Jnana der Befreiung.

DI-ON-IS-IO, Dionysos.

Wenn man dieses magische Wort, dieses Mantram der Wunder in Silben aufteilt, geschieht die freiwillige Umwandlung der Libido während des paradiesischen Koitus.

Magische Ergebnisse dieses Mantrams:

DI - verstärkte Vibration der schöpferischen Organe.

ON - intelligente Bewegung der schöpferischen Energie im gesamten sexuellen Nervensystem, bis sie im Bewusstsein versinkt.

IS - diese mantrische Silbe erinnert uns an die isischen Mysterien und ihren entsprechenden Namen, Isis.

Offensichtlich ruft der Vokal I und der Buchstabe S, lang ausgesprochen wie ein süßes und sanftes Zischen, die sexuelle Schlange, damit sie siegreich durch den Rückenmarkkanal aufsteigt.

IO - Isolde, die Androgyne, lunar-solar, Osiris-Isis strahlt schrecklich göttlich aus der tiefsten Tiefe aller Zeiten.

I, in seiner tiefsten Bedeutung ist sicherlich das Lingam (Phallus), das hebräische Iod.

O ist das ewig Weibliche, die Gebärmutter (Yoni), das berühmte hebräische He.

IO, wenn wir diese letzte Silbe des magischen Wortes während der sexuellen Trance aussprechen, findet die vollkommene Umwandlung der Libido statt.

So erwacht die feurige Schlange unserer magischen Kräfte, um ihre Reise durch den Rückenmarkkanal zu beginnen.

Der mütterliche Aspekt der heiligen Flamme, die schlangenartige durch die Wirbelsäule aufsteigt, ist offensichtlich.

Flamme in Form einer Schlange; göttliche sexuelle Flamme; Heiligste Mutter Kundalini.

Außerhalb des physischen Körpers nimmt unsere eigene kosmische Mutter (denn jeder hat seine eigene) immer die wunderbare Gestalt einer jungfräulichen Mutter an.

Eines Tages – der Tag und die Stunde sind nicht wichtig – befand ich mich außerhalb des physischen Körpers und traf mich mit meiner heiligen Mutter im Inneren eines prächtigen Raumes.

Nach den üblichen Umarmungen zwischen Sohn und Mutter setzte sie sich auf einen bequemen Sessel mir gegenüber; diese Gelegenheit nutzte ich, um einige sehr notwendige Fragen zu stellen.

„Geht es mir zurzeit gut, meine Mutter?"

„Ja, mein Sohn, es geht Dir gut."

„Ist es noch notwendig, die Sexualmagie zu praktizieren?"

„Ja, ist es notwendig für Dich."

„Ist es möglich, dass es dort in der physischen Welt jemanden gibt, der sich Selbstverwirklichen kann, ohne die Notwendigkeit der Sexualmagie?"

Die Antwort auf diese letzte Frage war sehr streng: „Unmöglich, mein Sohn, das ist nicht möglich."

Ich gestehe offen und ohne Umschweife, dass diese Worte der Erhabenen mich erstaunten.

Ich erinnerte mich dann mit größtem Schmerz an die vielen Pseudo-Esoteriker und Pseudo-Okkultisten, die tatsächlich die endgültige Befreiung ersehnten, aber das Sahaja Maithuna, die Sexualmagie, den wunderbaren Schlüssel des großen Arkanums nicht kannten.

Zweifellos ist der Weg, der in den Abgrund führt, mit guten Vorsätzen gepflastert.

Kapitel XI
Die heilige Kuh

Vor der zweiten transapalinischen Katastrophe, die das Aussehen der Erdkruste grundlegend veränderte, gab es einen alten Kontinent, der heute in den stürmischen Gewässern des Atlantiks versunken ist.

Ich beziehe mich nachdrücklich auf „Atlantis", an das überall unzählige Traditionen erinnern.

Betrachten Sie ausländische atlantische Namen oder solche in „barbarischen Sprachen", wie jene schwachsinnigen Griechen zu sagen pflegten, die Anaxagoras ermorden wollten, als er zu behaupten wagte, dass die Sonne etwas größer als die Hälfte des Peloponnes wäre.

Namen, die von den saiphischen Priestern in die ägyptische Sprache übersetzt wurden und von dem göttlichen Plato wieder in ihre ursprüngliche Bedeutung zurück übersetzt wurden, um sie dann wunderbarerweise in die attische Sprache einfließen zu lassen.

Betrachten Sie die diamantene Linie der tausendjährigen Tradition von jenen bis zu Solon, gefolgt von den beiden, Kritias und dem Meister Platon.

Betrachten Sie die außergewöhnlichen Beschreibungen der Botanik, Geografie, Zoologie, Mineralogie, Politik, Religion, Bräuche, usw. der Atlanter.

Betrachten Sie mit den Augen eines rebellischen Adlers auch die verschleierten Andeutungen auf die ersten göttlichen Könige jenes alten vorsintflutlichen Kontinents, auf die es auch im heidnischen Mittelmeergebiet und in den heiligen alten Texten der orientalischen Welt so viele Hinweise gibt.

Erhabene Könige, von denen die erstaunlichen Aufzeichnungen von Diodorus Siculus, den wir noch studieren wollen, detaillierte Beschreibungen geben.

Betrachten Sie schließlich, und das ist das Interessanteste, das Opfer der heiligen Kuh, charakteristisch für die Brahmanen, die

Hebräer, die Moslems, die europäischen Heiden und Tausende anderer Völker.

Es ist unbestritten, dass unsere berühmten und unzerstörbaren Stierkämpfe im Grunde nichts anderes sind als ein altes überliefertes Überbleibsel jenes atlantischen Opferfestes, dessen Beschreibung sich noch immer in vielen geheimen archaischen Büchern findet.

Es gibt tatsächlich viele Legenden in der Welt über diese Stiere, die im Tempel von Neptun freigelassen wurden, Tiere, die nicht wie heutzutage brutal mit Lanzen und Schwertern überwältigt wurden, sondern mit Lassos und anderen genialen Künsten des klassischen Stierkampfs.

Die symbolische, bereits besiegte Bestie wurde in der heiligen Arena zu Ehren der heiligen Götter von Atlantis geopfert, die, wie Neptun selbst, vom solaren ursprünglichen Zustand involutionierten, bis sie sich in lunare Wesen verwandelt hatten.

Die klassische Kunst des Stierkampfs hat sicherlich etwas mit der Einweihung zu tun und steht in Verbindung mit dem geheimnisvollen Kult der heiligen Kuh.

Betrachten Sie die atlantische Arena im Tempel von Neptun und die Heutige; sie sind sicherlich nichts anderes als ein lebender Tierkreis, in dem das verehrte Publikum angeordnet sitzt.

Der Einweihende oder Hierophant ist der Meister, die Banderilleros zu Fuß sind die Gesellen.

Die Lanzenreiter sind die Lehrlinge.

Daher reiten diese auf dem Pferd, d. h., mit all ihrer Last auf seinem ungezähmten Körper, der in der Regel während des harten Kampfes stirbt.

Die Gesellen beginnen sich schon der Bestie, dem tierischen Ego überlegen zu fühlen, wenn sie die „Banderillas" setzen; d. h., sie sind schon, wie Arjuna der Bhagavad Gita die Verfolger des geheimen Feindes, während der Meister mit dem Umhang seines Ranges, d. h. mit der Beherrschung von Maya und mit dem Flammenschwert des Willens in seiner Rechten, den Gott Krishna jenes alten Gedichtes darstellt, nicht als Verfolger, sondern als Mörder des Ichs, der Bestie, dieses schrecklichen brüllenden Monsters, welches König Arthur,

Die drei Berge - 63

Oberhaupt der berühmten Ritter der Tafelrunde in Kameloc oder Kamaloka gesehen hat.

Der strahlende atlantische Stierkampf ist daher eine königliche Kunst, zutiefst symbolisch, da er uns durch seine brillante Symbolik den harten Kampf lehrt, der uns zur Auflösung des Ego führt.

Jeder Blick zurück in Bezug auf den Esoterismus des Stierkampfs, wird uns zweifellos zu mystischen Entdeckungen transzendentaler Art führen.

Es ist wichtig, die tiefe Liebe zu erwähnen, die auch heutzutage der Stierkämpfer für seine Jungfrau fühlt; es ist offensichtlich, dass er sich ihr vollkommen hingibt, bevor er mit seiner strahlenden Tracht in der Arena erscheint.

Das erinnert uns an die Isis-Mysterien, an das schreckliche Opfer der heiligen Kuh und die archaischen Kulte des IO, deren Ursprünge bis zum Anbruch des Lebens auf unserem Planeten Erde zurückzuführen sind.

Es ist ergreifend, klar und deutlich, dass nur IO, Devi Kundalini, die heilige Kuh mit fünf Beinen, die göttliche Mutter, wirklich diese magische Schlangen-Kraft besitzt, die uns erlaubt, das tierische Ego, die brüllende Bestie des Rades der Existenz zu kosmischem Staub zu reduzieren.

Die Vokale IO bilden die Zahl zehn der Erzeugung und das Verhältnis des Umfangs zum Durchmesser.

Offensichtlich ist IO deshalb die Zahl Pi (Pythar), das große männlich-weibliche Geheimnis.

IO ist auch die Swastika, Fohat oder die transzendente sexuelle Elektrizität, die durch das Kreuz in einem Kreis dargestellt wird, ein Symbol der Erde, über das ein ganzes Buch geschrieben werden könnte.

Es steht mit Buchstaben aus Feuer im Buch des Lebens geschrieben, dass ein solches Symbol wie die Swastika, in Gestalt mathematischer Koordinaten in allen Ländern der Welt seit der Nacht der Jahrhunderte existierte.

Wir müssen uns dringend in Kuhhirten verwandeln, d. h. in weise Führer der heiligen Kuh. Die ehrwürdige große Meisterin H.P.B. hat tatsächlich in Indien eine echte Kuh mit fünf Beinen gesehen; es war eine Laune der Natur, ein makelloses Wunder, weiß, unbeschreiblich.

Herr Mario Roso de Luna sagte, dass jenes einzigartige Wesen das fünfte Bein auf dem Rücken hatte und es benutzte, um Fliegen zu verscheuchen oder sich zu kratzen.

Dieses merkwürdige Tier wurde von einem jungen Mann der Sadhu Sekte geführt; der Junge ernährte sich ausschließlich von der Milch dieser geheimnisvollen Kuh.

Die esoterische wunderbare und herrliche Symbolik der Kuh mit fünf Beinen ist klar und offenkundig.

Ein eindeutiger lebender Ausdruck der fünf Entfaltungen unserer göttlichen Mutter Kundalini, sehr individuell.

Erinnern wir uns an das Zeichen der Unendlichkeit, die liegende und mit einer Fünf gleichgesetzten Acht, was wörtlich bedeutet: „Die Unendlichkeit ist gleich fünf", d. h., die Unendlichkeit ist gleich dem Pentalpha, der unaussprechlichen Kuh mit fünf Beinen, dem Stern mit den fünf Spitzen oder dem regelmäßigen sternförmigen Fünfeck, das Mephistopheles aufgehalten hat, als er auf die Anrufung des Doktors Faustus herbeieilte.

Es ist unerlässlich für das Wohl aller und eines jeden unserer Schüler, diese fünf Aspekte zu erklären:

A) Die unmanifestierte Kundalini.

B) Die unaussprechliche Isis, keusche Diana. (Weisheit, Liebe, Kraft).

C) Die griechische Hekate, die ägyptische Proserpina, die aztekische Coatlicue. (Die Königin der Hölle und des Todes. Schrecken der Liebe und des Gesetzes).

D) Die eigene individuelle Mutter Natur. (Diejenige, die unseren physischen Körper geschaffen hat).

E) Die elementale instinktive Magierin. (Diejenige, die unsere Instinkte erzeugt hat).

Der „Kuhhirte", der Führer der heiligen Kuh, kann und muss mit der Lehre der fünf Mächte des Pentalpha arbeiten. Ich erkläre feierlich und nachdrücklich Folgendes: Ich arbeite direkt mit den fünf

Kräften der heiligen Kuh. Es ist eine Pflicht, das Pentalpha zu veranschaulichen, zu erklären und darüber zu lehren, aber ich bevorzuge es, das mittels lebender Geschichten zu tun:

Erste Geschichte

Es wird gesagt, dass es nur ein Schritt ist zwischen dem Erhabenen und dem Lächerlichen, und das ist ein Axiom.

Erinnern Sie sich für einen Moment an die Bacchantinnen, wenn sie im Zustand des orgiastischen Aufruhrs waren.

Weibliche Schönheiten, die sich positiv mit der dionysischen Welle polarisierten, Nymphen der Wälder und Berge, verfolgt von den lasziven Silenen.

Betrachten Sie nun die lächerlichen Mänaden, die sie negativ mit der Welle des Dionysos polarisierten.

Ungezügelte Tänzerinnen in der Raserei ihres heiligen Wahnsinns.

„Hippie" Frauen aus dem alten Griechenland.

Weibliche Prostituierte, aufgestachelt durch Drogen, in vollkommener dionysischer Trunkenheit.

Die Menschen- und Tieropfer machten sie noch gefährlicher.

Es waren die lüsternen Mänaden, die Orpheus töteten, und die wunderbare Leier fiel auf den Boden des Tempels und ging zu Bruch.

Einmal erzählte ich meinen Freunden komische Episoden in Zusammenhang mit einer ausschweifenden Vergangenheit.

Offensichtlich durfte in dieser Komödie die fermentierte Frucht des Weinstocks und der Bacchantinnen auf der Höhe ihrer orgiastischen Raserei nicht fehlen.

Lächerliche Szenen vergangener Zeiten, in denen ich als gefallener Bodhisattwa durch diese Welt des Kali-Yuga ging.

Es gibt jedoch auch glanzvolle Momente für die Menschheit; eine kosmische Erinnerung ist in der Tat sehr notwendig. Außerhalb des physischen Vehikels, im Astralkörper, betrat ich die unterirdische Welt unterhalb des euklidischen dreidimensionalen Raumes.

Was dann geschah, war sehr schrecklich; was ich dort sah, in diesem schrecklichen unteren Bereich, war das Gleiche, was zuvor Menschen wie Hoffmann, Edgar Allan Poe, Blavatsky, Bulwer-Lytton in allen Zeiten gesehen haben; das Gleiche, was uns Espronceda ausmalt mit seinen dämonischen Chören, mit den Ängsten des Dichters, mit seinen misstönenden Stimmen derjenigen, die das Schiff des Lebens ohne Ziel lenken, wie Verrückte dem Wind der Leidenschaften und dem düsteren Meer des Zweifels an guten Taten vertrauen; von denen, die sich fatalerweise mit dem Schicksal vermählen; von den Stolzen, die aus törichten Bestrebungen den Turm von Babel errichten wollen; von denen, die lügen, von denen, die für weltlichen Ruhm kämpfen, von denen, die sich im Vergnügen der Orgien beschmutzen, von denen, die Gold begehren, von Faulenzern, die die fruchtbare und kreative Arbeit hassen, von den Bösewichten, von den Heuchlern und allen anderen Opfern des Proteus des Egoismus.

Es erschienen Krallen, Zähne, Hörner, Rüssel, Pfeile, Hacken, Schwänze, gezackte Flügel, verletzende Ringe, die versuchten mich auszulöschen, wie einen unbedeutenden Wurm.

In diesem Moment drangen viele schreckliche Geräusche an mein magisches Gehör: Schreien, Heulen, Pfeifen, Wiehern, Zischen, Muhen, Kreischen, Miauen, Bellen, Fauchen, Schnarchen und Klappern. Ich befand mich im Schlamm des Elends versunken; die Angst überwältigte mich; und ich wartete sorgenvoll auf einen Balsam, um mein schmerzendes Herz zu heilen.

Die Bemühungen jener großen Seher der Astralwelt, die sich Alchimisten, Kabbalisten, Okkultisten, Esoteriker, Yogis, Gnostiker oder einfach Dichter nannten, waren nicht umsonst.

Plötzlich geschieht etwas Ungewöhnliches jenseits des schlammigen Wassers des Acheron; die schreckliche Tür, die der Zugang zum Haus des Pluto ist, dreht sich in den Angeln.

Sehr aufgewühlt zittere ich, ich ahne, dass etwas Schreckliches passiert ist.

Ich habe mich nicht geirrt …

Ich sehe sie, sie ist es, die unmanifestierte Kundalini; sie hat die Schwelle des Ortes überquert, an dem die verlorenen Seelen wohnen. Herrliche, prächtige, außergewöhnliche und schrecklich göttliche

Madonna; sie nähert sich mir mit erhabenem Schritt; ich weiß nicht, was ich tun soll, ich bin verwirrt, ich fühle gleichzeitig Angst und Liebe.

Kosmische Erinnerung?

Vorwürfe?

Die Verehrungswürdige spricht mit einer paradiesischen Stimme, sie segnet mich und setzt dann ihren Weg fort, wie jemand, der zu den schrecklichen Mauern der Stadt Dis geht.

In der Tiefe meines Bewusstseins hatte ich damals das Gefühl, als ob sie auch anderen helfen wollte, die im Umkreis der Stadt der Schmerzen, die wir nicht ohne gerechte Empörung betreten können, wohnen.

Es wird gesagt, dass Dante vom hohen Turm mit flammender Spitze plötzlich die drei höllischen Furien auftauchen sah, von denen man sagt, dass sie weibliche Bewegungen und Gliedmaßen hatten.

An das alles erinnerte ich mich sofort; auf keinen Fall wollte ich – ein elender Sterblicher aus dem Schlamm aus der Erde – ein weiterer Bewohner der Stadt der Schmerzen werden.

Ich hatte das große Glück, aus den Eingeweiden der Unterwelt zu entkommen, um das Licht der Sonne zu sehen.

Früh am Morgen an einem anderen Tag klopft jemand an meine Tür; es ist ein alter Oberschullehrer.

Der gute Herr lädt mich zu einer Abschlussfeier ein; seine Tochter hat ihr Studium mit großem Erfolg abgeschlossen.

Es ist unmöglich, seine Einladung abzulehnen!

Er ist mein Freund und ich schulde ihm noch einen Gefallen.

Ich will ihn auf keinen Fall zurückweisen.

Nachdem wir uns zurechtgemacht hatten, verließen Litelantes und meine unbedeutende wertlose Person das Haus mit dem Ziel, zum Haus des Lehrers zu gehen.

Viele elegant gekleidete Menschen empfingen uns sehr herzlich in dem großen Haus.

Wunderbare Musik erklang im Haus; fröhliche Menschen gingen umher; glückliche Paare tanzten auf dem weichen Teppich.

Mehrere Male kam der strahlende Gastgeber zu uns, um uns fermentierten Wein anzubieten.

Ich sah wieder und wieder die glänzenden Gläser aus feinem Baccarat Kristall; aber ich lehnte nachdrücklich Bacchus und seine Orgien ab.

Mein Herz fühlte sich bedrückt…, mein Gastgeber wurde dann missbilligend, bissig und sogar ein bisschen verletzend.

Zweifellos wurde er zu einem meiner schlimmsten Feinde, in der irrtümlichen Annahme, dass ich ihn bei seiner Feier beleidigt hatte.

Später breitete er verleumderische Lügen über mich; er schleuderte all das Gift seiner Kritik gegen meine unbedeutende Person.

Nicht zufrieden mit all dem, griff er zur öffentlichen Verleumdung, er beschuldigt mich vor Gericht angeblicher Verbrechen, die ich bis heute nicht kenne.

Dieser besagte Herr starb wenig später bei einem unglücklichen Autounfall.

Ich glaube heutzutage, dass ich mich bei jener Feier wie ein ungehobelter Mensch verhalten habe, es fehlte mir an Diplomatie.

Es gibt Gäste in allen Salons der Welt, die wissen, wie man mit dem Teufel spielt; sie verbringen die ganze Nacht mit einem Glas in der Hand und wissen sich wunderbar zu verteidigen.

Sie geben vor jedes Mal zu trinken, wenn jemand einen Toast ausbringt, aber in Wirklichkeit trinken nicht, sie täuschen den Dämon des Alkohols.

Zweite Geschichte

Beschäftigen wir uns jetzt mit einer sehr einzigartigen Geschichte, in der wir nicht von wunderbaren Festessen oder Banketten wie bei Heliogabalus sprechen.

„Welch ein erholsames Leben
für den, der dem Lärm der Welt entflieht
und dem geheimen Pfade folgt
auf dem die wenigen Weisen gingen,

die es gab auf der Welt!
Möge sein Herz nicht getrübt werden
vom Zustand des Stolzes
noch die goldenen Dächer
bewundern, erbaut
von den weisen Mauren,
auf Fundamenten aus Jaspis!..."

Die Jägerin Venus, die von den hohen Gipfeln herabsteigt, mit dem Ziel, ihrem Sohn Äneas, dem trojanischen Helden, der mit dem Schiff in das Land Libyen gekommen ist, zu helfen; das ruft ungewöhnlichen Erinnerungen in mir hervor.

Isis, Adonia, Tonantzin (der zweite Aspekt meiner göttlichen Mutter Kundalini) kam zu mir, schneller als ein Windstoß von Euros.

Sie hatte nicht das Gesicht einer Sterblichen, sie besaß eine Schönheit, die man nicht in Worten ausdrücken kann, und schien eine Schwester von Phöbus Apollo zu sein.

Ich sah mich in ihren makellosen liebevollen Armen; die Anbetungswürdige schien eine Frau des Schmerzes zu sein, wie die aus dem biblischen christlichen Evangelium.

Ich war hungrig, und sie gab mir zu essen, durstig und sie gab mir zu trinken, krank und sie hat mich geheilt. Es ist unmöglich, ihre Worte zu vergessen:

„Mein Sohn, ohne mich würdest Du in der Stunde des Todes ein vollkommenes Waisenkind sein."

Dann fuhr sie fort und sagte: „Ohne mich wärst Du ganz allein in dieser Welt. Was würde aus Deinem Leben ohne mich?"

Später wiederholte ich: „Gewiss, meine Mutter, ohne Dich würde ich ein Waisenkind sein.

Ich erkenne voll und ganz an, dass ich ohne Deine Anwesenheit in der Stunde des Todes wirklich allein wäre."

Das Leben verwandelt sich in eine Wüste, wenn man in sich selbst gestorben ist; ohne die Hilfe unserer göttlichen Mutter Kundalini in jedem Bereich unseres Seins wären wir innerlich verwaist.

Oh, anbetungswürdige Mutter! Du hast das Prana, die Elektrizität, die Kraft, den Magnetismus, die Kohäsion und die Schwerkraft im Universum manifestiert. Du bist die göttliche kosmische Energie, verborgen in den unbekannten Tiefen jeder Kreatur.

Oh Maha Saraswati!

Oh Maha Lakshmi!

Du bist die unaussprechliche Gattin von Shiva (dem Heiligen Geist).

Dritte Geschichte

Die Legende von der himmlischen Kuh, deren Milch Ambrosia, Leben und Unsterblichkeit ist, ist auf keinen Fall etwas ohne solides Fundament und wir, die Adepten, wie der göttliche Gautama oder der Buddha, der Führer der Kuh, arbeiten sehr ernsthaft mit der Lehre der fünf Aspekte von Devi-Kundalini.

Uns Gnostikern gefällt es sehr, uns von den Äpfeln aus Gold oder von Freya zu ernähren, die den Göttern Unsterblichkeit verleihen.

Glücklich trinken wir den Likör des Soma oder des biblischen Mana, mit dem wir uns so getröstet und gestärkt fühlen, wie in den besten Momenten der Blüte unserer Jugend.

Ein gewisses kosmisches transzendentales Ereignis kommt mir in den Sinn, wenn ich diese Zeilen schreibe.

Es geschah vor vielen Jahren, in einer Vollmondnacht, als ich zu einem außergewöhnlichen Kloster der Universellen Weißen Bruderschaft gebracht wurde.

Wie glücklich fühlte ich mich in diesem Wohnsitz der Liebe!

Sicherlich gibt es kein größeres Vergnügen, als das, sich als losgelöste Seele zu fühlen ... in diesen Augenblicken existiert die Zeit nicht und Vergangenheit und Zukunft verschmelzen zu einem ewigen Jetzt.

Ich folgte meinen Freunden durch königliche Kammern und Galerien, bis wir zu einem kühlen Innenhof kamen, der eine Miniatur des Löwenhofs der Alhambra war. In dem zauberhaften Hof plätscherten zwischen Blumen, die man noch nie gesehen oder von denen man noch nie gehört hatte, mehrere Springbrunnen, wie die der göttlichen

Quelle der Kastalia. Aber das Beste strahlte in der Mitte des Hofes, und ich betrachtete es mit dem mystischen Erstaunen eines Büßenden und Einsiedlers.

Ich beziehe mich nachdrücklich auf den „Stein der Wahrheit".

Dieser hatte eine göttliche Menschengestalt.

Sexuelles Wunder der gesegneten göttlichen Mutter Tod; ein erstaunliches, geisterhaftes Begräbnis.

Der dritte Aspekt meiner göttlichen Mutter Kundalini, eine steinerne lebende Skulptur, eine fürchterliche Darstellung dessen, was die Sterblichen so ängstigt.

Ohne Umschweife gestehe ich vor den Göttern und den Menschen, dass ich die schreckliche Göttin des Todes in dionysischer Trunkenheit umarmte.

Es war unerlässlich für mich, mich mit dem Gesetz zu versöhnen; so hatten es mir die Brüder des Ordens des Heiligen Johannes gesagt, diese Ehrwürdigen, die in sich selbst das „hyperboreische Mysterium" bereits verwirklicht hatten.

Als diese kosmische Feier zu Ende war, musste ich mich mit einigen Damen und Herren des Heiligen Grals im Refektorium des Klosters treffen.

Mit großer Verschwiegenheit und viel Begeisterung kommentierten wir Brüder alle das außergewöhnliche Ereignis während des Abendessens.

Zweifellos können die lebenden Steine, die im antiken Arkadien die Art zu denken des Weisen Pausanias vollkommen verändert haben, in zwei Kategorien eingeteilt werden: die Ophiten und die Sideriten, der Schlangenstein und der Sternenstein.

Vor allem Eusebius trennte sich nie von seinen Ophiten, die er auf seiner Brust trug und von denen er Orakelsprüche erhielt, gesprochen von einer dünnen Stimme, die einem schwachen Pfeifen ähnelte.

Arnobius erzählt, dass er es nie versäumte, wenn er einen Stein dieser Art fand, ihm Fragen zu stellen, die dieser mit einem klaren und hellen Stimmchen beantwortete. Hekate, Proserpina, Coaticlue, als lebender Stein, erschien mir, als ob sie dem „Feld des Todes" oder einem Grab in Karnak entsprossen wäre.

Vierte Geschichte

„Was die meisten Menschen heutzutage über Schamanismus wissen, ist sehr wenig und auch dieses Wenige wurde verfälscht, so wie die anderen nicht-christlichen Religionen."

Er wird manchmal auch als „Heidentum der Mongolei" bezeichnet, ohne jeden Grund, denn er ist eine der ältesten indischen Religionen, das heißt: die Verehrung des Geistes, der Glaube an die Unsterblichkeit der Seelen und daran, dass diese über den Tod hinaus weiterhin dieselben Merkmale der Menschen zeigen, die sie auf der Erde beseelt haben, auch wenn ihre Körper durch Tod ihre objektive Form verloren haben und der Mensch seine physische Form gegen die spirituelle getauscht hat.

Jener Glaube in seiner jetzigen Form ist eine Rückkehr der primitiven Theurgie und eine konkrete Verschmelzung der sichtbaren mit der unsichtbaren Welt.

Wenn ein Ausländer, der in einem Land eingebürgert ist, mit seinen unsichtbaren Brüdern in Kontakt treten will, muss er ihre Natur assimilieren, d. h., er muss diese Wesen treffen, indem er die Hälfte des Weges zurücklegt, der ihn von ihnen trennt und sie werden ihn dann bereichern durch einen beträchtlichen Vorrat an spiritueller Essenz und er wiederum gibt ihnen einen Teil seiner physischen Natur, um ihnen auf diese Weise die Möglichkeit zu geben, sich manchmal in halb-physischer Form zu zeigen, was sie normalerweise nicht können.

Ein solches Verfahren ist eine vorübergehende Veränderung der Naturen, in der Regel als Theurgie bekannt.

„Die normalen Menschen nennen die Schamanen Zauberer, weil sie angeblich die Geister der Toten beschwören, mit dem Ziel Nekromantie zu praktizieren; aber der wahre Schamanismus darf nicht nach seine entarteten Zweigen in Sibirien beurteilt werden, so wie die Religion des Gautama-Buddha nicht mit dem Fetischismus mancher selbst ernannter Anhänger in Siam und Burma verwechselt werden darf."

Zweifellos werden die teurgischen Anrufungen einfacher und effektiver, wenn der physische Körper in der vierten Dimension ist, während man mit Magie arbeitet.

Wenn wir unsere geliebten Toten von Angesicht zu Angesicht treffen können, indem wir den halben Weg nach innen und nach oben gehen, dann würde es sicherlich einfacher sein, wenn wir den ganzen Weg gehen.

Wenn der physische Körper in der vierten Dimension versunken ist, können wir die heiligen Götter anrufen, um uns mit ihnen persönlich zu unterhalten, wie Jamblicus.

Es ist jedoch offensichtlich, dass wir mit höchster Dringlichkeit einen festen Punkt, einen Hebel benötigen, der es uns erlaubt, tatsächlich mit dem physischen Körper und allem was dazugehört in die vierte Dimension zu springen.

Es ist angebracht, hier den berühmten Satz von Archimedes zu zitieren: „Gebt mir einen festen Punkt und ich werde das Universum bewegen."

Im achten Kapitel dieses Buches haben wir nachdrücklich über die magischen Möglichkeiten des Jinas-Zustandes gesprochen und ich möchte mich eindeutig auf den vierten Aspekt von Devi Kundalini beziehen. (Dies ist der feste Punkt für die vierte Senkrechte).

In diesem Moment, in dem ich diese Zeilen schreibe, kommen mir einige Erinnerungen in den Sinn, herrliche göttliche Beschwörungen …

Es geschah, dass ich in einer herbstlichen Nacht beschlossen habe, vom Wein der Meditation aus dem Glas der perfekten Konzentration zu trinken.

Der Grund für meine Meditation war meine eigene Mutter Natur, der vierte Aspekt der feurigen Schlange unserer magischen Kräfte.

Beten bedeutet, mit Gott zu sprechen und ich sprach mit der Anbetungswürdigen und bat sie schweigend, mich mit meinem physischen Körper in das irdische Paradies (die vierte Dimension) zu bringen.

Was dann in jener Nacht des Mysteriums geschah, war erstaunlich: mithilfe der Unaussprechlichen erhob ich mich von meinem Bett. Als ich mein Haus verließ und auf die Straße ging, war ich in der Lage zu beweisen, dass mein physischer Körper in die vierte Dimension eingedrungen war. Sie brachte mich in die tiefsten Wälder von Eden, wo Flüsse mit dem reinen Wasser des Lebens Milch und Honig führten.

Jungfrau, Herrin der bewaldeten Gipfel!

Alles schweigt vor Dir: das unkultivierte Iberien, der Hahn, der sterbend noch grimmig herausfordert und die wilden Sugambrer, die schließlich die Waffen niederlegen, respektieren Dich demütig.

Meine anbetungswürdige Madonna, bei den Göttern, die aus dem hohen Himmel die Sterblichen der Erde regieren, ich bitte Dich immer um Hilfe.

Das Gesicht meiner Mutter Natur war von einer himmlischen Schönheit, unmöglich mit menschlichen Worten zu beschreiben.

Ihr Haar glich einem goldenen Wasserfall, der herrlich über ihre Alabasterschultern fiel.

Ihr Körper war wie der der mythologischen Venus; ihre Hände, mit konischen wunderschönen Fingern und voller Edelsteine, hatten die christliche Form.

Im Wald sprach ich mit der Anbetungswürdigen und sie erzählte mir Dinge, die irdische Wesen nicht verstehen können.

Erhaben strahlte meine Mutter in der ätherischen Welt, in der vierten Senkrechten, in der vierten Dimension.

Wenn also nichts der schmerzenden Brust Erleichterung verschafft, weder Marmor aus Phrygien, noch prächtiger Purpur, ist es besser im herrlichen Schoß seiner eigenen, individuellen, göttlichen Mutter Natur Zuflucht zu suchen.

Sie ist die Erzeugerin unserer Tage, die wahre Künstlerin unseres physischen Körpers. Sie war es, die die Eizelle im menschlichen Labor mit dem Sperma vereint hat, damit Leben entsteht. Sie ist die Schöpferin der Keimzelle mit ihren achtundvierzig Chromosomen.

Ohne sie hätten sich die Zellen des Embryos nicht vermehrt und die Organe nicht gebildet.

Auch wenn das Leid Deine Seele beugt, bleib standhaft, oh Schüler!

Und gib Dich demütig Deiner Mutter Natur hin.

Fünfte Geschichte

„Am Rand des irdischen Wohnsitzes möchte ich Okeanos und Tethys sehen, denen wir unsere Existenz verdanken."

Die Liebe Jupiters für die Jungfrau IO, die in das himmlische Kalb oder die heilige Kuh der Orientalen verwandelt wurde, um so dem Zorn Junos zu entkommen, ist etwas, das eine sehr tiefe Bedeutung hat.

Hier nun der erste Jupiter der griechischen Theogonie, Vater aller Götter, Herr des Universums und Bruder von Uranus oder Ur-Anas, das heißt, das ursprüngliche Feuer und Wasser; denn durch die Klassiker ist bekannt, dass es etwa dreihundert Jupiter in der griechischen Götterwelt gibt.

In seinem anderen Aspekt als Jove oder Iod-Eve ist er der männlich-weibliche Jehova, die kollektiven Androgynen der Elohim der Bücher Mose, der Adam-Kadmon der Kabbalisten, der Ia-Cho oder Inacho von Anatolien, der auch Dionysos ist, dessen Schwingungen sich mit dem Eintritt der Sonne in das strahlende Sternbild des Wassermanns sehr intensiviert haben.

Jesus, der große Kabir hat nie den anthropomorphen Jehova der jüdischen Massen verehrt. Nach dem Gesetz des Talion: „Auge um Auge, Zahn um Zahn" des rachsüchtigen Jehova folgte das Gesetz der Liebe: „Liebt einander, so wie ich euch geliebt habe".

Wenn wir die Heilige Schrift mit mystischer Begeisterung untersuchen, können wir eindeutig die offensichtliche Tatsache beweisen, dass der anthropomorphe hebräische Jehova in keinem der vier Evangelien erscheint. RAM-IO (Maria), die göttliche Mutter Kundalini, begleitet immer den Anbetungswürdigen und wir sehen sie dort auf dem Kalvarienberg zu Füßen des Kreuzes.

„Mein Vater, vergib ihnen, denn sie wissen nicht, was sie tun", ruft der göttliche Rabbi aus Galiläa von den majestätischen Höhen des Kalvarienbergs.

Zweifellos verehrte der gesegnete Herr der Vollkommenheit nur seinen Vater, der im Verborgenen ist und seine göttliche Mutter Kundalini.

Mit anderen Worten: der große Kabir Jesus liebte zutiefst Iod-Heve, das innere göttliche Männlich-Weibliche.

Iod ist die eigene individuelle Monade eines jeden, der hinduistische Shiva, der Erzhierophant und Erzmagier, der Erstgeborene der Schöpfung, das Goldene Vlies, der Schatz, den wir in Besitz nehmen müssen, nachdem wir den Drachen der Finsternis besiegt haben.

Heve ist die Entfaltung von Iod, die göttliche Gattin von Shiva, unsere individuelle Mutter Kundalini, die heilige Kuh mit fünf Beinen, das esoterische Geheimnis des Pentalpha.

Jupiter und seine Kuh von IO (iiiii ... oooooo ...) stimmen genau überein mit Iod-Heve, dem göttlichen inneren Paar jeder Kreatur.

Wir haben vier Aspekte der heiligen Kuh von IO studiert; fahren wir nun fort mit dem fünften Mysterium.

Auf dem esoterischen Weg gibt es transzendente und transzendentale kosmische Intervalle.

Nachdem ich im Tempel der zweimal Geborenen aufgenommen wurde, musste ich eines dieser Intervalle durchleben. Ich möchte mich ausdrücklich auf eine sexuelle Pause beziehen; auf einen Zeitraum der Enthaltung, der mehrere Jahre dauerte. In der Zwischenzeit widmete ich mich ausschließlich der tiefen inneren Meditation.

Das Ziel: das psychologische Ich, das mich selbst, das sich selbst, das sicherlich ein Knoten in der kosmischen Energie ist, aufzulösen, eine Verbindung, die wir zu kosmischem Staub reduzieren müssen.

Es schien mir grundlegend, jeden meiner psychologischen Defekte vollkommen zu verstehen, aber ich wollte durch den Weg der Meditation ein bisschen weiter gehen.

Verstehen ist nicht alles. Wir müssen mit größter Dringlichkeit die tiefe Bedeutung dessen, was wir verstanden haben begreifen.

Jeder Anhänger des wahren Pfades könnte es erreichen, einen psychologischen Fehler in allem Ebenen des Verstandes zu verstehen, ohne jedoch die tiefe Bedeutung begriffen zu haben.

Da ich meine eigenen Fehler in allen Winkeln des Verstandes verstehen wollte, beschloss ich, zu meinem eigenen Feind zu werden.

Jeder Fehler wurde einzeln und sehr methodisch studiert; ich habe nie den Fehler gemacht, zehn Hasen gleichzeitig fangen zu wollen, keinesfalls wollte ich einen Misserfolg riskieren.

Die Meditation wurde immer umfassender, sie wurde jedes Mal tiefer, und wenn ich eine Schwäche fühlte, ließ ich meinen Verstand ruhig und still werden, als ob ich eine Offenbarung erwarten würde; in diesen Momenten kam die Wahrheit, ich begriff das, was nicht der Zeit angehört, die tiefe Bedeutung des Fehlers, der vollkommen verstanden wurde.

Danach betete, flehte, bat ich intensiv zu meiner göttlichen Mutter Kundalini, das psychische Aggregat, den betreffenden psychologischen Fehler aus meinem Verstand zu eliminieren.

Auf diese Weise konnte ich nach und nach, mit dieser Didaktik, mit diesem „modus operandi", während jener sexuellen Pause, fünfzig Prozent der subjektiven infrahumanen Elemente beseitigen, die wir mit uns tragen und die das Ego, das Ich, bilden.

Aber es ist offensichtlich, dass alles im Leben seine Grenzen hat.

Es gibt verschiedene Stufen und Grade.

Diese Arbeit wurde sehr schwierig, als ich mich mit den ältesten infrahumanen Elementen konfrontieren musste.

Zweifellos benötigte meine göttliche Mutter stärkere Waffen; ich erinnerte mich an die Lanze des Eros, das wunderbare Sinnbild der transzendentalen Sexualität, aber ich befand mich in einer Pause.

Was sollte ich machen?

Jedoch hatte man mir bereits eine kosmische Anforderung gestellt und eine zwingende Notwendigkeit verlangte von mir, wieder in die brennende Schmiede des Vulcanus (die Sexualität) hinabzusteigen, aber ich hatte es nicht verstanden.

Ich wurde zu den Bergen der Mysterien gebracht, ich hatte die schrecklichen Kräfte des großen Arkanums in Aktion gesehen. Vergeblich kämpfte ich gegen die zwingende Notwendigkeit der dionysischen Schwingungen; diese waren schrecklich göttlich, allmächtig.

Diese übernatürlichen Kräfte ähnelten einer apokalyptische Katastrophe; es fühlte sich für mich an, als ob diese Kräfte die Erde in Stücke brechen könnten.

Als ich den Ursprung dieser Kräfte und sexuellen Mächte suchen, untersuchen, erforschen wollte, sah ich mich der elementaren Magierin, meiner göttlichen Mutter Kundalini in ihrem fünften Aspekt gegenüber.

Sie war sehr schön, von der Größe eines Gnoms oder Zwerges, sehr klein.

Sie war in eine weiße Tunika und einen langen schwarzen Umhang, der bis auf den Boden reichte, gekleidet; ihr Kopf war mit einem ganz besonderen magischen Schmuck bedeckt.

Neben einer der beiden symbolischen Säulen der okkulten Freimaurerei gab mir die Anbetungswürdige den Befehl, wieder in die neunte Sphäre (die Sexualität) hinabzusteigen.

Unglücklicherweise hatte ich geglaubt, dass dies eine Prüfung wäre und so fuhr ich mit meinem Ungehorsam fort; ich war sicherlich langsam im Verstehen und das hielt mich auf.

Nach einer Zeit, in der ich gegen ein bestimmtes sehr infrahumanes psychisches Aggregat, das sich heftig gegen seine Auflösung wehrte, gekämpft hatte, musste ich die Lanze des Longinus in Anspruch nehmen.

Es gab keine andere Lösung.

Ich appellierte an die transzendentale sexuelle Elektrizität; ich flehte meine göttliche Mutter Kundalini während der metaphysischen Kopulation an, ich bat sie, zur Lanze des Eros zu greifen.

Das Ergebnis war hervorragend.

Meine heilige Mutter, bewaffnet mit der heiligen Pike, mit der göttlichen Lanze, mit der elektrisch-sexuellen Macht war in der Lage, das schreckliche Monster, das psychische Aggregat, das ich vergeblich versucht hatte, ohne den chemischen Koitus aufzulösen, zu kosmischem Staub reduzieren.

Auf diese Weise beendete ich meine sexuelle Pause und kehrte in die „Schmiede der Zyklopen" zurück.

Indem ich mit der heiligen Lanze arbeitete, erreichte ich es, alle infrahumanen Elemente, die das Ich bilden, zu kosmischem Staub zu reduzieren.

Der fünfte Aspekt der Devi Kundalini gibt uns die sexuelle Potenz, die natürliche instinktive Kraft usw., usw., usw.

Der erste Berg

Die Einweihung

Kapitel XII
Die gnostische Kirche

Diejenigen, die schon die andere Seite erreicht haben, kennen sehr gut die strengen Prüfungen der Einweihungen. Uns von dem Monster mit den tausend Köpfen (die Menschheit) zu trennen, um ihm auf effiziente Weise zu helfen, ist kein Verbrechen.

Ich war dreißig Jahre alt, als ich schrecklichen und furchtbaren Prüfungen unterzogen wurde. Es ist der Mühe wert, zu berichten, was ich damals sah, was mir geschehen ist. Es war in der Nacht der Mysterien, als ich in der Nähe das Heulen des Orkans fühlte; da verstand ich ... Wie einsam war ich in dieser Nacht, aber dennoch ... wo immer ich mich befand, hier, da oder dort, sofort war ich von einer Menge umgeben; ich weiß nicht, wie die Leute zu mir kamen und dann ...

Und wieder heulte der Orkan; dann verstand ich, was der Wind verweht hat. Heute spreche ich, weil ...

„Welcher Lärm erklingt in der Ferne,
der die Stille der ruhigen schwarzen
Nacht unterbrach?"
„Ist es der schnelle Lauf des Pferdes,
gestreckt in fliegendem Galopp,
oder das harte Brüllen der hungrigen Bestie,
oder das Pfeifen des Nordwindes vielleicht,
oder das heisere Echo des fernen Donners,
das in tiefen Höhlen widerhallt,
oder das Meer, das mit geschwollner Brust,
ein neuer Luzbel, den Thron seines Gottes bedroht?"

Denn all jene Geister der Nacht der Mysterien hat auch der Dichter gesehen, der so gesungen hat:

Dichter Nebel bedeckt den Himmel,
bevölkert von unsteten Geistern
sie treiben hierhin und dorthin wie der Wind,
zahllos, und sie wiegen und drehen sich,
und nähern sich und trennen sich, sie verstecken sich

sie erscheinen, sie schweben, sie fliegen,
ein schemenhafter Schwarm vager Geister
mit verschiedener Gestalt und vielen Farben,
auf Ziegen und Schlangen reitend und auf Raben
und auf Besenstielen, mit dumpfem Klang
sie gehen, fliehen, kommen, wachsen
schrumpfen, verdunsten, färben sich
zwischen Schatten und Licht, nah und fern
jäh verschwinden sie, meiden mich ängstlich
jäh bewegen sie sich wild
in luftigem wundersamem Tanze um mich herum."

All dieses Schreien, Heulen, Pfeifen, Wiehern, Quietschen, Muhen, Geschnatter, Miauen, Bellen, Schnauben, Schnarchen und Krächzen hört der hellsichtige Dichter immer wieder und spricht zu uns mit Worten, die wie bleiche und phosphorische Pinselstriche von Greco auf außergewöhnlichen Erscheinungen sind, wie die in „Los Caprichos" von Goya.

Überall Schilde mit wilden Löwen, Muscheln von Compos-tela, enthaupteten Mauren, Lilien und Forellen, überall Paläste und Häusern in Ruinen, Armut und noch mehr Armut.

Viele Male musste ich mich tapfer gegen die schwarzen Mächte stellen, von denen der Apostel Paulus von Tarsus im Kapitel II des „Briefes an die Ephe-ser" spricht.

Zweifellos trug der gefährlichste Gegner dieser Nacht die verhängnisvolle Bezeichnung „Anagarika".

Ich beziehe mich nachdrücklich auf den Dämon Cherenzi. Dieses ekelhafte finstere Wesen hatte der Welt den schwarzen Tantrismus (Sexualmagie mit Samenerguss) gelehrt.

Das Ergebnis war deutlich sichtbar: ein teuflischer Schwanz und schreckliche Hörner.

Jener Tantriker der linken Hand kam zu mir, begleitet von zwei anderen Dämonen. Er schien sehr zufrieden mit dem „abscheulichen Organ Kundartiguador" – dem satanischen schrecklichen Schwanz – das sexuelle Feuer, das vom Steißbein in die atomaren Höllen des Menschen projiziert wird, eine Folge des schwarzen Tantrismus. Unvermittelt stellte ich ihm folgende Frage: „Kennst du mich?"

Antwort: „Ja, ich sah dich eines Nachts in der Stadt Bacatá, als ich einen Vortrag gab."

Was dann geschah, war nicht sehr angenehm: Jener „Anagarika" hatte mich erkannt und wütend schleuderte er Feuer aus den Augen und dem Schwanz ... Er wollte mich verletzen; ich wehrte mich mit den besten Beschwörungen der hohen Magie und schließlich floh er mit seinen Gefährten. Einsam setzte ich meinen Weg in der Nacht der Mysterien fort; der Orkan heulte ...

In den tiefsten Tiefen meines Bewusstseins hatte ich das seltsame Gefühl, mich von allem und jedem zu verabschieden. Atemlos und müde betrat ich die „Gnostische Kirche", nachdem ich viele Male gegen die Tyrannei des Prinzen der Mächte der Luft gekämpft hatte, welcher der Geist ist, der jetzt über die Söhne der Untreue herrscht.

Ein Tempel aus leuchtendem Marmor, der wegen seiner seltenen Transparenz aus Kristall zu sein schien. Die Terrasse dieser transzendierten Kirche überragte unbesiegt, wie eine herrliche Akropolis, den feierlichen Bereich eines heiligen Pinienhains.

Von hier aus konnte man den mit Sternen bedeckten strahlenden Himmel betrachten, wie einst in atlantischen Zeiten, jene heute verschütteten Tempel, beweint in den außergewöhnlichen Gedichten von Maeterlink, von denen aus Asura-Maya, der Schüler der Astronomie von Narada seine Beobachtungen machte, um dann seine chronologischen Zyklen von Tausenden von Jahren zu ermitteln, die er seinen geliebten Schülern im Licht des blassen Mondes lehrte und die seine treuen Nachfolger heutzutage noch praktizieren.

Langsam in ehrfürchtiger Haltung schritt ich voran in diesem heiligen Ort. Plötzlich überrascht mich etwas: ich sehe eine bestimmte Person, die meinen Weg kreuzt.

Eine weitere Schlacht? Ich bin bereit, mich zu verteidigen, aber die Person lächelt sanft und ruft mit einer paradiesischen Stimme: „Mich erschreckst du nicht, ich kenne dich sehr gut!"

Ah! Endlich erkenne ich ihn, es ist mein Guru Adolfo, den ich schon immer mit der Verkleinerungsform „Adolfito" angesprochen habe. Gott und heilige Maria, steht mir bei! Aber was tue ich da?

„Verzeih mir, Meister! Ich habe dich nicht erkannt."

Mein Guru führt mich an der Hand in das Innere der gnostischen Kirche.

Der Mahatma setzt sich und lädt mich ein, an seiner Seite zu sitzen; es ist unmöglich, solch eine herrliche Einladung abzulehnen.

Das Gespräch, das dann zwischen Meister und Schüler stattfand, war sicherlich außergewöhnlich.

„Hier in der gnostischen Kirche", sagte der Hierophant feierlich, „kannst du nur mit einer einzigen Frau verheiratet sein, nicht mit zwei. In der Vergangenheit hast du einer bestimmten Dame X vergebliche Hoffnungen gemacht und sie wartet deshalb und trotz der Zeit und der Entfernung immer noch auf dich.

Offensichtlich fügst du ihr unbewusst großes Leid zu, denn weil sie auf dich wartet, lebt sie in einer Stadt in vollkommener Armut.

Diese Dame könnte in den Schoß ihrer Familie auf dem Land zurückkehren und so wären natürlich ihre wirtschaftlichen Probleme gelöst."

Als ich diese Worte hörte, war ich verblüfft, sprachlos, ich umarmte meinen Guru und dankte ihm unendlich für seinen Rat.

„Meister", sagte ich, „was können Sie mir über meine Frau Litelantes sagen?"

„Sie kann dir in der Tat in der Sexualmagie (Sahaja Maithu-na) helfen, mit dieser Adeptin kannst du in der neunten Sphäre (der Sexualität) arbeiten.

„Oh, Guru! Was ich mit unendlicher Sehnsucht wünsche, ist das Erwachen von Kundalini und die Vereinigung mit dem Inners-ten. Koste es, was es wolle."

„Aber, was hast du gesagt, mein Schüler? Koste es, was es wolle?"

„Ja, Meister, das habe ich gesagt."

„In dieser Nacht wurde jemand bezahlt und mit der Aufgabe betraut, dir bei der Erweckung von Kundalini zu helfen.

„Du hast die Prüfung von Direne bestanden", sagte der Hierophant, und dann setzte er einen makellos weißen Turban mit einem goldenen Knopf an der Vorderseite auf meinen Kopf und sagte: „Lass uns zum Altar gehen ..."

Ich stand sofort auf und ging mit meinem heiligen Guru zum heiligen Altar. Ich erinnere mich noch an diesen feierlichen Augenblick, in dem ich, vor dem heiligen Altar kniend, feierlich schwor.

„Koste es ihn, was es wolle!", sagte mein Meister mit lauter Stimme und dieser Satz vibrierte intensiv und wiederholte sich von Sphäre zu Sphäre.

Ich bedeckte meinen Solarplexus mit der Handfläche der linken Hand und hielt meine rechte Hand über den Heiligen Gral und sagte: „Ich schwöre es!"

Schrecklicher Eid! Echte Legenden aus Kastilien, wie die von Alfonso VII, der den Mauren von Almeria den Heiligen Gral – oder besser gesagt die Schale – aus den Händen gerissen hat, welche aus einem riesigen Smaragd gemeißelt wurde und die, wie man sagt, vom großen Kabir Jesus bei seinem letzten Abendmahl benutzt wurde. Sie ist schrecklich göttlich.

Vor dem Heiligen Gral schwören? Alte Legenden sagen, dass Joseph von Arimatäa in dieser Schale am Fuß des Kreuzes auf dem Kalvarienberg das heilige Blut auffing, das aus den Wunden des Anbetungswürdigen floss.

Eine ähnliche Schale hat Saliman oder Salomon, der solare König, von der Königin von Saba bekommen und, so sagen andere, sie war Besitz der Tuatha de Danann, einem Jinasvolk von Gaedhil (dem britischen Galizien).

Es ist nicht bekannt, wie diese verehrte Reliquie in die Einsiedelei von San Juan de la Pena in den Pyrenäen gelangte und ihre Pilgerreise von dort einmal nach Salvatierra Galaica und einmal nach Genua fortsetzte, da die Genuesen sie als Belohnung erhielten für die Hilfe, die sie Alfonso VII. während der Belagerung von Almeria geleistet hatten.

Epilog

Sehr früh am nächsten Morgen schrieb ich der leidenden edlen Dame, die in dieser entfernten Stadt auf mich wartete.

Ich riet ihr mit unendlicher Sanftheit, auf das Land zu ihrer Familie zurückzukehren und meine unbedeutende wertlose Person zu vergessen.

Kapitel XIII
Die erste Einweihung des Feuers

Beim Umgang mit transzendentaler und praktischer Esoterik können und müssen wir Folgendes betonen:

Alles, was im reinen Okkultismus über geomantische Tabellen, Astrologie, magische Kräuter, wunderbare Pergamente mit kryptografischen Sprachen gesagt wurde, ist, obwohl es absolut wahr und edel ist, sicherlich nichts andres als ein Kindergarten, der anfängliche Teil der großen Weisheit, die aus dem Orient geerbt wurde und die aus der radikalen Umwandlung seiner selbst mittels der revolutionären Askese des neuen Wassermannzeitalters besteht.

(Eine außergewöhnliche Mischung aus sexuellem Verlangen und spiritueller Sehnsucht).

Wir Gnostiker sind in Wirklichkeit die auserwählten Besitzer von drei Reichtümern, welche sind:

a) Der „Stein der Weisen".

b) Der „Schlüssel von Salomon".

c) Die „Genesis von Henoch".

Diese drei Faktoren bilden die lebende Grundlage der Apokalypse und ebenso die der Sammlungen von Pistorius, der Theosophie von Porphyrius und von vielen anderen sehr alten Geheimnissen.

Die absolute radikale Umwandlung in uns selbst, hier und jetzt, wäre ohne den „Stein der Weisen" unmöglich.

Ich erkläre klar und deutlich: das „Ens Seminis" (das Wesen des Samens) ist sicherlich diese verehrte Materie, die von Sendivogius erwähnt wird, mit der wir den „Stein der Weisen" herstellen können.

Die Sexualmagie ist der Weg, so habe ich es in meiner jetzigen Reinkarnation verstanden, als ich den „Stein der Weisen" herstellen wollte.

Mithilfe dieses gesegneten Steins können wir diesen alchimistischen Grundsatz erfüllen, der besagt: „Solve et Coagula".

Wir müssen das psychologische „Ich" auflösen und in uns selbst den sexuellen Wasserstoff Si-12 in Form von solaren Körpern, innersten Kräften, Tugenden, usw., usw., usw., koagulieren.

Der „Stein der Weisen" ist der, der den sexuellen Samen auf-wertet und ihm die Macht gibt, als mystische Hefe die ganze metallische Masse zu fermentieren und zu erheben und dadurch auf umfassende Weise den König der Schöpfung erscheinen zu lassen; ich beziehe mich auf den authentischen Menschen, nicht auf das intellektuelle Tier, fälschlicherweise Mensch genannt.

Der Wille (Thelema) erlangt die Kraft der Umwandlung, die die unedlen Metalle in Gold, das heißt das Böse in Gut verwandelt in allen Situationen des Lebens.

Aus diesem Grund ist eine mini-male Menge des „Steins der Weisen" oder des „Pulvers der Projektion" für die Umwandlung erforderlich.

Jedes unedle Metall, das im Schmelztiegel der sexuellen Alchimie gelöst wird, wird immer durch das reine Gold einer neuen Tugend ersetzt. (Solve et Coagula).

Den „Modus Operandi" finden Sie in Kapitel 11, in der fünften Geschichte dieses Buches. (Weitere Informationen finden Sie in meinem Buch: „Das Geheimnis des goldenen Blühens").

Das individuelle Fohat (Feuer), die Flamme des Eros, in unserem sexuellen alchemistischen Labor zu entzünden ist sicherlich die Grundlage der dionysischen Schwingung; so habe ich es zutiefst verstanden, als ich zu Füßen meines Gurus „Adolfito" studierte.

Zweifellos wurde ich während der metaphysischen Kopula immer unterstützt; dieser andere göttliche Guruji, dessen Lohn im Tempel bezahlt wurde (siehe Kapitel 12), hielt sein Versprechen.

Jene große Seele half mir auf der Astralebene während des chemischen Koitus; ich sah ihn starke magnetische Handbewe-gungen über meinem Steißbein, meiner Wirbelsäule und dem oberen Teil meines Kopfes ausführen.

Als die erotische feurige Schlange unserer magischen Kräfte erwachte, um ihre Reise entlang der Wirbelsäule nach innen und oben zu beginnen, fühlte ich starken Durst und einen sehr starken Schmerz im Steißbein, der mehrere Tage andauerte. Dann wurde ich liebeswürdig im Tempel empfangen, ich habe dieses große kosmische Ereignis nie vergessen.

Zu dieser Zeit lebte ich in Frieden in einem kleinen Haus am Meer, in der tropischen Region der Karibikküste.

Der Aufstieg von Kundalini von Wirbel zu Wirbel geschah sehr langsam in Übereinstimmung mit den Verdiensten des Herzens.

Jeder einzelne Wirbel ist sehr anspruchsvoll; daraus können wir auf schwierige Prüfungen schließen; als logische Folge behaupten wir: der Aufstieg von Kundalini zu diesem oder jenem Wirbel ist nicht möglich, wenn dafür die genauen moralischen Bedingungen nicht erfüllt sind.

Diese dreiunddreißig Wirbel werden in den höheren Welten mit symbolischen Namen wie Kanon, Pyramiden, heilige Kammern usw., usw., usw. Bezeichnet.

Der mystische Aufstieg der Flamme der Liebe von Wirbel zu Wirbel und Chakra zu Chakra entlang des Rückenmarkkanals basierte sicherlich auf der Sexualmagie, einschließlich der Weihung und des Opfers.

Der unterstützende Mahatma half mir, indem er das heilige Feuer vom Steißbein, an der Basis der Wirbelsäule, bis zur Zirbeldrüse leitete, die, wie bereits bei den Ärzten bekannt ist, im oberen Teil des Gehirns liegt.

Anschließend ließ diese große Seele mein erotisches Feuer meisterhaft bis zur Region zwischen den Augenbrauen fließen.

Die erste Einweihung des Feuers geschieht als logische Folge, wenn die feurige Schlange unserer magischen Kräfte Kontakt mit dem Atom des Vaters im Magnetfeld der Nasenwurzel aufnimmt.

Es war sicherlich während der mystischen Zeremonie des letzten Abendmahls, als der kosmische Zeitpunkt der Einweihung festgelegt wurde. Der Heilige Gral! Welch eine heilige Glut strahlt brennend auf dem Tisch des österlichen Banketts.

Die wahre Geschichte des Heiligen Gral steht in den Sternen geschrieben und hat seinen Ursprung nicht in Toledo, wie Wolfram von Eschenbach es behauptet. Die wichtigsten bekannten Ursprünge dieser ritterlichen Legenden in Zusammenhang mit dem Heiligen Gral sind:

a) Das „Historia rerum in partibus Transmarinis Gestarum", von Wilhelm von Tyrus (gestorben ca. 1184), ein lateinisches Werk, übersetzt ins Französische mit dem Titel „Roman d' Eracle" und ein Buch, das als Grundlage für „The Great Conquest of Overseas" dient, das wiederum Ende des XIII. Jahrhunderts oder Anfang des XIV. Jahrhunderts vom Französischen ins Spanische übersetzt wurde. In dieser Eroberung werden die fünf Hauptzweige bezüglich des Zyklus des ersten Kreuzzugs zusammengefasst: Der „Chanso d' Antiochia", das „Chanson de Jerusalem", „Les Chettis" (oder „Die Gefangenen"), „Elias" (der Schwanenritter).

b) „Dolopathos" von Jean de Haute-Seille, um 1190 geschrieben.

c) Der Ursprung des Gedichts, das Paris als "Elioxa" oder "Heli-Oxa" (das solare Kalb) bezeichnet, der ursprüngliche Name von Insoberta oder Isis-Bertha des Schwanenritters; dieses letzte Werk besitzt viele Analogien mit dem berühmten „Amadis de Gaula", so sagt Gayangos.

d) „Parsifal" und „Titurel" von Eschenbach.

e) „Die Geschichte vom Gral" von Chretien de Troyes (1175), „Lohengrin" oder „Der Schwanenritter", anonymes bayerisches Werk des XIII Jahrhunderts, veröffentlicht von Görres im Jahr 1813.

f) „Tristan und Isolde" von Gottfried von Straßburg (gestorben zwischen 1210 und 1220) und viele ähnliche „Tristans", die in der Literatur zu finden sind.

g) „Die Suche nach dem Heiligen Gral" mit den wunderbaren Taten von Lanzelot und seinem Sohn Galahad (XIV Jh.) mit all seinen übereinstimmenden Werken.

Ich wartete mit unendlicher Sehnsucht auf Tag und Stunde der Einweihung; es handelte sich um einen heiligen 27.

Ich wollte eine Einweihung, wie die, die der Kommandant Montenero im Tempel von Chapultepec erhielt oder wie die, die Gines de Lara, der reinkarnierte Deva, in jenem Sancta Sanctorum oder Adyita der Tempelritter hatte, in der außergewöhnlichen Nacht einer Mondfinsternis.

Aber mein Fall war sicherlich sehr unterschiedlich, und auch wenn es unglaublich erscheint, in der Nacht der Einweihung fühlte ich mich enttäuscht.

Ich ruhte mit unendlicher Sehnsucht auf meinem harten Bett in einer bescheidenen Hütte am Meer, verbrachte eine schlaflose Nacht und wartete vergeblich.

Meine Priesterin Gattin schlief, schnarchte und bewegte sich manchmal auf ihrem Bett oder murmelte unzusammenhängende Worte. Das Meer mit seinen wilden Wellen peitschte den Strand und brüllte furchtbar, als ob es sich beschweren wollte.

Es dämmerte und nichts! Was für eine furchtbare Nacht, mein Gott! Gott und heilige Maria, steht mir bei! Welche geistigen und moralischen Stürme musste ich während dieser tödlichen nächtlichen Stunden erleben!

In Wirklichkeit gibt es weder eine Auferstehung vom Tod noch irgendeine Morgendämmerung in die Natur oder im Menschen, ohne dass Dunkelheit, Traurigkeit und nächtliche Agonie vorausgehen, die das Licht umso schöner machen.

Alle meine Sinne wurden geprüft, in Todesqualen gefoltert, die mich ausrufen ließen: „Mein Vater! Wenn möglich, lass diesen Kelch an mir vorübergehen, aber nicht mein Wille, sondern dein Wille geschehe."

Als die Sonne aufging, wie ein Feuerball, der aus dem stürmischen Meer zu wachsen schien, erwachte Litelantes und sagte zu mir: „Erinnerst du dich an die Feier, die man dort oben für dich gegeben hat? Du hast die Einweihung erhalten ..."

„Was? Aber, was sagst du da? Feier? Einweihung? Welche?

Das Einzige was ich weiß, ist, dass ich eine Nacht bitterer als Galle durchlebt habe."

„Was?", sagte Litelantes erstaunt, „dann hast du keinerlei Erinnerung mit in dein physisches Gehirn gebracht? Erinnerst du dich nicht an die große Kette? Hast du die Worte des großen Einweihenden vergessen?"

Bedrückt von diesen Fragen, unterbrach ich Litelantes und sagte: „Was sagte das große Wesen zu mir?"

„Du wurdest gewarnt", sagte die Adeptin, „dass du von heute an die doppelte Verantwortung trägst, für die Lehren, die du der Welt gibst. Außerdem", sagte Litelantes, „wurdest du in die Tunika der Adepten der okkulten Bruderschaft aus weißem Leinen gekleidet und man hat dir das flammende Schwert übergeben."

„Ah! Ich verstehe. Während ich so viel Bitterkeit in meinem Bett eines Büßers und Einsiedler erlebte, erhielt mein inneres wah-res Sein die kosmische Einweihung. Gott und heilige Maria, steht mir bei! Aber, was geschieht mit mir? Warum bin ich so schwer von Begriff? Ich bin ein bisschen hungrig; ich glaube, es ist Zeit aufzustehen und zu frühstücken."

Augenblicke später sammelte Litelantes in der Küche einige trockene Holzscheite, die als Brennmaterial dienten, um das Feuer zu entzünden. Das Frühstück war köstlich; ich aß mit viel Appetit nach so einer leidvollen Nacht.

Ein neuer Tag; ich arbeitete wie immer, um das tägliche Brot zu verdienen, zur Mittagszeit ruhte ich mich in meinem Bett aus.

Natürlich war ich müde, deshalb dachte ich, dass eine kurze Pause angemessen wäre; außerdem fühlte ich mich in meinem Herzen betrübt.

Deshalb hatte ich keine Schwierigkeiten, mich in Rückenlage hinzulegen, d. h., mit dem Gesicht nach oben und entspanntem Körper. Plötzlich, als ich mich in einem Zustand der Aufmerksamkeit befand, sah ich, dass jemand mein Zimmer betrat; ich erkannte ihn, es wahr ein Chela der Ehrwürdigen großen weißen Loge.

Dieser Schüler hielt ein Buch in der Hand; er wollte mich um Rat bitten und um eine bestimmte Erlaubnis. Als ich ihm antworten wollte, sprach ich mit einer Stimme, die mich selbst erstaunte; Atman, wenn er durch den schöpferischen Kehlkopf antwortet, ist fürchterlich göttlich.

„Geh", sagte mein wahres Sein zu ihm, „erfülle die Aufgabe, die man dir anvertraut hat." Der Chela zog sich dankbar zurück.

„Ach, wie sehr ich mich verändert habe. Jetzt verstehe ich es!"

Das waren meine Ausrufe, nachdem der Chela sich verabschiedet hatte. Glücklich erhob ich mich von dem harten Bett, um mit

Litelantes zu reden; ich musste ihr erzählen, was passiert war. Ich fühlte etwas Superlatives, als ob eine transzendentale, ethnische, eine göttliche esoterische Veränderung im Inneren meines Bewusstseins stattgefunden hätte.

Ich sehnte mich nach der nächsten Nacht; jener tropische Tag war für mich wie das Vorzimmer der Weisheit. Ich wollte so schnell wie möglich sehen, wie die Sonne als Feuerball wieder in den stürmischen Wellen des Ozeans versinkt.

Als der Mond begann, auf die stürmischen Gewässer der Karibik zu scheinen, in diesen Momenten, in denen die Vögel des Himmels Zuflucht in ihren Nestern suchen, musste ich Litelantes drängen, ihre Hausarbeit zu beenden. In dieser Nacht gingen wir früher als sonst zu Bett; ich sehnte mich nach etwas; ich befand mich in einem ekstatischen Zustand.

Ich lag wieder auf meinem harten Bett des Büßers und Einsiedlers, in dieser indischen Asana des toten Mannes (auf den Rücken liegend, Gesicht nach oben, der Körper entspannt, die Arme an den Seiten, die Füße berühren sich an den Fersen, die Zehen gespreizt wie ein Fächer) wartete ich in einem Zustand der aufmerksamen Wahrnehmung, aufmerksam für Neues. Plötzlich, nach einer tausendstel Sekunde, erinnerte ich mich an einen entfernten Berg; was dann geschah, war etwas Ungewöhnliches, Außergewöhnliches.

Augenblicklich sah ich mich dort, auf dem entfernten Berg, weit entfernt von meinem Körper, meinen Gefühlen und meinem Verstand. Atman ohne Fesseln, entfernt vom dichten Körper und in Abwesenheit der übersinnlichen Körper.

In solchen Momenten des Shamadi war die kosmische Einweihung, die ich in der vergangenen Nacht erhalten hatte, eine greif-bare Tatsache, eine raue lebendige Wirklichkeit, an die ich mich nicht einmal zu erinnern brauchte. Als ich meine rechte Hand auf den goldenen Gürtel legte, war ich glücklich festzustellen, dass das flammende Schwert da war, genau an der rechten Seite.

Alle Tatsachen, die Litelantes mir erzählt hatte, erwiesen sich als richtig. Wie glücklich fühlte ich mich jetzt als spiritueller Mensch! Ich war bekleidet mit der Tunika aus weißem Leinen. In einem vollkommenen dionysischen Rausch stürzte ich mich in den unendlichen siderischen Raum; glücklich entfernte ich mich vom Planeten Erde.

Versunken im Ozean des universalen Geistes des Lebens, wollte ich nicht in dieses Tal der Tränen zurückkehren und so besuchte ich viele planetarische Wohnsitze.

Als ich sanft auf einem gigantischen Planeten des unveränderlichen Unendlichen landete, zog ich das Flammenschwert und rief: „Ich herrsche über all das!"

„Der Mensch ist dazu bestimmt, der Herrscher der ganzen Schöpfung zu sein", antwortete ein Hierophant, der an meiner Seite war.

Ich steckte das Flammenschwert in seine goldene Scheide und tauchte noch tiefer in „die schlafenden Wasser des Lebens" ein und führte eine Reihe von außergewöhnlichen Anrufungen und Experimenten aus.

„Buddhischer Körper, komm zu mir!" Auf meinen Ruf hin kam die schöne Helena, Guinevere, die Königin des Jinas, meine anbetungswürdige spirituelle Seele zu mir.

Sie verschmolz mit mir und ich mit ihr und zusammen bildeten wie das berühmte Atman-Buddhi, von dem die orientalische Theosophie so viel spricht.

Zu Recht wurde immer gesagt, dass Buddhi (die spirituelle Seele) wie eine Vase aus zartem und transparentem Alabaster ist, in deren Inneren die Flamme des Prajna (Atman) brennt.

Ich setzte jene einzigartigen Anrufungen, gemacht aus der Tiefe des Chaos, der Reihenfolge nach fort und rief nun meine menschliche Seele, indem ich sagte: „Kausalkörper, komm zu mir."

Ich sah meine menschliche Seele, herrlich gekleidet in das kausale Vehikel (theosophische höhere Manas). Wie interessant war jener Moment, als meine menschliche Seele glücklich in mich eindrang!

In diesem Augenblick bildete sich auf klare und außergewöhnliche Weise jene theosophische Triade, bekannt unter dem Sanskritnamen: Atma-Buddhi-Manas. Zweifellos hat Atman, das heißt, der Innerste, zwei Seelen. Die Erste ist die spirituelle Seele (Buddhi), welche weiblich ist.

Die Zweite ist die menschliche Seele (höheres Manas), welche männlich ist. Dann, trunken vor Ekstase, rief ich meinen Mentalkörper, wie folgt: „Mentalkörper, komm zu mir!"

Ich musste diese Anrufung mehrmals wiederholen, den der Verstand ist langsam im Gehorchen, aber schließlich kam er mit viel Ehrfurcht und sprach: „Herr, hier bin ich, ich bin deinem Ruf gefolgt, bitte vergib mir meine Verspätung! Habe ich deinen Befehl gut befolgt?"

In dem Augenblick, als ich im Begriff war, eine Antwort zu geben, kam die feierliche Stimme meiner pythagoreischen Monade aus meinem tiefen Inneren und sagte: „Ja, du hast gut gehorcht, tritt ein!"

Diese Stimme war wie die von Ruach Elohim, der nach Moses das Wasser in der Morgendämmerung des Lebens bearbei-tete. Unnötig zu sagen, dass ich diese Anrufungen beendete, indem ich den Astralkörper rief.

Dieser brauchte auch etwas Zeit, um auf meinen esoterischen Ruf zu kommen, aber schließlich trat er in mich ein.

Umkleidet mit meinen übersinnlichen Körpern, konnte ich aus dem Chaos oder ursprünglichen Abgrund meinen physischen Körper rufen, der in diesem Augenblick auf seinem harten Bett des Büßers und Einsiedlers lag und selbstverständlich würde dieser Körper meinem Ruf auch gehorchen.

Das ist nicht unmöglich: mein physischer Körper, der in so interessanten Momenten auf seinem harten Bett lag, könnte mithilfe des vierten Aspekts von Devi Kundalini die dreidimensionale Ebene von Euklid verlassen, um meinem Ruf zu folgen.

Allerdings entschied ich mich dann dieses unendliche tiefe „Vakuum" – im Sinne des uneingeschränkten Raumes – zu verlassen, um auf den Planeten Erde zurückzukehren.

Ich ähnelte in diesem Augenblick einem einsamen Strahl, der aus dem Abgrund der großen Mutter erscheint.

Die Rückkehr zu diesem Planeten der Bitternis, regiert durch achtundvierzig Gesetze, war relativ schnell. Ich erkläre offen und ohne Umschweife: Ich kehrte mit vollem Selbst-Bewusstsein in den physischen Körper zurück, indem ich durch diese wunderbare Tür der Seele, erwähnt von Descartes eindrang; ich beziehe mich auf die Zirbeldrüse. Es ist schade, dass die kartesische Philosophie das objektive Wissen ignoriert.

Da eine solche Art von reinem Wissen meinen kognitiven Fähigkeiten zugänglich ist, konnte ich diese Zeilen zum Wohle meiner geliebten Leser schreiben.

Kapitel XIV
Die zweite Einweihung des Feuers

Zweifellos können und müssen wir mit großem Nachdruck die transzendente und transzendentale Existenz zweier klassischer Arten des Okkultismus bestätigen.

Aus allen unterschiedlichen Sammlungen historischer und prähistorischer Prozesse bezüglich der Erde und ihrer menschlichen Rassen können wir zwei Arten des Okkultismus ableiten, diese sind:

A) Angeborener Okkultismus

B) Scholastischer Okkultismus

Die Erste dieser beiden Strömungen ist eindeutig vorsintflutlich; die Zweite ist vollkommen nachsintflutlich.

Die genauen Parallelen dieser beiden klar formulierten okkulten Arten müssen wir durch Hellsichtigkeit in den beiden Modalitäten des Gesetzes finden:

A) Das natürliche und paradiesische Gesetz (Weisheit der Götter)

B) Das geschriebene Gesetz. Deuteronomium (Das zweite und niedere Gesetz)

Es ist mit Buchstaben aus Feuer im Buch des Lebens geschrieben, dass die schreckliche atlantische Katastrophe oder die universelle Sintflut stattfand (Genesis, VI, I), als die Söhne Gottes, das heißt, der Elohim oder der Jinas, die Töchter der Menschen kennenlernten.

So endete das gewaltige Reich des ersten Gesetzes und es kam die Zeit des Deuteronomiums oder zweiten Gesetzes.

Die schreckliche Unvollkommenheit des geschriebenen Gesetzes ist offensichtlich; Qualen für große Menschen wegen der schrecklichen Beschränkungen dieses Gesetzes und eiserne Bevormundung für die Kleinen.

Moses, der berühmte heilige Führer des Volkes Israel versammelte sein Volk in der Ebene von Moab, zeigte allen die außergewöhnlichen Wunder, die der Herr zu ihren Gunsten bewirkt hatte, seit das erste Bündnis aus dem Berg Sinai geschlossen worden war und wiederholt das Gesetz mit neuen Veranschaulichungen und sprach schreckliche Warnungen gegen seine Übertreter aus und versprach gerechte Belohnung und jede Art von Glück für diejenigen, die es treu befolgen.

Moses sah, nach seiner Verklärung auf dem Berg Nebo, nachdem er die zwölf Stämme Israels gesegnet hatte, „das gelobte Land", das elysischen Felder oder die Welt des Jinas, das Land, in dem Milch und Honig fließt, die ätherische Welt, die vierte Dimension.

Moses starb nicht wie andere Menschen; er verschwand auf dem Berg Nebo; seine Leiche wurde nie gefunden; was ist geschehen?

Moses kehrte in das glückliche Land der nordischen Gesänge und der Druiden zurück; er wurde zu einem Jinas, zu einem Bewohner des Paradieses.

Mit klarem Verstand konnten wir die überzeugende, klare und eindeutige Tatsache vollkommen bestätigen, dass es genau dort ist, in der übersinnlichen Welt, in der vierten Dimension, wo früher die glücklichen Menschen des antiken Arkadien wohnten.

Ich möchte mich speziell auf die paradiesischen Völker der Antike beziehen.

Als Johannes der Täufer enthauptet wurde, zog sich der große Kabir Jesus mit einem Boot „an einen einsamen und abgelegenen Ort" zurück, d. h., in das Land des „Jinas", die vierte Senkrechte unseres Planeten Erde und dort wirkte er vor der Menge das Wunder der fünf Brote und zwei Fische, von denen nicht weniger als fünftausend Männer, ohne Frauen und Kinder zu zählen, gegessen haben und zwölf Körbe voller Stücke blieben übrig (Lukas 9:12-17).

Es ist offensichtlich, dass der große gnostische Priester Jesus die Mengen auch in die vierte Dimension gebracht hatte, mit der Absicht, das Wunder zu wirken.

Alte irische Traditionen, weise überliefert durch die wunderbaren Gesänge der Barden oder nordischen Rhapsodien, sprechen mit Recht über das außergewöhnliche Volk der Kainiten oder Inkas, d. h., der „Priester-Könige", Thuata de Danann genannt, die äußerst geschickt in allen Arten der magischen Künste waren, die sie in Theben gelernt hatten.

Offensichtlich handelt es sich um ein großes „Jinas-Volk", Prototyp des „ewigen Juden", des unermüdlichen Reisenden.

Die Tuatha de Danann bereisten die Mittelmeerländer, bis sie nach Skandinavien kamen, wo sie außer einer lunaren und einer solaren Stadt, vier große magische Städte gründeten.

Als die Tuatha nach Irland zurückkamen, landeten sie auf dieser Insel, wie Aeneas in Karthago, geschützt durch einen dichten magischen Nebel (oder Schleier der Isis der vierten Dimension), der sie verbarg.

In anderen Worten könnten wir sagen, dass die Tuathas durch die vierte Dimenison nach Irland zurückkamen.

In alten Chroniken wird die berühmte Schlacht von Madura beschrieben, in der sie ruhmreich über die finsteren Firbolgs siegten.

„Die Herrlichkeit der Túatha dé Danann war so groß, so mächtig und ihre Heerscharen so unzählig, dass die Ebenen voll waren mit Horden von Kämpfern, die sich bis zu den Regionen ausbreiteten, wo die Sonne am Ende des Tages untergeht. Ihre Helden haben sich vor Tara, der magischen Hauptstadt Irlands verewigt.

Die Túathas kamen nicht in irgendeiner bekannten Art von Schiff nach Erin und niemand konnte klar sagen, ob sie Menschen waren, die auf der Erde geboren waren oder vom Himmel gekommen waren, oder ob es sich um diabolische Wesen handelte oder um eine neue Nation, die auf keinen Fall menschlich sein konnte, wenn in ihren Venen nicht das Blut von Berthach floss, dem Unermüdlichen, dem Gründer des ursprünglichen Ceinne."

Als die große atlantische Katastrophe stattfand, zogen sich die Túatha dé Danann endgültig in die vierte Dimension zurück.

In der ätherischen Region unseres Planeten Erde wohnen einige menschliche Rassen sehr glücklich; diese Leute leben selbst in unseren Tagen voller Bitterkeit immer noch im paradiesischen Zustand.

In der vierten Koordinate unseres Planeten Erde gibt es viele magische Städte voller prächtiger Schönheit.

In der vierten irdischen Senkrechten können wir die elementaren Paradiese der Natur mit all ihren Tempeln, Tälern, verzauberten Seen und Jinas-Ländern entdecken.

Zweifellos ist es dort, im „gelobten Land", wo wir glücklicherweise immer noch den „angeborenen Okkultismus" und das „natürliche und paradiesische Gesetz" finden.

Jene gesegneten „Jinas", die glücklich in den elysischen Feldern leben, im Land, wo Milch und Honig fließen, fallen sicherlich nicht unter die Regentschaft des Deuteronomiums oder des zweiten Gesetzes, das die Sterblichen so sehr quält.

Offensichtlich leben die Jinas-Völker, wie jene, die als Túatha dé Danann bekannt sind, glücklich im Garten Eden unter der Regentschaft des ersten Gesetzes.

Die Túatha dé Danann trugen bei ihren legendären Wanderungen immer vier magische esoterische Symbole bei sich.

A) Eine riesige Schale oder einen Gral (lebendiges Symbol des weiblichen Uterus)

B) Eine riesige Lanze aus reinem Eisen (männliches Phallus-Symbol)

C) Ein großes Flammenschwert (Symbol des sexuellen Feuers)

D) Der Stein der Wahrheit (Symbol des Steins der Weisen, der Sexualität)

Wenn Moses, der große hebräische Führer, die tiefe Bedeutung dieser vier magischen Symbole nicht gewusst hätte, hätte er sich am Berg Nebo nie in einen Jinas verwandeln können.

So verstand ich es, als ich mich vor dem Logos des Sonnensystems niederwarf und ihn voller Demut um Erlaubnis für die zweite Einweihung des Feuers bat.

Es ist unmöglich, diese Momente zu vergessen, in denen der Gesegnete einen bestimmten Spezialisten mit der heiligen Aufgabe beauftragt hatte, den zweiten Grad der Macht des Feuers weise durch meine Wirbelsäule zu leiten.

Ich wollte die Mysterien der vierten Koordinate zutiefst verstehen und siegreich das „Gelobte Land" betreten.

Ich musste mit höchster unaufschiebbarer Dringlichkeit die feurigen Mächte meiner ätherischen Grundlage des Lebens wiederherstellen.

Als die zweite Schlange erwachte, um ihren Aufstieg entlang der ätherischen Wirbelsäule nach innen und nach oben zu beginnen, wurde ich im Tempel mit einem großen kosmischen Fest empfangen.

Der Jinas Spezialist half mir während der metaphysischen Kopula; Litelantes und ich nahmen ihn mit dem sechsten Sinn wahr.

Zweifellos war ich nicht verlassen; der Jinas half mir mit starken magnetischen Handbewegungen, die vom Steißbein bis zur Zirbeldrüse gingen.

Jener Meister hatte eine große moralische Verantwortung auf seine Schultern geladen; er musste auf intelligente Art und Weise das lebendige und philosophische Feuer entlang der Wirbelsäule des berühmten theosophischen „Lingam Sarira" (vitale Grundlage des menschlichen Organismus) leiten.

Offensichtlich ist ein solches Vehikel nur der höhere Teil des physischen Körpers, der tetradimensionale Aspekt unseres physischen Körpers.

„Diese Einweihung ist viel mühsamer", sagte mir der Logos unseres Sonnensystems; aber ich wünschte mit unendlicher Sehnsucht, die Mysterien der ätherischen Welt kennenzulernen, in das „Gelobte Land" zu gelangen.

Der leuchtende Aufstieg der zweiten Feuerschlange entlang des Rückenmarkkanals, von Wirbel zu Wirbel und Chakra zu Chakra, geschah sehr langsam, entsprechend den Verdiensten des Herzens.

Jeder ätherische Wirbel setzt gewisse Tugenden voraus; offensichtlich müssen wir, bevor wir diesen oder jenen Wirbel erreichen, geprüft werden; erinnern wir uns daran, dass das Gold mit Feuer und die Tugend mit Versuchung geprüft werden.

Die Füße der Throne der Götter haben tierische Formen.

Die Finsteren greifen ununterbrochen diejenigen an, die einen Grad der okkulten Freimaurerei in der Wirbelsäule zu erlangen versuchen.

„Der Himmel erobert man im Sturm, die Tapferen haben ihn erobert."

Im Land von tausendundeiner Nacht gibt es auch mystische Agapen; ich war bei einem dieser Festmahle; die Gäste wurden königlich bedient von makellosen weißen Schwänen am Ufer eines kristallinen Sees.

Bei einer anderen Gelegenheit hat man mich das folgende kosmische Gesetz gelehrt:

„Mische niemals gegensätzliche Kräfte im gleichen Haus, denn aus der Mischung zweier gegensätzlicher Strömungen ergibt sich eine dritte Kraft, die zerstörerisch für alle ist."

Der Vitalkörper ist aus vier Arten des Äther gebildet:

a) Reflektierender Äther

b) Licht Äther

c) Chemischer Äther

d) Äther des Lebens

Der Erste dieser Arten des Äthers ist eng verbunden mit den verschiedenen Funktionen des Willens und der Vorstellungskraft.

Der Zweite ist im Verborgenen mit allen sinnlichen und außersinnlichen Wahrnehmungen verbunden.

Der Dritte ist die Grundlage für alle biochemischen organischen Prozesse.

Die Vierte dient als Mittel für die Kräfte, die mit den Prozessen der Fortpflanzung der Rassen arbeiten.

Während der zweiten Einweihung des Feuers habe ich gelernt, die beiden höheren Äther zu befreien, um mit ihnen außerhalb des physischen Körpers zu reisen.

Zweifellos verstärken sich die hellseherischen und hellhörigen Wahrnehmungen außerordentlich, wenn man die beiden höheren Äther im Astralkörper aufnimmt.

Solche Äther ermöglichen es uns, die Gesamtheit der übersinnlichen Erinnerungen zum physischen Gehirn zu bringen.

Die lebendige esoterische Erklärung der mystischen Enthauptung, die mir in szenischer Form gezeigt wurde, war sicherlich außergewöhnlich.

Ich wurde zu einem makabren Bankett eingeladen und was ich auf dem tragischen Tisch sah, war wirklich erschreckend.

Ein profaner blutiger Kopf auf einem silbernen Tablett, geschmückt mit etwas, über das man besser nicht spricht.

Die tiefe Bedeutung ist offenkundig: Das tierische Ego, das sich selbst, das mich selbst, muss geköpft werden.

Daraus können wir die unbestreitbare und definitive Tatsache ableiten, dass der Kopf von Johannes dem Täufer auf dem glänzenden Silbertablett sicherlich eine identische Bedeutung hat.

Zweifellos lehrte Johannes, der Wegbereiter, diese schreckliche Wahrheit, indem er den Altar des höchsten Opfers erklomm.

Als wir alte Chroniken mit der Beharrlichkeit eines Mönches in seiner Zelle untersuchten, entdeckten wir Folgendes:

„Die Nazarener waren auch als Baptisten, Sabäer und Christen des heiligen Johannes bekannt. Ihr Glaube war, dass der Messias nicht der Sohn Gottes war, sondern einfach ein Prophet, der Johannes folgen wollte."

Origenes (Band II, Seite 150) stellt fest, dass „es einige gab, die von Johannes sagten, dass er der Gesalbte (Christus) wäre."

„Als die metaphysischen Konzepte der Gnostiker, die Jesus als den Logos und den Gesalbten ansahen, anfingen Boden zu gewinnen, trennten sich die ursprünglichen Christen von den Nazarenern, die Jesus beschuldigten, die Lehren von Johannes zu verändern und die Taufe im Jordan mit etwas anderem vertauscht zu haben." (Codex Nazaraeus, II, S. 109).

Es ist wichtig, nachdrücklich die transzendentale Tatsache zu beteuern, dass Johannes der Täufer auch ein Christus war.

Auf der anderen Seite, aus der Sicht des Logos (vollkommene vielfältige Einheit) betrachtet, können wir sagen, dass er diejenigen, die in sich selbst gestorben sind, gerettet hat, diejenigen, die das tierische Ego geköpft haben und das Reich der Schatten oder der Hölle besiegt haben.

Als Folge oder Konsequenz habe ich all das vollkommen verstanden, als ich den makabren Tisch im Festsaal sah.

Als ich jenen fremdartigen und entsetzlichen Ort verließ, gaben mir die Adepten der okkulten Bruderschaft ein wunderbares Geschenk.

Es war ein winziges magisches Instrument, mittels dessen ich als Theurg wirken und mein Aussehen verändern kann.

Diejenigen, die meine Fotos gesehen haben, können selbst die konkrete Tatsache überprüfen, dass ich willentlich das Aussehen meines Gesichts verändere.

Die vielfältigen Formen meines Gesichts verwirren meine besten Fotografen; allerdings gestehe ich offen und ohne Umschweife, dass nicht ich es bin, der diese Macht hat, sondern der Innerste, mein wahres inneres Sein, Atman der Unaussprechliche.

Er verändert das Gesicht, wenn es nötig ist.

Meine unbedeutende Person ist wertlos, das Werk ist alles.

Ich bin sicherlich nichts weiter als ein gewöhnlicher Wurm im Schlamm der Erde.

Wenn wir ausführlich alles niederschreiben würden, was wir Mystiker in den dreiunddreißig heiligen Kammern der ätherischen Welt erfahren haben, würde das viele Bände füllen; deshalb ziehe ich es vor, eine Zusammenfassung zu machen.

Als der zweite Grad der Macht des Feuers die Höhe des schöpferischen Kehlkopfs erreichte, wurde ich ins Gefängnis gesteckt.

Die Anklage lautete wörtlich wie folgt: „Dieser Herr hat das Verbrechen begangen, Kranke zu heilen und ist außerdem der Autor eines Buches mit dem Titel *Die perfekte Ehe*, welches ein Verstoß gegen die öffentliche Moral und die guten Sitten der Bürger ist."

In einem schrecklichen Verlies eines alten südamerikanischen Gefängnisses musste ich mich der klassischen Zeremonie der Enthauptung unterziehen.

Dann sah ich am Fuße eines alten Turms meine göttliche Mutter Kundalini mit dem Flammenschwert in der rechten Hand, wie sie eine Kreatur enthauptete.

„Ah, jetzt verstehe ich!", sagte ich in der fürchterlichen Finsternis des schrecklichen Kerkers.

Später trat ich in diesen wunderbaren Zustand ein, der im hohen Yoga als Nirvi-Kalpa-Shamadi bekannt ist. Außerhalb dieses anderen Kerkers, der sich physischer Körper nennt, erlebte ich in einem

Zustand der Ekstase die große tiefe innere Wahrheit in mir. Sie, meine Monade, trat in mich ein, in meine Seele und so wurde ich völlig verklärt.

Mit vollkommener Klarheit sah ich mich selbst vollständig.

Er ist der Fünfte von den sieben Geistern vor dem Thron des Lammes und ich bin sein Bodhisattwa.

Dies erinnert uns an jenen Satz von Mohammed: „Allah ist Allah und Mohammed ist sein Prophet."

Als ich das Gefängnis verließ, ging ich nach Hause; dort erwarteten mich meine besten Freunde.

Tage später stellt der zweite Grad der Macht des Feuers direkten Kontakt mit dem Atom des Vaters her, welcher sich in dem Magnetfeld der Nasenwurzel befindet; dann sah ich in einer nächtlichen Vision den flammenden Stern mit dem Auge Gottes in der Mitte.

Das strahlende Pentagramm löste sich von der Christussonne, um über meinem Kopf zu leuchten.

Die kosmische Feier der Nacht der Einweihung war außergewöhnlich.

Von der Schwelle des Tempels aus sah ich mein wahres Sein, den Innersten, an sein Kreuz gekreuzigt, am heiligen Ende des Sanktuariums und vor den Brüdern der okkulten Bruderschaft.

Während er die Einweihung empfing, machte ich im Vorhof des Tempels meine Rechnung mit den Herren des Karmas.

Kapitel XV
Die dritte Einweihung des Feuers

Der Tod ist zweifellos etwas zutiefst Bedeutungsvolles.

Dieses Thema zu vertiefen, sich intensiv damit zu beschäftigen, ernsthaft, mit unendlicher Geduld und in allen Niveaus des Verstandes ist sicherlich dringend und unaufschiebbar.

Als einleuchtende logische Folge können und müssen wir sogar feierlich das folgende Postulat bestätigen:

„Nur wenn wir die Mysterien des Todes vollständig kennenlernen, können wir den Ursprung des Lebens entdecken."

Wenn der Samen nicht stirbt, wird die Pflanze nicht geboren. Tod und Empfängnis sind eng miteinander verbunden. Wenn wir den letzten Atemzug unserer Existenz tun, projizieren wir zwangsläufig durch Raum und Zeit den elektrischen Entwurf unserer eigenen Existenz.

Offensichtlich durchtränkt dieser elektropsychische Entwurf später das befruchtete Ei; auf diese Weise kehren wir zurück. Der Pfad des Lebens wird gebildet von den Hufspuren des Pferdes des Todes.

Die letzten Momente des Sterbenden sind im Verborgenen mit den Liebesfreuden unserer zukünftigen irdischen Eltern verbunden.

Das Schicksal, das uns nach dem Tod erwartet, wird eine Wiederholung unseres gegenwärtigen Lebens sein, plus seinen Folgen.

Was über das Grab hinaus bleibt, sind meine Gefühle, meine Zärtlichkeit, mein Hass:

Ich will, ich will nicht, ich beneide, ich begehre, ich will Rache, ich will töten, ich stehle, ich bin lüstern, ich bin wütend, ich bin gierig, usw., usw., usw.

Diese ganzen Legionen von Egos, wahre Legionen von Dämonen, personifizierten psychologischen Defekten, kehren zurück, kommen zurück, bekommen einen neuen physischen Körper.

Es wäre absurd, über ein einzelnes Ich zu sprechen; es ist besser, klar über das vielfältige Ich zu sprechen.

Der esoterische orthodoxe Buddhismus lehrt, dass das Ego eine Summe von psychischen Aggregaten ist.

Das ägyptische Buch „Die verborgene Wohnstätte" erwähnt mit großem Nachdruck die roten Dämonen von Seth (die Ich-Teufel, die das Ego bilden).

Diese streitsüchtigen und schreienden Ichs bilden die finsteren Legionen, gegen die Arjuna auf direkte Anordnung des gesegneten Herrn Krishna kämpfen musste (siehe die Bhagavad Gita).

Die Persönlichkeit kehrt nicht zurück; sie ist Tochter ihrer Zeit; sie hat einen Anfang und ein Ende.

Das Einzige, was weiter besteht, ist sicherlich eine Menge von Teufeln. Wir können die Unsterblichkeit in der astralen Welt erlangen; aber das ist nur möglich, wenn wir das Eidolon (Astralkörper) erschaffen.

Verschiede pseudoesoterische und pseudookkultistische Autoren machen den Fehler, das Ego mit dem Astralkörper zu verwechseln.

Die moderne metaphysische Literatur spricht viel über die Projektionen des Astralkörpers; jedoch müssen wir den Mut haben, zu erkennen, dass die Liebhaber des Okkultismus sich gewöhnlich mit dem Ego verdoppeln, um in die sublunaren Regionen der Natur durch Raum und Zeit zu reisen.

Der Astralkörper ist kein unverzichtbares Werkzeug für unsere Existenz; es ist wichtig sich zu erinnern, dass der physische Körper glücklicherweise eine vitale Grundlage oder das Lingam Sarira besitzt, der seine Existenz vollständig gewährleistet.

Zweifellos ist der Astralkörper ein Luxus, den sich nur wenige Menschen leisten können; die Personen, die mit diesem herrlichen Vehikel geboren werden, sind selten.

Der Rohstoff für das große Werk ist das alchemistische Element, mit dem wir den Astralkörper erschaffen können, der sexuelle Wasserstoff Si-12.

Offensichtlich stellt der genannte Wasserstoff das Endprodukt der Umwandlung der Lebensmittel im wunderbaren Labor des Organismus dar.

Es ist offensichtlich, dass dies das wichtigste Material ist, mit dem die Sexualität arbeitet; die Herstellung dieser Substanz findet in rhythmischem Einklang mit den sieben Tönen der Tonleiter statt. Es ist wichtig zu verstehen, dass das „ens seminis" und sein besonderer Wasserstoff Si-12 Samen und Frucht zur gleichen Zeit sind.

Diesen wunderbaren Wasserstoff umzuwandeln, um ihn intelligenterweise in einer höheren Oktave zu kristallisieren, bedeutet in der Tat, ein neues Leben in dem bestehenden Organismus zu erschaffen, dem Astral- oder Sideralkörper der Alchemisten und Kabbalisten eine deutliche Form zu geben.

„Sie müssen verstehen, dass der Astralkörper aus dem gleichen Material, der gleichen Substanz, der gleichen Materie erschaffen wird, wie der physische Körper; der einzige Unterschied ist das Verfahren.

Der gesamte physische Körper, alle Zellen werden sozusagen von den Emanationen der Materie, welche Si-12 ist, durchtränkt.

Und wenn diese hinreichend gesättigt sind, beginnt die Materie Si-12 sich zu kristallisieren.

Die Kristallisation dieser Materie bewirkt die Bildung des Astralkörpers.

Der Übergang der Materie Si-12 in einen Zustand der Emanationen und die allmähliche Sättigung des gesamten Organismus mit diesen Emanationen ist das, was man in der Alchemie als Umwandlung oder Transformation bezeichnet.

Diese Umwandlung des physischen Körpers in den Astralkörper ist genau das, was die Alchemie die Umwandlung der niederen in feine Metalle nennt, das heißt, die Gewinnung von Gold aus gewöhnlichen Metallen."

Das esoterische Verfahren können wir im Tantra-Yoga, im Maithuna, in der Sexualmagie finden:

Verbindung des Lingam-Yoni, Phallus-Uterus ohne Ejakulation des „ens seminis".

Das gezügelte Verlangen verursacht die wunderbaren Prozesse der Kristallisation des Wasserstoffs Si-12 in einer höheren Oktave.

Die Ernährung ist etwas anderes. Zweifellos braucht der Astralkörper auch seine Nahrung und Ernährung, das ist offensichtlich.

Da der physische Körper durch achtundvierzig Gesetze weise kontrolliert wird, eine Tatsache, die wissenschaftlich erwiesen ist durch die Anzahl der achtundvierzig Chromosomen der Keimzelle, ist es klar und eindeutig, dass der Hauptwasserstoff des zellulären Körpers der Wasserstoff achtundvierzig (48) ist.

Es ist relativ einfach, diese spezielle Art von Wasserstoff zu sparen, wenn wir den geraden Weg gehen. Der überschüssige Wasserstoff achtundvierzig (48), der nicht durch die körperlichen Aktivitäten der dreidimensionalen euklidischen Welt verbraucht wird, verwandelt sich wunderbarerweise in Wasserstoff vierundzwanzig (24).

Offensichtlich dient der genannte Wasserstoff 24 immer als besondere Nahrung für den Astralkörper.

Es ist dringend notwendig nachdrücklich zu beteuern, dass der siderische oder Astralkörper der Alchimisten und Kabbalisten sich wunderbar entwickelt und entfaltet unter der absoluten Kontrolle der vierundzwanzig Gesetze. Jedes Organ erkennt man eindeutig durch seine Funktionen und man weiß, dass man einen Astralkörper hat, wenn man in der Lage ist, mit ihm zu reisen (siehe Kapitel 6 dieser Abhandlung).

Mein spezieller Fall war sicherlich außergewöhnlich. Ich bestätige ausdrücklich, dass ich mit einem Astralkörper geboren wurde.

Auf wunderbare Weise habe ich ihn vor meiner Geburt erschaffen, in den alten Zeiten eines vergangenen Mahamvantara, lange vor der Morgendämmerung der lunaren Kette. Die feurigen Mächte des genannten siderischen Körpers wiederherzustellen, war für mich sicherlich das Wichtigste; so verstand ich es, bevor ich den Logos des Sonnensystems um Erlaubnis bat, die dritte Einweihung des Feuers zu beginnen.

Es ist wichtig, meinen geliebten Lesern zu sagen, dass das große Wesen, nachdem es mir meine Bitte gewährt hat, bestimmte Vorkehrungen anordnete, um mir zu helfen.

Daraus können Sie schließen, dass mir ein bestimmter Spezialist gegeben wurde, um mir beim dritten Grad der Macht des Feuers zu helfen. Dieser Guru-Deva erfüllte seine Aufgabe, die dritte Feuerschlange durch die Wirbelsäule im Astralkörper zu leiten.

Litelantes und meine unbedeutende wertlose Person nahmen mit dem sechsten Sinn den Spezialisten im Astral wahr, der uns während der metaphysischen Kopula geholfen hat.

Das Erwachen des Feuers im Astralkörper wird immer durch einen schrecklichen Blitz in der Nacht angekündigt.

Ursprünglich hat die dritte Macht des Feuers in einem so kostbaren Vehikel eine makellose, schöne weiße Farbe; später strahlt sie in der Aura des Universums in einer schönen goldenen Farbe.

Ich gestehe offen und ohne Umschweife, dass ich während der esoterischen Arbeit mit dem dritten Grad der Macht des Feuers das gesamte kosmische Drama in symbolischer Form durchleben musste.

Jemand, der nicht mehr ist als ein niederer Wurm, der im Schlamm der Erde kriecht, fühlt sich wirklich berührt, wenn er sich plötzlich und unverdienterweise in den zentralen Charakter eines solchen Dramas verwandelt, auch wenn dies nur auf symbolische Weise geschieht.

Im Unterschied zu den beiden vorherigen Schlangen setzt der dritte Grad der Macht des Feuers, nachdem er das Atom des Vaters im Magnetfeld der Nasenwurzel berührt hat, seinen Weg bis zum Herzen fort.

Zwischen dem Magnetfeld der Nasenwurzel und dem Herzen gibt es geheime Pfade, „Nadis" oder wunderbare Kanäle.

Ein bestimmter geheimer Pfad verbindet die Nasenwurzel mit dem Hauptchakra, die das Herz von der Mitte des Gehirns aus steuert.

Das Feuer zirkuliert durch diesen Pfad; später setzt es seinen Weg in Richtung Herz fort und zirkuliert geheimnisvoll durch das Anahata Nadi. Das ganze Drama Christi in der astralen Welt zu erleben, ist zweifellos etwas, das man nie wieder vergessen kann.

Während der dritte Grad der Macht des Feuers sich harmonisch im Astralkörper entwickelt und entfaltet, öffnen sich die verschiedenen Ereignisse des christlichen Dramas.

Wenn das heilige Feuer im wunderbaren Hafen des ruhigen Herzens ankommt, erfahren wir jene Symbolik, die eng mit dem Tod und der Auferstehung Christi verbunden sind.

Es ist ein schrecklicher Moment, in dem der symbolische Longinus die Seite des Eingeweihten mit der Heiligen Lanze durchbohrt, dem wunderbaren Sinnbild der phallischen Kraft. Parsifal heilte mit solch einer Lanze die schreckliche Wunde, die schmerzhaft an der Seite des Königs Amfortas brannte.

Als ich im Geheimen für bestimmte siderische Mächte zugelassen wurde, griffen die finsteren Adepten der linken Hand mich hasserfüllt an. Unter den Mysterien der großen Kathedralen fehlt nie das heilige Grab und es ist offensichtlich, dass meines bei der Einweihung nicht fehlen durfte. In dem Augenblick, indem ich diese Zeilen schreibe, erinnere ich mich an den Moment der Einweihung von Gines de Lara.

Bei diesem esoterischen Augenblick des bemerkenswerten Eingeweihten gab es tatsächlich keine Jungfrau von besonderer Abstammung, Tochter des Gründers des Klosters um ihn zu begleiten, keinen edlen Herrn, außer dem leitenden Meister selbst, der ihn zum Sancta Sanctorium oder Adytia jenes Tempels führte, in dem der Neophyt im Zentrum eines reichen Raumes aus Marmor einen prachtvollen, hermetischen verschlossenen Sarg vorfand, dessen schweren Deckel Gines mit seinen eigenen Händen nach den Anweisungen des Meisters anhob und darin zu seiner großen Überraschung seinen eigenen physischen Körper sah.

Anders als Gines de Lara, sah ich meinen eigenen Astralkörper im Grab; da verstand ich, dass ich durch die esoterische Auferstehung gehen musste. Zweifellos muss der große Freimaurermeister Hiram Abif in uns auferstehen.

„Der König ist tot. Es lebe der König!"

Eine realistische, harte, legitime, authentische Auferstehung ist nur beim zweiten Berg möglich. In diesen Absätzen beziehen wir uns nachdrücklich auf die symbolische Einweihungs-Auferstehung.

Ich musste in der Astralebene für einen Zeitraum von drei Tagen im heiligen Grab vor der erwähnten symbolischen Auferstehung ausharren.

Der Abstieg in die dunkle Wohnstätte des Pluto nach diesem symbolischen Prozess der Auferstehung war unumgänglich.

Ich musste in den tiefsten Tiefen der Erde finstere Rekapitulationen beginnen; dort wo der Florentiner Dante die Stadt Dite gefunden hat. Der fortschreitende Aufstieg fand langsam statt, durch die verschiedenen Schichten des niederen Mineralreichs.

Eine szenische, lebendige, progressive, ansteigende Rekapitulation war unentbehrlich für die vollkommene Kenntnis des sich selbst, des mich selbst.

Alte höllische Fehler zu rekapitulieren, ist manchmal nützlich, wenn es darum geht, das Ego aufzulösen.

Unsere eigenen psychologischen Fehler zu kennen, ist sicherlich dringend und unaufschiebbar.

„Ich bin ein Heiliger!", rief ich vor einer Gruppe von eleganten Damen, die sich auf düstere Weise in einem prächtigen höllischen Salon setzten.

Jene Frauen lachten und verspotteten mich mit Vergnügen und wiederholten mit provokativen Grimassen ironisch: „Heiliger!, Heiliger!, Heiliger!"

Diese unglücklichen Geschöpfe hatten recht. Zu jener Zeit hatte ich das Ego noch nicht aufgelöst, ich war ein gefallener Bodhisattwa.

Im Buch des Glanzes wurde mit brennenden Kohlen geschrieben, dass sich in der Wohnstätte des Pluto die Wahrheit als Dunkelheit verkleidet.

„Demonius est Deus Inversus", schrieb H. P. B.

Eine symbolische Himmelfahrt, einweihend, lehrend, aber anders als die logoische Himmelfahrt des dritten Berges.

Neunzehn Tage nach dem Beginn des Aufstiegs aus der Unterwelt haben die Adepten der okkulten Bruderschaft aus meinem Unterleib eine bestimmte Schicht oder atomare Substanz entfernt, die der Haut des menschlichen Organismus ähnelt.

Innerhalb des mikrokosmischen Menschen ist diese atomare Schicht wie eine große Tür, die zu den niederen tieferen Abgründen führt.

Solange dieses atomare Element in den Individuen vorhanden ist, bleibt die Essenz fest innerhalb des Egos eingeschlossen.

Wenn diese atomare Tür im astralen Gegenstück des Bauches entfernt wird, dann müssen die Adepten diesen Bereich des Bauches heilen.

Wenn der dritte Grad der Macht des Feuers es schafft, durch den oberen Teil des Schädels herauszukommen, nimmt er die mystische Gestalt des Heiligen Geistes an, eine weiße Taube mit dem Kopf eines ehrwürdigen alten Mannes.

Ein unbeflecktes göttliches Wesen, das in mystischer Erwartung auf dem Turm des Tempels sitzt und glücklich den höchsten Augenblick der Einweihung erwartet.

Während ich mich an alte Fehler aus früheren Inkarnationen erinnerte, musste ich nach 33 Tagen ein ungewöhnliches, seltsames Ereignis durchleben. Drei der vier grundsätzlichen Bewusstseinszustände wurden der Prüfung des Feuers unterzogen.

Es ist dringend notwendig, die vier Bewusstseinszustände zum Wohl unserer geliebten Leser zu definieren:

A) Eikasia

B) Pistis

C) Dianoia

D) Nous

Der Erste dieser vier Zustände ist tiefes Unbewusstsein, unaufhörliche Barbarei, infrahumaner Schlaf, Grausamkeit usw., usw., usw.

Der Zweite dieser Zustände entspricht exakt allen rationalen Prozessen: Meinungen, Fanatismus, Sektierertum, usw., usw., usw.

Der Dritte manifestierte sich als konzeptionellen Synthetismus, Wissenschaft, intellektuelle Überprüfung von Überzeugungen, reflektierende Induktion und Deduktion, sehr ernsthafte Studien über Phänomene und Gesetze, usw., usw., usw.

Der Vierte ist das erwachte Bewusstsein; der Zustand des Turiya, tatsächliche objektive, erleuchtete, vollkommene Hellsichtigkeit; Vielsichtigkeit, usw., usw., usw.

Ich ging als Sieger aus dieser schwierigen Prüfung hervor; zweifellos müssen wir auf dem Pfad auf Messers Schneide viele Male geprüft werden. Die hermetische Symbolik dieser esoterischen Prüfung war sehr interessant: drei sehr ruhige Jungfrauen im Feuer.

Sieg! Das war das Ergebnis.

Heutzutage bin ich fest im dianoetischen und noetischen Zustand etabliert. Es ist nicht überflüssig, zu behaupten, dass Eikasia und Pistis durch die schrecklichen Prüfungen der Einweihung aus meiner Natur entfernt wurden.

Siebenunddreißig Tage nachdem ich die abgrundtiefen Revisionen begonnen habe, musste ich auf direkte Weise die zwölf Konstellationen des Tierkreises studieren, unter deren Regentschaft wir ständig evolutionieren und involutionieren.

Jedes der zwölf Tierkreiszeichen strahlt in seinem eigenen Farbton.

Das Astrallicht der Konstellation des Löwen hat eine schöne goldene Farbe und man fühlt sich inspiriert, wenn man es betrachtet.

Das Ende aller Prozesse, die mit dem Aufstieg verbunden sind, werden immer von vier Engeln angekündigt, die sich zu den vier Himmelsrichtungen des Planeten Erde wenden und ihre Posaunen spielen.

Im Tempel hat man mir die weiße Taube des Heiligen Geistes übergeben, als ob man mir sagen wollte: „Arbeite intensiv in der neunten Sphäre, wenn Du den dritten Logos in Dir inkarnieren willst."

Alle diese symbolischen Prozesse des Aufstiegs waren nach vierzig Tagen beendet.

Die abschließende Zeremonie fand in der kausalen Welt statt; was ich dann fühlte und sah, war sicherlich außergewöhnlich.

Die große Einweihende war Sanat Kumara, der Gründer des großen Kollegiums der Eingeweihten der Ehrwürdigen Weißen Loge.

Jenes große Wesen strahlte schrecklich göttlich am Altar mit dem Stab mit den sieben Knoten in seiner mächtigen Rechten.

Kapitel XVI
Die vierte Einweihung des Feuers

Dieser traurige rationale Homunkulus, fälschlicherweise Mensch genannt, gleicht einem verhängnisvollen Schiff, das von vielen schwarzmagischen und finsteren Passagieren gesteuert wird.

(Ich beziehe mich auf die *Ichs*).

Zweifellos hat jeder von ihnen seinen eigenen Verstand, seine Ideen, Konzepte, Meinungen, Gefühle, usw., usw., usw.

Offensichtlich sind wir voll unendlicher psychologischer Widersprüche; wenn wir uns in einem großen Spiegel sehen könnten, so wie wir innerlich sind, würden wir entsetzt über uns selbst sein.

Die Art des Verstandes, der sich in einem bestimmten Augenblick in uns durch die verschiedenen Funktionen des Gehirns ausdrückt, hängt ausschließlich von der Qualität des handelnden Egos ab (siehe Kapitel 3, Abschnitt mit dem Titel: Das Ego).

Die Existenz vieler Arten des Verstandes im Inneren eines jeden von uns ist klar und offensichtlich.

Sicherlich sind wir nicht Besitzer eines individuellen, eigenen Verstandes; wir haben viele Arten des Verstandes.

Wir müssen mit höchster Dringlichkeit den Mentalkörper erschaffen, aber das ist nur durch Umwandlung des sexuellen Wasserstoffs Si-12 möglich.

Mithilfe des Sahaja Maithuna (Sexualmagie) können und müssen wir den Überschuss des sexuellen Wasserstoffs Si-12, der nicht für die Erschaffung des Astralkörpers benötigt wird, zu einer zweiten Oktave der höheren Ordnung weiterleiten.

Die Kristallisation eines solchen Wasserstoffs in der herrlichen und wunderbaren Form des Mentalkörpers ist ein Axiom der hermetischen Weisheit.

Offensichtlich geschieht diese Kristallisation des genannten sexuellen Wasserstoffs feierlich gemäß den Noten Do-Re-Mi-Fa-Sol-La-Si in einer zweiten transzendenten Oktave.

Die Ernährung ist ein anderes Thema; es ist offensichtlich, dass jeder existierende lebende Organismus seine spezifischen Nahrungsmittel und seine Ernährung braucht.

Der Mentalkörper ist keine Ausnahme von der allgemeinen Regel.

Der Überschuss des Wasserstoffs 24, der nicht für die Ernährung des Astralkörpers verbraucht wird, wird in Wasserstoff 12 umgewandelt.

(Nicht zu verwechseln mit dem sexuellen Wasserstoff Si-12).

Als Konsequenz oder logische Folge kann man eindeutig behaupten, dass der Wasserstoff-12 die hauptsächliche und entscheidende Nahrung für den Mentalkörper ist.

Es ist nicht möglich, die vollkommene Individualisierung des Verstandes zu erreichen, ohne die Erschaffung des Mentalkörpers.

Nur durch die Erschaffung eines solchen Vehikels werden wir ein „organisiertes niederes Manas", einen individuellen konkreten Verstand besitzen.

Die Grundlage dieser Schöpfung befindet sich in der neunten Sphäre (die Sexualität).

In der feurigen Schmiede des Vulcanus zu arbeiten ist unerlässlich.

Es ist offensichtlich, dass man weiß, dass man einen Mentalkörper besitzt, wenn man mit ihm bewusst und tatsächlich durch die übersinnlichen Welten reisen kann.

Mein spezieller Fall war sicherlich außergewöhnlich; ich wurde mit einem Mentalkörper geboren; ich habe ihn schon in einer sehr fernen Vergangenheit erschaffen, vor der Morgendämmerung des Mahamvantara von Padma oder des goldenen Lotus.

Tatsächlich musste ich nun nur mit höchster Dringlichkeit die vierte Einweihung des Feuers rekapitulieren und die feurigen Mächte des erwähnten Vehikels wiederherstellen.

Der strahlende Drachen der Weisheit, ich beziehe mich auf den Logos des Sonnensystems Ors, beauftragte einen Spezialisten mit der edlen Mission, mir beizustehen und mir zu helfen.

Die vierte Schlange entlang des Rückenmarkkanals des Mentalkörpers von Wirbel zu Wirbel und Chakra zu Chakra zu erheben, ist sicherlich sehr langwierig und furchtbar schwierig.

„Bevor die goldene Flamme mit ruhigem Licht brennen kann, muss die Lampe geschützt und an einem Ort ohne Wind sein.

Die irdischen Gedanken müssen vor den Türen des Tempels sterben.

Der Verstand, der ein Sklave der Sinne ist, macht die Seele so unfähig, wie ein Boot, das der Wind steuerlos über die Wasser treibt."

Erstaunt nahm ich die vielfältige Pracht des herrlichen Pentagramms über den heiligen Leuchtern des Tempels wahr.

Glücklich überschritt ich die Schwelle des Sanktuariums; meine Gedanken glühten leidenschaftlich.

Ich verstand deutlich, dass ich während der Arbeit in der neunten Sphäre den Rauch sehr sorgfältig von den Flammen trennen sollte.

Der Rauch ist Schrecken, Finsternis, Bestialität; die Flamme ist Licht, Liebe und transzendente Keuschheit.

Jeder äußerliche Eindruck verursacht wellenförmige Reaktionen im Verstand; diese haben ihre Grundlage im Ego, im Ich, im Mich Selbst.

Es ist sicherlich unerlässlich, absolute Kontrolle über diese mentalen Reaktionen auszuüben.

Wir müssen gleichgültig gegenüber Lob und Beschimpfungen, gegenüber Triumph und Niederlage werden.

Es ist unerlässlich, diejenigen anzulächeln, die uns beleidigen, die Peitsche des Henkers zu küssen. Erinnern Sie sich, dass verletzende Worte nicht mehr Wert haben, als den, den der Beleidigte ihm gibt.

Wenn wir den Worten derjenigen, die uns beleidigen, keinen Wert geben, sind sie wie ein Scheck, der nicht gedeckt ist.

Der Hüter der Schwelle in der Welt des Verstandes personifiziert das Ego, das Ich. Uns der schrecklichen Prüfung heroisch zu stellen, den schrecklichen Bruder zu besiegen, wie man es in der okkulten Freimaurerei nennt, ist unerlässlich in der vierten Einweihung des Feuers.

Ohne jegliche Angst habe ich sofort das flammende Schwert gezogen; was dann geschah, war außergewöhnlich; die Larve der Schwelle lief entsetzt weg.

Es ist offensichtlich, dass diese Prüfung immer stattfindet, nachdem die feurigen Flügel geöffnet wurden.

Es ist eine bedeutende Wahrheit, dass die strahlenden Engelsflügel sich immer öffnen, wenn das heilige Feuer bei seinem Aufstieg die Höhe des Herzens erreicht.

Zweifellos erlauben uns die feurigen Flügel, sofort in jeden Bereich des Königreichs einzutreten.

Ein weiteres wunderbares kosmisches Ereignis, das ich während der verschiedenen Prozesse der vierten Einweihung des Feuers in mir selbst erfahren habe, war sicherlich der siegreiche Einzug Jesu in die geliebte Stadt der Propheten.

Wer wirklich das himmlische Jerusalem (die höheren Welten) betreten will, muss sich vom Körper, den Gemütsbewegungen und dem Verstand befreien.

Es ist dringend notwendig, unverzichtbar, auf dem symbolischen Esel (der Verstand) zu reiten, ihn zu zähmen, ihn zu kontrollieren; nur so können wir uns selbst von ihm befreien, um die Welten des Geistes (das himmlische Jerusalem) zu betreten.

Ich fühlte, dass mein verbrauchter Körper zerfiel und sterben würde; in diesem Moment sagte der göttliche Rabbi aus Galiläa mit lauter Stimme: „Dieser Körper ist nicht mehr nützlich für Dich."

Glücklich entkam ich der zerstörten Form meiner Hülle mit dem „To Soma Heliakon", „dem goldenen Körper des solaren Menschen."

Als das heilige Feuer feierlich im flammenden Stern und im Sternenkreuz erstrahlte, wurde meine persönliche, individuelle göttliche Mutter Kundalini im Tempel geehrt.

Kundalini erblühte in meinen fruchtbaren Lippen und wurde zum Wort, als das Feuer den kreativen Kehlkopf erreichte. Ich erinnere mich noch an jenen Augenblick, als das Fest gefeiert wurde. Die

Adepten der okkulten Bruderschaft belohnten mich mit einem wunderbaren Symbol, das ich immer noch bewahre. Der Moment, als das Feuer von Kundalini die Höhe des Kleinhirns erreichte, war außergewöhnlich; dann durchlebte mein Mentalkörper die symbolische Kreuzigung des Herrn.

Der Aufstieg der erotischen Flamme zum zweiunddreißigsten Wirbel war bemerkenswert; in diesem Moment großer Feierlichkeit habe ich die Geheimnisse bezüglich des Grades des Löwen des Gesetzes verstanden.

„Wenn ein höheres Gesetz von einem niederen Gesetz transzendiert wird, löscht das höhere Gesetz das niedere Gesetz."

„Den Löwen des Gesetzes bekämpft man mit der Waage."

„Tue gute Taten, um deine Schulden zu bezahlen."

Als das göttliche Feuer den Lotus der tausend Blütenblätter (das Sashasrara Chakra) öffnete, ließ eine bestimmte Metallglocke feierlich alle Winkel des Universums erzittern.

In diesen Augenblicken der höchsten Seligkeit hörte ich unbeschreibliche Chöre, die im heiligen Raum erklangen. Später musste ich geduldig die erotische Flamme bis zum magnetischen Feld der Nasenwurzel führen.

Indem ich eine bestimmte geheime Nervenbahn intelligenterweise nutzte, gelang es mir, das Feuer bis zur Region des Thalamus zu führen, der Region, wo das Hauptchakra sich befindet, welches das Herz kontrolliert.

Schließlich nutzte ich intelligenterweise das Anahata Nadi, um die sexuelle Flamme bis zum Herztempel zu führen. Die letzte Zeremonie dieser Einweihung war wirklich außergewöhnlich, erhaben, erschreckend göttlich.

In jener mystischen Nacht war der Tempel herrlich geschmückt; es ist unmöglich, solche Schönheit zu beschreiben.

Sanat Kumara, der große Hierophant, erwartete mich streng auf seinem königlichen Thron; ich betrat den heiligen Bereich mit tiefer Ehrfurcht.

Vor diesem großen Geopferten, wie H. P. B. Ihn zu nennen pflegte, legte meine göttliche Mutter Kundalini den gelben Umhang der Buddhas auf meinen Kopf und das außergewöhnliche Diadem, auf dem das Auge des Shiva leuchtet.

„Dies ist mein geliebter Sohn!", sagte meine Mutter und fügte dann hinzu: „Er ist ein Buddha."

Der Alte der Tage, Sanat Kumara, der berühmte Gründer des großen Kollegiums der Eingeweihten der weißen Loge auf dem Planeten Erde kam zu mir und legte das Symbol des Imperators (die Kugel mit dem Kreuz darauf) in meine Hände.

In diesen Augenblicken konnte man engelhafte Akkorde, königliche Symphonien hören, basierend auf den Rhythmen von Mahavan und Chotavan, die das Universum fest auf seinem Weg halten.

Kapitel XVII
Die fünfte Einweihung des Feuers

Wir versichern mit großer Feierlichkeit und ohne Überheblichkeit den offensichtlichen fürchterlichen Realismus der drei spezifischen Arten der Handlung:

a) Handlungen, basierend auf dem Gesetz der Unfälle.

b) Handlungen auf der Grundlage der ewigen Gesetze der Rückkehr und Wiederkehr.

c) Wunderbare Handlungen, die aus dem bewussten Willen entstehen.

Die Grundlage für die erste Art der Handlung ist sicherlich der natürliche mechanische Aspekt dieser Ordnung der Dinge.

Das grundlegende Element der zweiten Art der Handlung ist zweifellos die unaufhörliche Wiederholung der vielen Dramen, Komödien und Tragödien. Dies geschieht immer von Leben zu Leben durch Zeit und Raum hinweg, im schmerzhaften Tal des Samsara.

Das Drama ist für die mehr oder weniger guten Menschen, die Komödie für die Clowns, die Tragödie für die Bösen.

Alles geschieht wieder, wie es bereits geschehen ist, zusätzlich zu den positiven oder negativen Folgen.

Die Hauptursache für die dritte Art der Handlung ist sicherlich der Kausalkörper oder Körper des bewussten Willens.

Als Konsequenz oder logische Folge können wir Folgendes aussagen: „Die aus dem bewussten Willen geborenen Handlungen sind nur möglich, wenn wir uns den Luxus gegönnt haben, einen Kausalkörper für den eigenen Gebrauch zu erschaffen."

Der sexuelle Wasserstoff Si-12 kann und muss durch das sexuelle Yoga mit seinem berühmten Sahaja Maithuna (Sexualmagie) auf eine dritte Oktave einer höheren Ordnung aufsteigen.

Die Kristallisation des genannten Wasserstoffs in die herrliche und wunderbare Form des Kausalkörpers vollzieht sich mit den Noten do-re-mi-fa-sol-la-si in der erwähnten Oktave.

Die Ernährung ist etwas anderes. Der Kausalkörper braucht auch seine Nahrung und diese stammt aus dem Überschuss des Wasserstoffs 12, der nicht vom Mentalkörper verbraucht wurde.

Offensichtlich kann und muss der Wasserstoff Zwölf (nicht zu verwechseln mit dem sexuellen Wasserstoff Si-12) sich in Wasserstoff Sechs (6) umwandeln, der die spezifische Nahrung des Kausalkörpers ist.

Zweifellos sind die erbärmlichen Menschen, weil sie nicht wirklich den Körper des bewussten Willens besitzen, immer zwangsläufig Opfer der Umstände.

Die zwingende Notwendigkeit, die bestimmende Fähigkeit, diejenige, die es uns erlaubt, neue Umstände zu erschaffen, ist nur möglich, wenn man einen Kausalkörper oder Körper des bewussten Willens besitzt.

Mit großer Aufrichtigkeit und größtem gnostischen Realismus behaupten wir Folgendes: das intellektuelle Tier, fälschlicherweise Mensch genannt, besitzt keinen Astral-, Mental- und Kausalkörper.

Er hat sie nie erschaffen.

Es ist nicht akzeptabel, unhaltbar, unannehmbar, auch nur für einen Augenblick die vollständige Manifestation des Menschen anzunehmen, wenn er nicht einmal diese genannten übersinnlichen Vehikel erschaffen hat.

Wenn wir wirklich authentische Menschen werden wollen, ist die grundlegende, unverzichtbare, dringende Voraussetzung, diese Vehikel in uns selbst zu erschaffen.

Es ist ein großer Fehler zu glauben, dass die Zweibeiner mit drei Gehirnen und drei Zentren mit solchen Körpern auf diese Welt kommen.

In der Wirbelsäule und im Samen gibt es unendlich viele Möglichkeiten, die uns, wenn sie entwickelt werden, in wahre Menschen verwandeln können; diese Möglichkeiten können jedoch verloren gehen, und normalerweise gehen sie verloren, wenn wir nicht mit der grundlegenden Tonleiter der Wasserstoffe arbeiten.

Der intellektuelle Humanoide ist kein Mensch, aber er gibt vor, einer zu sein, er nimmt fälschlicherweise an, dass er einer ist und aus reiner Unwissenheit versucht er eine Position zu besetzen, die ihm nicht entspricht; er glaubt, König der Schöpfung zu sein, obwohl er nicht einmal König seiner selbst ist.

Die Unsterblichkeit ist etwas sehr Ernstes, aber man muss sie mithilfe des Sahaja Maithuna (Sexualmagie) erlangen.

Wer sich einen Astralkörper erschafft, wird in der Tat und mit Recht unsterblich in der Welt der vierundzwanzig Gesetze.

Wer sich den Luxus gegönnt hat, einen Mentalkörper zu erschaffen, erreicht offensichtlich die Unsterblichkeit in der Welt der zwölf Gesetze.

Wer sich einen Kausalkörper schmiedet, erreicht zweifellos die gewünschte Unsterblichkeit in der Welt der sechs Gesetze.

Nur indem wir die genannten solaren Vehikel erschaffen, können wir das, was man die menschliche Seele nennt, inkarnieren; ich beziehe mich auf den dritten Aspekt des indischen Trimurti: „Atman-Buddhi-Manas."

Viel wurde über den berühmten „To Soma Heliakon", den goldenen Körper des solaren Menschen gesagt.

Zweifellos handelt es sich um das Hochzeitsgewand der Seele, genannt im biblischen christlichen Evangelium.

Offensichtlich besteht diese Bekleidung aus den übersinnlichen Körpern, aus den außergewöhnlichen Kristallisationen des sexuellen Wasserstoff Si-12.

Es ist in keiner Weise möglich, das „Sanctum Regnum", „Regnum Dei", „Magis Regnum" zu betreten, ohne das Hochzeitsgewand der Seele.

Mit der gesunden Absicht, diese Absätze noch mehr zu beleuchten, transkribieren wir das Gleichnis vom Hochzeitsmahl:

> Jesus erzählte ihnen noch ein anderes Gleichnis: Mit dem Himmelreich ist es wie mit einem König, der die Hochzeit seines Sohnes vorbereitete. Er schickte seine Diener, um die eingeladenen Gäste zur Hochzeit rufen zu lassen. Sie aber wollten nicht kommen. Da schickte er noch einmal Diener und trug ihnen auf: Sagt den Eingeladenen: Mein Mahl ist fertig, die Ochsen und das Mastvieh sind

geschlachtet, alles ist bereit. Kommt zur Hochzeit! Sie aber kümmerten sich nicht darum, sondern der eine ging auf seinen Acker, der andere in seinen Laden, wieder andere fielen über seine Diener her, misshandelten sie und brachten sie um. Da wurde der König zornig; er schickte sein Heer, ließ die Mörder töten und ihre Stadt in Schutt und Asche legen. Dann sagte er zu seinen Dienern: Das Hochzeitsmahl ist vorbereitet, aber die Gäste waren es nicht wert (eingeladen zu werden). Geht also hinaus auf die Straßen und ladet alle, die ihr trefft, zur Hochzeit ein. Die Diener gingen auf die Straßen hinaus und holten alle zusammen, die sie trafen, Böse und Gute, und der Festsaal füllte sich mit Gästen. Als sie sich gesetzt hatten und der König eintrat, um sich die Gäste anzusehen, bemerkte er unter ihnen einen Mann, der kein Hochzeitsgewand anhatte. Er sagte zu ihm: Mein Freund, wie konntest Du hier ohne Hochzeitsgewand erscheinen? Darauf wusste der Mann nichts zu sagen. Da befahl der König seinen Dienern: Bindet ihm Hände und Füße und werft ihn hinaus in die äußerste Finsternis! Dort wird er heulen und mit den Zähnen knirschen. Denn viele sind gerufen, aber nur wenige auserwählt. (Matthäus 22:1-14)

Es ist wohlbekannt und offensichtlich, dass jener Gast, der nicht mit dem Hochzeitsgewand der Seele bekleidet war, nicht die rechtmäßige Bezeichnung „Mensch" erhalten konnte, aber man verlieh ihm diese Bezeichnung einfach aus Liebe und Respekt gegenüber unseren Mitmenschen.

Das Gleichnis wäre grotesk gewesen, wenn man gesagt hätte, dass dort ein Tier wäre, das nicht für die Hochzeit angezogen war. Offensichtlich kann kein Tier, einschließlich der intellektuellen Bestie, jemals mit dem Hochzeitsgewand der Seele bekleidet sein. Lassen Sie uns jedoch zu meinem persönlichen Fall zurückgehen, damit wir uns dem eigentlichen Zweck dieses Kapitels nähern.

Im Namen der Wahrheit muss ich mit aller Deutlichkeit sagen, dass ich mit den vier Körpern geboren wurde: physisch, astral, mental und kausal.

Die Macht des Feuers in jedem Körper wiederherzustellen, Einweihungen zu rekapitulieren, war für mich unverzichtbar, dringend und unaufschiebbar. Nach den vier vorherigen Einweihungen musste ich geduldig die fünfte Einweihung des Feuers wiederholen.

Hier möchte ich dem Begriff „wiederholen" eine eigene, transzendente und transzendentale Bedeutung geben. Da ich in früheren Leben die kosmischen Einweihungen des Feuers durchlebt hatte, musste ich sie nun nur wiederholen.

Als ich den Logos unseres Sonnensystems Ors um Erlaubnis bat, die Mysterien der fünften Einweihung des Feuers zu beginnen, gab er mir folgende Antwort: „Du brauchst nicht um Erlaubnis zu bitten, um die Einweihung zu beginnen, Du hast jedes Recht, dies zu tun."

Der Gesegnete übertrug dann einem edlen Spezialisten der kausalen Welt die Aufgabe, mich zu unterstützen und mir zu helfen. Dieser Spezialist musste das heilige Feuer auf intelligente Weise durch den Rückenmarkkanal der Wirbelsäule meines Kausalkörpers oder Körpers des bewussten Willens leiten.

Das Erwachen der fünften feurigen Schlange unserer magischen Kräfte im Chakra Muladhara des Steißbeins wurde im Tempel mit einem großen Fest gefeiert. Der Aufstieg der Kundalini von Wirbel zu Wirbel und Chakra zu Chakra entlang der Wirbelsäule des Kausalkörpers geschah sehr langsam und im Einklang mit den Verdiensten des Herzens.

Da ich erwacht geboren wurde und da ich sicherlich das, was man als objektives Bewusstsein und objektive Erkenntnis bezeichnet, besitze, war es sehr einfach, die Erinnerungen der kausalen Welt in das physische Gehirn zu bringen. Ich verdeutliche: die moderne revolutionäre Psychologie der neuen Ära des Wassermannzeitalters verwendet die Begriffe objektiv und subjektiv auf folgende Weise:

A) Objektiv: echt, spirituell, wahr, göttlich, usw.

B) Subjektiv: undeutlich, unzusammenhängend, ungenau, illusorisch, fantastisch, absurd

In der Welt der natürlichen Ursachen verstand ich die Notwendigkeit zu lernen, dem Vater auf der Erde wie auch im Himmel zu gehorchen. Den Tempel der Musik der Sphären in dieser kosmischen Region zu betreten, war sicherlich eine meiner größten Freuden. Auf der Schwelle dieses Tempels lehrte mich der Wächter einen der geheimen Grüße der okkulten Bruderschaft.

Das Gesicht dieses Wächters war wie ein Blitz; als dieser Mann in der Welt lebte, war sein Name Beethoven. In der Kausalwelt traf ich viele Bodhisattwas, die intensiv für die Menschheit arbeiten.

Diese kausalen Menschen entfalten sich wunderbar, jeder unter der Leitung seines inneren Gottes. Nur der kausale Mensch hat die Unsterblichkeit wirklich erreicht; diese Art von Wesen ist jenseits von Gut und Böse.

Das Drama des kosmischen Christus in diesen Regionen zu erleben, sich in die Hauptperson des Kreuzweges zu verwandeln ist sicherlich etwas, was man nie vergessen kann.

Wir müssen uns verfeinern, uns wirklich reinigen, wenn wir uns wahrhaftig danach sehnen, ernsthaft die fürchterlichen Realitäten, die in den göttlichen christlichen Symbolismen enthalten sind, zu erleben.

Ohne meine inneren Sehnsüchte zu verlieren, gestehe ich aufrichtig, dass ich mich selbst in der Welt der natürlichen Ursachen sah, wie ich das Gewicht meines eigenen Kreuzes vor den profanen Menschenmassen, die mich wütend steinigten, trug.

Bemerkenswert fand ich das Gesicht des Anbetungswürdigen, das sich auf wundersame Weise in das heilige Tuch der Veronica eingeprägt hat.

Es ist wichtig, sich daran zu erinnern, dass die Archäologen viele Köpfe aus Stein mit Dornenkronen entdeckt haben; solche Abbildungen gehören der Bronzezeit an.

Dies erinnert uns an die Rune Dorn, über die wir ausführlich in der esoterischen Abhandlung „Magie der Runen" sprachen.

Jede Person, die mit dem universellen Gnostizismus vertraut ist, kennt die Bedeutung dieser Rune sehr gut.

Die tiefe Bedeutung des göttlichen Gesichts mit der Dornenkrone auf dem Kopf ist die „Willenskraft Christi". Mit einzigartiger Klarheit und göttlicher Transparenz sah ich ekstatisch das Tuch der

Veronica auf dem heiligen Altar in der Nacht der Einweihung erstrahlen. Das abschließende kosmische Ereignis geschah unvermeidlich, als die fünfte Schlange, nachdem sie durch die Zirbeldrüse und das magnetische Feld der Nasenwurzel zu ihrer entsprechenden geheimen Kammer im ruhigen Herzen gelangte.

Dann, als ich mit meinem wahren inneren Sein vereint war, fühlte ich glücklich, dass ich in den kindlichen paradiesischen Zustand zurückkehrte. Am Ende der abschließenden Zeremonie warf ich mich vor meinem Guru „Adolfito" nieder und sagte: „Danke ehrwürdiger Meister; Dir verdanke ich all das."

Der gesegnete Mahatma stand auf und antwortete: „Danke nicht mir! Was ich wissen muss, ist, wie Du Dich nun im Leben verhalten wirst."

„Die Tatsachen sprechen für mich, verehrter Meister, Du siehst es."

Das waren meine Worte.

Später wurde ich von einem großen Elementar-Genius besucht: ich beziehe mich auf jenen Deiduso, der die Sphinx in der ägyptischen Wüste verkörpert.

Die Füße dieses Wesens waren mit Schlamm bedeckt.

Ich verstand seine tiefe okkulte esoterische Bedeutung.

„Deine Füße sind mit Schlamm bedeckt", sagte ich: die geheimnisvolle Kreatur schwieg; zweifellos fehlte mir die Fußwaschung.

Als ich versuchte, ihm den heiligen Kuss auf die Wange zu geben, ermahnte er mich sanft und sagte: „Küss mich mit Reinheit"; so tat ich es.

Später besuchte mich Isis, deren Schleier kein Sterblicher gelüftet hat; meine göttliche Mutter Kundalini.

Ich fragte sie sofort nach den Ergebnissen.

„Oh, meine Mutter!

Habe ich die fünf Schlangen schon erhoben?"

„Ja, mein Sohn."

„Jetzt will ich, dass Du mir hilfst, die sechste und siebte Schlange zu erheben."

„Diese sind schon erhoben."

In diesem Moment erlebte ich eine vollkommene Erinnerung meiner selbst:

„Ah! Ich bin ein ehemaliger Meister; ich war gefallen; jetzt erinnere ich mich."

„Ja, mein Sohn; Du bist ein Meister."

„Oh, Devi Kundalini!

„Du bist Lakhsmi, die Ehefrau von Vishnu. Anbetungswürdige Mutter!

Du bist die göttliche Braut von Shiva. Ehrwürdige Jungfrau!

Du bist die fließende Saravasti, die Gemahlin von Brahama."

Oh, lieber Leser! Hör mir zu: Sie ist die ewige Weiblichkeit, die durch den Mond und das Wasser repräsentiert wird; die Magna Mater, von der das magische „M" und die berühmte Hieroglyphe des Wassermanns stammen.

Zweifellos ist sie auch die universelle Matrix des großen Abgrundes, die ursprüngliche Venus, die große jungfräuliche Mutter, die mit Amor-Eros, der ihr Sohn ist, aus den Wellen des Meeres erscheint.

Ohne jeden Zweifel müssen wir offen und ohne Umschweife bestätigen, dass sie die indische Prakriti und die metaphysische Aditi und sogar Mulaprakriti ist.

Niemals könnten wir den steinigen Weg, der zur endgültigen Befreiung führt, gehen, ohne die Hilfe der göttlichen Mutter Kundalini.

Kapitel XVIII
Ein übersinnliches Abenteuer

Wir waren drei Freunde, die plauderten und im Wald des Mysteriums wanderten, langsam, langsam, langsam näherten wir uns dem heiligen Hügel. Ohne die geringste Angst wurden wir dann Zeugen von etwas Ungewöhnlichem und Unerwartetem; es ist dringend notwendig, dies zum Wohle unserer geliebten Leser zu erzählen.

Ein reiner tausendjähriger Stein öffnete sich plötzlich auf dem felsigen Hügel, als ob er in zwei exakt gleich große Stücke aufgeteilt worden wäre und wir waren fassungslos und erstaunt.

Bevor wir genug Zeit hatten, um das zu beurteilen, ohne viel nachzudenken, näherte ich mich, wie von einer fremden Kraft angezogen, der geheimnisvollen Tür aus Granit.

Ohne auf ein Hindernis zu treffen, überquerte ich mutig die Schwelle eines Tempels; in der Zwischenzeit setzten sich meine Freunde ruhig vor den riesigen Stein, der sich vor ihnen geschlossen hatte.

Nicht einmal ein außergewöhnliches Wörterbuch wäre ausreichend, wenn wir alle Wunder dieses unterirdischen Sanktuariums bis ins kleinste Detail beschreiben wollten.

Ich ziehe es vor, ohne Ausschweifungen, grob zusammengefasst, aber aufrichtig, darüber zu sprechen und beschränke mich darauf, zu erzählen, was geschehen ist.

Munter, von der lebendigen Flamme des Geistes belebt, ging ich weiter durch einen schmalen Korridor, bis ich zu einem kleinen Salon kam. Dieser exotische Raum ähnelte einem Büro oder der Kanzlei eines Anwalts.

Vor dem Schreibtisch sitzend befand sich ein Archon des Schicksals; eine unergründliche Persönlichkeit; ein hermetischer Richter des Karmas; ein Mystiker, gekleidet als eleganter moderner Herr.

Wie weise war dieser Anwalt-Cohen! Erhabener Prophet! Unfehlbar! Und erschreckend göttlich.

Mit tiefer Ehrfurcht näherte ich mich seinem Schreibtisch; das heilige Feuer strahlte auf seinem Gesicht. Sofort spürte ich unmittelbar seine tiefe Bedeutung; „Danke, ehrwürdiger Meister!"

Sagte ich mit unendlicher Demut.

Der strenge Hierophant nahm sein Gleichnis mit sibyllinischem Ton und sagte:

„Herr Soundso ist ein schäbiger Typ, er wird immer in Armut leben", er bezog sich auf einen der beiden Freunde, die draußen auf mich warteten.

„Der Andere", er bezog sich nun auf meinen anderen Freund, „ist ein Zamuro".

„Wie? Zamuro", wiederholte ich: „Zamuro".

Ein kämpferischer und spiritueller Freund, wie die fortschrittlichen buddhistischen Samurai des Reichs der aufgehenden Sonne.

Schließlich wandte er sich meiner unbedeutenden wertlosen Person zu und sagte: „Du bist der militärische Typ, denn Du musst die Massen führen, die Arme zur Rettung der Welt bilden, das neue Wassermannzeitalter einleiten."

Dann fuhr er fort: „Deine spezifische Aufgabe ist es, Menschen zu erschaffen, die Leute zu lehren, ihren Astral-, Mental- und Kausalkörper zu erschaffen, damit sie ihre menschliche Seele inkarnieren können."

Danach erhob er sich von seinem Schreibtisch mit dem klaren Ziel, in seiner Bibliothek eines meiner Werke zu suchen und als er es in der Hand hatte, rief er trunken vor Ekstase: „Das Buch, das Du per Post an Herrn Soundso geschickt hast, wurde sehr geschätzt."

Was danach geschah, ist leicht zu ahnen: mit unendlicher Verehrung und großer Demut, ohne irgendwelche Eile, weit entfernt von jeder eitlen Verblendung, verabschiedete ich mich von dem Ehrwürdigen und verließ den Tempel.

Jetzt ist es dringend notwendig und unverzichtbar, ernsthaft über die wesentliche, grundlegende Essenz dieser Geschichte nachzudenken und zu meditieren. Wir entfernen jede verletzende Bemerkung aus unserem Wortschatz und betonen folgendes Postulat: „Es ist unerlässlich, den Menschen in uns selbst hier und jetzt zu erschaffen."

Da ich den Leuten die Doktrin lehre, bin ich offensichtlich ein Schöpfer von Menschen. Es ist notwendig, in uns selbst die Möglichkeit zu schaffen, Mensch zu werden.

Es ist nicht überflüssig, daran zu erinnern, dass die Endzeit schon begonnen hat.

Vieles wurde in der okkultistischen Literatur über die beiden Wege gesagt: Ich beziehe mich ausdrücklich auf den Weg der Spirale und den direkten Weg.

Zweifellos öffnen sich die beiden Wege erhaben dem authentischen Menschen: nie dem intellektuellen Tier!

Ich werde nie die letzten Augenblicke der fünften Einweihung des Feuers vergessen können.

Nach all diesen Prozessen der Rekapitulation musste ich mich mutig einem erschreckend göttlichen nirvanischen Wächter stellen.

Der gesegnete Herr der Vollkommenheit zeigte mir den nirvanischen spiralförmigen Weg und sagte: „Dies ist eine gute Arbeit."

Danach zeigte er den direkten Weg und rief mit lauter Stimme, wie der eines brüllenden Löwen: „Das ist eine höhere Arbeit."

Später sah ich ihn mit dieser mächtigen gebieterischen Art der großen Majestäten zu mir kommen; er befragte mich und ich antwortete ihm und so entstand der folgende Dialog:

„Welchem der beiden Weg werden Sie nun folgen?"

„Lassen Sie mich darüber nachdenken."

„Denken Sie nicht darüber nach, sagen Sie es sofort, entscheiden Sie sich."

„Ich nehme den direkten Weg, der zum Absoluten führt."

„Aber, was sagen Sie da? Wissen Sie nicht, dass dieser Weg sehr schmerzhaft ist?"

„Ich wiederhole, ich gehe zum Absoluten!"

„Wie kommen Sie darauf, diesen Weg zu nehmen? Wollen Sie nicht verstehen, wie sehr Sie leiden werden? Was ist mit Ihnen los, Herr?"

„Ich werde zum Absoluten gehen."

„Nun, Sie wurden gewarnt!"

(Das waren die letzten Worte des Wächters, danach zog er sich feierlich zurück.)

Eine andere Nacht: außerhalb meiner übersinnlichen Körper, in Ausübung meiner Aufgaben als Atman oder Geist-Mensch.

Im Nirvana: ich befand mich allein auf der schönen Terrasse des Wohnsitzes der Wonne am Platz der Liebe. Ich sah die Bewohner dieser Region in stetig wachsender Anzahl, im heiligen Raum schwebend.

Sie setzten sich glücklich an diesem Ort voller duftenden Blumen nieder. Göttlicher Algorithmus; erhabene Eingebung; unvergessliche Inspiration.

Atman-Buddhi-Manas. Trimurti der Vollkommenheit.

In diesem Augenblick, in dem ich diese Zeilen schreibe, fallen mir die Verse des Buches „Die okkulte Wohnstätte" ein, die besagen:

„Ich bin das heilige Krokodil Sebek.
Ich bin die Flamme der drei Dochte,
und meine Dochte sind unsterblich.
Ich betrete das Reich Sekem,
Ich betrete das Reich der Flammen,
die meine Gegner besiegt haben."

Eine feurige Kreatur ergriff das Wort im Namen der heiligen Bruderschaft und sagte: „Mein Bruder, warum nimmst Du diesen harten Weg?

Hier im Nirvana sind wir glücklich.

Bleib hier bei uns!"

Meine Antwort voller Energie war folgende:

„Dazu waren die intellektuellen Tiere nicht in der Lage, mit ihren Versuchungen, noch weniger ihr Götter.

Ich gehe zum Absoluten!"

(Die Unaussprechlichen schwiegen und ich verließ schnell jene Wohnstätte.)

Die Stimme der Stille sagte: „Der Bodhisattva, der aus Liebe zur Menschheit dem Nirvana entsagt, wird anerkannt als drei Mal

Geehrter und nach vielen gewonnenen und verlorenen Nirvanas, verdient er deswegen das Recht, die Welt der übernirvanischen Glückseligkeit zu betreten."

Das Nirvana hat Zyklen der Aktivität und Zyklen tiefer Ruhe; in dieser Zeit des 20. Jahrhunderts befindet es sich in einer Phase der Aktion. Die Nirvanis, die sich während der ersten Rassen reinkarniert haben, haben sich erst jetzt wieder reinkarniert; wenn diese Zeit vorbei ist, werden sie bis zum zukünftigen Mahamvantara in die unendliche Glückseligkeit eintauchen.

Der Weg der langen und bitteren Pflicht ist anders; er bedeutet vollkommene Entsagung, jedoch führt er uns direkt zum Absoluten.

In einer dieser vielen Nächte befand ich mich glücklich im Zustand des Shamadhi und sah den Planeten Mars in purpurnen Farben erstrahlen.

Seine Schwingungen waren sicherlich telepathischer Art; ich fühlte in meinem ruhigen Herzen, dass ich dringend aus dem zentralen Kern dieser planetarischen Masse gerufen wurde; sein Leuchten war unverkennbar.

Sofort transportierte ich mich zum lebendigen Inneren jener Welt, bekleidet mit dem „To Soma Heliakon".

Bekleidet mit der Uniform der himmlischen Milizen wartete Samael strahlend auf mich, meine eigene individuelle Monade; mein inneres wahres Sein; der göttliche Regent dieses Planeten.

Ehrfürchtig kniete ich vor dem Allwissenden nieder, dem erhabenen Herrn dieses Ortes und dann ergriff ich das Wort und sagte:

„Hier bin ich, mein Vater! Wofür hast Du mich gerufen?"

„Du, mein Sohn, vergisst mich!"

„Nein, mein Vater, ich vergesse Dich nicht!"

„Doch, mein Sohn, wenn man Dir die Rolle des Torwächters des Universums überträgt, vergisst Du mich!"

„Oh, mein Vater, ich bin gekommen, um Deine Hand zu küssen und Deinen Segen zu empfangen!"

Der Allbarmherzigen segnete mich und ich küsste seine rechte Hand mit gebeugtem Knie.

In der Tiefe des planetarischen Tempels erschien ein Krankenlager ...

Danach verfiel ich in tiefe Überlegungen.

Warum habe ich mich alleine für diesen Weg entschieden?

Warum habe ich meinen Vater vergessen, angesichts der schrecklichen Gegenwart des Wächters des Weges?

Jesus, der große gnostische Priester gab uns eine große Lehre auf dem Ölberg, als er sagte:

„Mein Vater, wenn möglich lasse diesen Kelch an mir vorübergehen, doch nicht mein Wille, sondern Dein Wille geschehe."

Achtzehn Jahre später: Mit Donner und Blitz zeriss ich meine Kleider als Protest gegen so viel Schmerz. Oh, mein Gott!

Eine Jungfrau aus dem Nirvana antwortete mir: „Das ist der Weg, den Du selbst ausgewählt hast.

Für uns Bewohner des Nirvanas sind die Triumphe kleiner und aus diesem Grund leiden wir weniger.

Aber da Deine Triumphe größer sein werden, werden Deine Leiden auch größer sein."

Als ich etwas ausruhen wollte, tadelten mich die Agenten des Karmas und sprachen:

„Was ist mit Ihnen los, mein Herr?

Werden Sie weiter gehen? Bewegen Sie sich, mein Freund! Bewegen Sie sich! Bewegen Sie sich!

Geduldig setzte ich meinen Weg auf dem steinigen Pfad, der zur endgültigen Befreiung führt, fort.

Kapitel XIX
Verfolgungen

In den tropischen Berghängen der Sierra Nevada, am Ufer des karibischen Meeres musste ich geduldig die verschiedenen esoterischen Einweihungsprozesse der dritten, vierten und fünften Einweihung des Feuers rekapitulieren.

Dort lebte ich einfach mit einer Gruppe von ausgewählten gnostischen Studenten, weit entfernt von jeglicher Dummheit und Einfältigkeit des nutzlosen Intellektualismus.

Dankbar haben diese aufrechten und untadeligen gnostischen Einsiedler mir eine einfache Behausung aus dem Holz der Wälder gebaut.

Ich möchte hier, zumindest für einen Moment, an all diese aufgeklärten Männer erinnern, von denen einige sich heutzutage als bedeutende internationale Missionare auszeichnen.

Aus meinem alten mexikanischen Land grüße ich euch, ihr berühmten Herren der südamerikanischen Sierra Nevada!

Ich möchte in meine Grüße auch ihre Frauen und Kinder und die Kinder ihrer Kinder einschließen. Wie glücklich war ich in dieser Zuflucht im tiefen Wald, weit entfernt vom weltlichen Getöse!

Damals kehrte ich zu den Paradiesen der Elementale der Natur zurück und die Prinzen des Feuers, der Luft, des Wassers und der Erde gaben mir ihre Geheimnisse.

Eines Tages, unwichtig welcher, klopften einige dieser Zenobiten des universalen Gnostizismus ängstlich an die Tür meines Hauses, um mich zu bitten, das Feuer zu löschen.

Das unaufhörliche Knistern des feurigen Elements breitete sich fürchterlich im dichten Wald aus und verbrannte alles, was auf seinem Weg war.

Die schreckliche Feuersbrunst bedrohte Felder und Hütten. Vergeblich wurden Gräben ausgehoben, in der Hoffnung, den Siegeszug des Feuers zu stoppen.

Das feurige Element überquerte jeden Graben und jede Wasserrinne und bedrohte alle umliegenden Felder und Häuser.

Natürlich war ich noch nie ein Feuerwehrmann oder „Rauchschlucker", wie diese heldenhaften Staatsdiener herzlich genannt werden.

Aber ich gestehe offen und ohne Umschweife, dass in diesem Moment das Schicksal all dieser gnostischen Brüder in meinen Händen lag. Was sollte ich tun?

Ich sehnte mich danach, ihnen auf bestmöglicher Weise zu dienen und das war zweifellos eine meiner besten Möglichkeiten.

Es wäre absurd und undankbar, diese dringende Hilfe abzulehnen.

Man zahlt nicht nur Karma für das Schlechte, das man tut, sondern auch für das Gute, das man nicht tut, wenn man es tun könnte.

Deshalb entschloss ich mich, mit Magie zu arbeiten: ich näherte mich der titanischen Hitze, setzte mich und konzentrierte mich auf meinen Innersten.

Ich betete innerlich und flehte ihn an „Agni" anzurufen, den gewaltigen und berühmten Gott des Feuers.

Der Innerste erhörte mein Gebet und rief mit lauter Stimme, wie der eines brüllenden Löwen, nach Agni und sieben Donner wiederholten seine Rufe.

Sofort war der strahlende Herr des Feuers an meiner Seite, der leuchtende Sohn der Flamme, der Allbarmherzige.

Ich fühlte ihn in jedem Bereich meines Seins und ich bat ihn, dieses Feuer im Namen der universellen Nächstenliebe aufzulösen.

Zweifellos betrachtete der gesegnete Herr der Vollkommenheit meine Bitte als gerechtfertigt und vollkommen.

Auf ungewöhnliche Weise erschien aus dem blauen Mysterium des tiefen Waldes eine sanfte und duftende Brise, die die Richtung diese Feuerzungen vollkommen änderte und so wurde das Feuer gelöscht.

An einem anderen Tag, als ich auf einer Lichtung in den Tiefen des Waldes, ganz in der Nähe der Hütten, zu den gnostischen

Einsiedlern sprach, wurden wir plötzlich von sintflutartigem Regen bedroht. Hingebungsvoll konzentrierte ich mich auf den Innersten, betete intensiv und bat ihn „Paralda", den Genius der Elementargeister der ruhelosen Sylphen der Luft, anzurufen.

Erhaben erschien jener Deva mit der offensichtlichen Absicht, mir zu helfen; ich nutzte die großartige Gelegenheit, die sich mir bot, und bat ihn, die stürmischen Wolken aus dieser Umgebung zu entfernen.

Tatsächlich öffneten sich über unseren Köpfen die Wolken in Form eines Kreises und dann verschwanden sie vor den erstaunten Mystikern jenes Ortes der Liebe.

Zu dieser Zeit reisten die gnostischen Brüder jede Woche zu den Sandstränden dieses stürmischen Ortes.

Litelantes bat diese aufrichtigen Büßer, uns Fisch und auch Gemüse und Obst zu bringen, das in der Sierra Nevada wegen des gewaltigen Hungers der unerbittlichen Ameisen nicht kultiviert werden kann.

Diese involutionierenden Kreaturen fraßen unersättlich Blumen, Obst und Gemüse und nichts konnte sie aufhalten.

Das ist der Sog des Waldes; das wissen die Göttlichen und die Menschlichen.

Die nächtlichen Streifzüge der Wanderameisen sind furchtbar.

Die giftigen Schlangen, wie die schreckliche „Talla X" und die anderen, seit der Antike bekannt unter den klassischen Namen „Klapperschlange", „Korallenschlangen" und „Mapaná" kamen überall vor.

Ich erinnere mich noch an einen alten Medizinmann aus den Bergen, mit Namen Juan; dieser Mann lebte mit seiner Frau im tiefsten Teil des Waldes.

Wie der gute Samariter aus dem Alten Testament heilte jener Mann die bescheidenen Bergbewohner mit seinen kostbaren Salben von den Schlangenbissen.

Leider hasste dieser Herr die Schlangen und unerbittlich und rachsüchtig tötete er sie ohne jede Rücksicht.

„Mein Freund Juan", sagte ich eines Tages zu ihm, „Du bist im Krieg mit den Schlangen und sie bereiten sich vor, sich zu verteidigen. Lassen uns sehen, wer den Kampf gewinnt."

„Ich hasse die Schlangen."

„Es wäre besser, wenn Du sie liebtest; denk daran, dass Schlangen Hellseher sind; in der astralen Aura dieser Geschöpfe erstrahlt der wunderbare Tierkreis und sie wissen durch direkte Erfahrung, wer sie wirklich liebt und wer sie verabscheut."

„Ich kann sie nicht lieben.

Ich fühle, dass mein Körper beginnt, sich zu zersetzen, wenn ich sie sehe.

Ich töte jede Schlange, die meinen Weg kreuzt."

„Oh, guter alter Mann! Zwölf Schlangen haben Dich gebissen, und wenn die Dreizehnte Dich verletzt, wirst Du sterben."

Etwas später, in der Nähe seiner einsamen Hütte wurde der alte Mann von einer furchtbaren Schlange gebissen, die dreieinhalb Mal aufgerollt auf ihn wartete.

Die Prophezeiung erfüllte sich; der alte Medizinmann starb mit dem Arkanum 13 der Kabbala und keiner seiner Freunde konnte die giftige Schlange finden.

Der alte Medizinmann trug in seinem Beutel immer einige wunderbare Pflanzen; erinnern wir uns an die fünf weiblichen Kapitäne:

Capitana Solabasta, Capitana Generala, Capitana Silvadora, Capitana Pujadora und Capitana Lengua de Venado.

Wundersame Pflanzen, die von den Botanikern nicht klassifiziert sind und nur in der Sierra Nevada in der Nähe der stürmischen Gewässer des „Macuriba" bekannt sind.

Außergewöhnliche Pflanzen, mit denen der alte Medizinmann aus dem einsamen Wald die Opfer der Schlangen heilte.

Tatsächlich verwendet der alte Mann sie therapeutisch auf eine sehr kluge Weise, er verschrieb sie manchmal oral als Tee oder äußerlich, um damit die Wunde oder Wunden mit dem Sud dieser Pflanzen zu waschen.

Die gnostischen Einsiedler der Sierra Nevada töteten nie die gefährlichen Schlangen; sie lernten, sie aufrichtig zu lieben.

Als Folge dieses Verhaltens gewannen sie das Vertrauen der schrecklichen Schlangen; nun verwandelten sich diese Giftschlangen in Wächter des Tempels.

Wenn diese Einsiedler des Berges die Schlangen entfernen wollten, sangen sie voller Glauben die folgenden Mantrams: „OSI... OSOA... ASI..."

Jedes Mal, wenn diese Einsiedler die schrecklichen Schlangen wirklich magisch beschwören wollten, sangen sie die mysteriösen Worte: „OSI... OSOA... ASI...."

Kein Mystiker dieses Berges nahm jemals einer Schlange das Leben!

Diese Zönobiten lernten, alles Leben zu respektieren, aber es gibt Ausnahmen; dies ist der Fall bei der kostbaren Klapperschlange.

Krebs

Im Namen der Wahrheit will ich in diesem Buch folgende Erklärung geben:

Das unfehlbare Heilmittel gegen den furchtbaren Krebs wurde schon entdeckt und befindet sich in der Klapperschlange.

Die rettende Formel:

Opfern Sie das genannte Tier; entfernen Sie die Rassel und den Kopf. (Diese Teile sind nicht nützlich).

Mahlen Sie das nützliche Fleisch zu einem feinen Pulver.

Füllen Sie diese Substanz in leere Kapseln, die in jeder Apotheke zu finden sind.

Dosierung: nehmen Sie jede Stunde eine Kapsel.

Bemerkung: Setzen Sie die Behandlung fort, bis Sie vollkommen geheilt sind.

Hinweis: die kranke Person muss alle anderen Medikamente weglassen und sich ausschließlich auf die Behandlung mit der Klapperschlange beschränken.

Falken

In diesem Moment kommen mir Erinnerungen an den Wald, an die Berge, an die Wildnis in den Sinn.

Wie sehr litten jene Büßer unter den grausamen Raubvögeln!

Die schlauen Falken zerstörten die Ställe und erbeuteten mit ihren Klauen Küken und Hühner.

Ich sah diese blutrünstige Vögel oft auf den Zweigen der benachbarten Bäume sitzen und auf wehrlose Opfer lauern.

Fressen und gefressen werden ist das allgemeine kosmische Trogo-Autoegokratische Gesetz; die gegenseitige Ernährung aller Organismen.

Zweifellos stammt diese Reziprozität, Entsprechung oder Gegenseitigkeit innerlich aus dem aktiven allgegenwärtigen Element „Okidanokh".

Verfolgungen

Wie glücklich lebten wir in unseren Hütten im einsamen Wald!

Unglücklicherweise begannen neue Verfolgungen.

Profane Menschen aus den Nachbardörfern begannen, verschiedene verleumderische Lügen gegen mich zu verbreiten.

Der Klatsch der Frauen, die Lügen der Herren, das Gerede, das Geschwätz nahmen monströse Formen an und ein Sturm brach aus.

Zweifellos wurde ich zur Hauptfigur des Dramas, gegen die sich alle Blitze und Angriffe richteten.

Die Dinge wurden von Tag zu Tag immer schlechter und endlich erschien der Ankläger, der Verleumder, der Verräter.

Nachdem die Polizei alarmiert worden war, suchte sie mich überall, um mich festzunehmen.

Sicherlich war ich für diese armen Polizisten nicht nur ein einfacher Unruhestifter des Dorfes in der Art von Paulus von Tarsus, sondern etwas Schlimmeres: ein Hexer des Avernus, dem mysteriösen Hexensabbat entkommen, ein Unglücksrabe, ein Monster, das eingesperrt oder getötet werden muss.

In einer sternenklaren Nacht, als ich mich im Zustand der Ekstase befand, wurde ich von einem Mahatma besucht, der mir sagte:

„Viele bewaffnete Menschen suchen Dich; Du musst einen anderen Weg nehmen."

Ich möchte nachdrücklich die Tatsache beteuern, dass ich immer die Befehle der Universellen Weißen Bruderschaft befolge.

Ich nutzte die nächtliche Stille und verließ den Berg auf einem steilen und schwierigen Weg.

In der Ebene, wie die gnostischen Einsiedler die Küstenregion nannten, weit entfernt von den Bergen, wurde ich vom Ehrwürdigen Meister Gargha Kuichines abgeholt.

Er fuhr uns in seinem Wagen bis zu einer schönen Stadt.

Kapitel XX
Das Geheimnis des Abgrundes

Ohne jede Prahlerei gestehe ich demütig, offen und ohne Umschweife, dass es, nach dem ich die fünf Grade der Einweihungen des Feuers erreicht hatte, dringend notwendig war, die Entwicklung ins Licht mit den acht Graden der venusischen Einweihung zu beginnen.

In der feurigen Schmiede des Vulcanus (der Sexualität) zu arbeiten, erweist sich als unaufschiebbar, wenn man wirklich die erste Schlange des Lichts vollkommen erwecken will.

Es steht in Worten aus Gold im Buch des Glanzes geschrieben: „Kundalini entwickelt sich, revolutioniert sich und steigt auf in der wunderbaren Aura des Mahachohan."

Zweifellos arbeiten wir zuerst mit dem Feuer und dann mit dem Licht; wir dürfen niemals die Schlangen des Feuers mit den Schlangen des Lichts verwechseln. Der außergewöhnliche Aufstieg der ersten Schlange des Lichts nach innen und oben, entlang der Wirbelsäule des physischen Körpers, erlaubte mir, das Geheimnis des Abgrunds kennenzulernen.

Die Grundlage dieses Geheimnisses findet man im Gesetz des Falls, wie St. Venoma es ausgedrückt hat. Hier ist der Wortlaut, indem der genannte Meister dieses von ihm entdeckte kosmische Gesetz niedergeschrieben hat:

„Alles im Weltall Existierende fällt nach unten.

Als „Unten" gilt für jeden Teil des Weltalls die nächste „Stabilität", und diese Stabilität ist der Platz oder Punkt, auf den alle Kraftlinien aus allen Richtungen zuströmen.

Solche Stabilitätspunkte sind die Zentren aller Sonnen und Planeten unseres Weltalls.

Sie gerade bilden das „Unten" für jene Raumregionen, auf die Kräfte aus allen Richtungen des betreffenden Weltallteiles zuströmen und wo sie sich konzentrieren.

In diesen Punkten konzentriert sich das Gleichgewicht, welches Sonnen und Planeten ihre Lage beibehalten lässt."

„Der Tiger von Turkestan" (G. I. Gurdjieff) kommentierte:

„Ferner sagte der heilige Venoma in seiner Formulierung, dass jeder Gegenstand, wo immer er im Raume freigelassen werde, danach strebe, auf die eine oder andere Sonne oder auf den einen oder anderen Planeten zu fallen, je nachdem zu welcher Sonne oder welchem Planeten der betreffende Teil des Raumes gehöre, wo der Gegenstand freigelassen werde — da jede Sonne oder jeder Planet für die betreffende Sphäre die Stabilität oder das Unten sein könne."

Die vorherigen Absätze in Anführungszeichen beziehen sich eindeutig auf die beiden Aspekte, äußerlich und innerlich, auf das Gesetz der Schwerkraft.

"Das Äußere ist nur die Projektion des Inneren."

In einer dreidimensionalen Form wiederholt sich immer die geheime Schwerkraft der Sphären.

Der zentrale Kern dieser planetarischen Masse, auf der wir leben, ist zweifellos der mathematische Ort oder Punkt, wo alle Kraftlinien aus verschiedenen Richtungen zusammenlaufen.

Im Zentrum der planetarischen Stabilität befinden sich die involutiven und evolutiven Kräfte der Natur und bilden ein gegenseitiges Gleichgewicht.

Die Wellen der Essenzen beginnen ihre Evolution im Mineralreich; danach kommt der pflanzliche Zustand; sie fahren auf der tierischen Ebene fort und schließlich erreichen sie das Niveau des intellektuellen Humanoiden.

Wellen des Lebens steigen dann hinab und involutionieren gemäß dem Gesetz des Falls, sie erleben die tierischen, pflanzlichen und mineralischen Prozesse wieder, in Richtung des irdischen Schwerpunkts. Das Rad des Samsara dreht sich: auf der rechten Seite steigt Anubis in der Evolution hinauf und auf der linken steigt Typhon in der Involution hinab.

Der Aufenthalt im Zustand des intellektuellen Humanoiden ist sehr relativ und kurz.

Sehr zu Recht hat man uns gesagt, dass jede humanoide Zeit immer aus einhundertacht evolutiven und involutiven Leben besteht, die sich immer wiederholen, sei es in einer höheren oder einer niedrigeren Spirale.

Ich erkläre: Jeder intellektuellen humanoiden Zeit werden immer einhundertacht Existenzen zugeteilt, die immer in strenger mathematischer Übereinstimmung mit der gleichen Anzahl von Perlen, die die Halskette des Buddha bilden, sind.

Nach jeder humanoiden Epoche, gemäß den Gesetzen von Zeit, Raum und Bewegung, dreht sich das Rad des Arkanums Zehn des Tarot unvermeidlich; also ist es klar und offensichtlich, dass die Wellen des involutiven Lebens in das niedere Mineralreich hinabsteigen bis zum Zentrum der planetarischen Stabilität, um wenig später evolutionierend wieder aufzusteigen.

Jeder neue evolutive Aufstieg vom irdischen Schwerpunkt bedarf der vorherigen Auflösung des Ichs. Dies ist der zweite Tod.

Da die Essenz im Ego eingesperrt ist, ist die Auflösung dieses Egos unverzichtbar, damit die Essenz sich befreit.

Im Zentrum der planetarischen Stabilität wird die ursprüngliche Reinheit jeder Essenz wiederhergestellt. Das Rad des Samsara dreht sich dreitausend Mal.

Wenn wir uns wirklich nach der endgültigen Befreiung sehnen, ist es zwingend notwendig und unaufschiebbar, dies zu verstehen und seine tiefe Bedeutung zu erfassen.

Es ist notwendig, die Aufmerksamkeit der Leser auf Folgendes zu lenken: Wenn die dreitausend Drehungen des großen Rades vorbei sind, wird jede Art von innerer Selbstverwirklichung unmöglich.

In anderen Worten, es ist notwendig, die unausweichliche Tatsache zu bestätigen, dass jeder Monade mathematisch dreitausend Perioden für ihre innere Selbstverwirklichung zugeteilt werden.

Zweifellos schließen sich nach der letzten Umdrehung des Rades die Türen. Wenn dies geschieht, sammelt die Monade, der unsterbliche Funke, unser wahres Sein, ihre Essenz und ihre Prinzipien, um endgültig im Schoß des universellen Geists des Lebens (der höchste Parabrahatman) zu versinken.

Die konkrete, klare und definitive Tatsache, dass sehr wenige göttlichen Monaden oder jungfräuliche Funken wirklich die Meisterschaft anstreben, steht mit mysteriösen feurigen Buchstaben im Testament der antiken Weisheit geschrieben.

Wenn irgendeine Monade wirklich die Meisterschaft ersehnt, ist es unzweifelhaft, dass sie sie durch intensive Arbeit an ihrer Essenz erhält.

Jede Essenz, die innerlich von ihrer göttlichen Monade bearbeitet wird, ist in der Welt dichten Formen leicht zu erkennen.

Dies ist der konkrete Fall jeder Person mit großer spiritueller Unruhe.

Sicherlich könnte diese spezielle Art mystischer Unruhe niemals in Personen existieren, deren Essenz nicht innerlich von ihrer entsprechenden göttlichen Monade bearbeitet worden ist.

Eines Tages, als ich mich im Urlaub in der Küstenstadt Acapulco an der Pazifikküste von Mexiko befand, musste ich mich in den Yoga-Zustand des Nirvi-Kalpa-Shamadhi begeben.

Ich wollte etwas über jene Monaden wissen, die, nachdem sie die dreitausend Umdrehungen des Rades des Samsara durchlebt hatten, jede kosmische Möglichkeit verloren hatten.

Was ich bei dieser Gelegenheit sah, weit entfernt von meinem Körper, von den Gefühlen und den Gedanken, war außergewöhnlich.

Völlig versunken im Strom des Klanges, im strahlenden und unbefleckten Ozean des höchsten Parabrahatman-Atman, ging ich durch die Tore eines unbeschreiblichen Tempels.

Es war nicht nötig, zu fragen und zu untersuchen; in jedem Bereich meines gesamten Seins konnte ich die schreckliche Realität dieser erhabenen Monaden fühlen; sie sind jenseits von Gut und Böse.

Kleine unschuldige Geschöpfe, Funken der Gottheit ohne Selbstverwirklichung, glückliche Wesen, aber ohne Meisterschaft.

Diese edlen Geschöpfe schwebten wunderbar im makellosen Weiß des großen Ozeans; sie betraten und verließen den Tempel; beteten und kniete vor den Buddhas, vor den heiligen Göttern, vor den Mahatmas. Zweifellos sehen diese göttlichen Monaden die Meister in der gleichen Weise, wie Ameisen die Menschen sehen.

Die Agnisvatas, die Buddhas des Mitgefühls, die Hierophanten sind für diese Art von Monaden ohne Meisterschaft etwas, was sie nicht verstehen können, seltsame, rätselhafte, erschreckend göttliche Wesen. In den Sanctas oder Kirchen des freien Lebens in seiner Bewegung gehorchen diese Monaden den heiligen Göttern und dienen ihnen mit unendlicher Demut.

Das Glück dieser Monaden ist wohl verdient, denn die Essenz eines jeden von ihnen hat die Schrecken des Abgrunds kennengelernt und hat sich dreitausend Mal im Rad des Samsara gedreht. Jede der dreitausend zyklischen Drehungen des Rades des Samsara beinhaltet mehrere evolutive Prozesse durch das mineralische, pflanzliche, tierische und humanoide Reich.

Jede der dreitausend verhängnisvollen Drehungen des genannten Rades bedeutet in der Tat schreckliche Involutionen in Richtung der planetarischen Stabilität, die langsam durch die humanoiden, tierischen, pflanzlichen und mineralischen Stufen absteigen.

Indem wir konkrete Fakten anführen, betonen wir Folgendes:

Dreitausend Aufstiege vom planetarischen Schwerpunkt.

Dreitausend Abstiege zum Zentrum des planetarischen Schwerpunkts.

Dreitausend Mal vom harten Stein bis zum rationalen Tier aufsteigen.

Dreitausend Mal vom rationalen Humanoiden bis zum Stein hinabsteigen.

Dreitausend gescheiterte und wiederholte Zyklen der hundertundacht menschlichen Leben.

Zweifellos litten diese göttlichen Monaden, die von der Meisterschaft ausgeschlossen wurden, entweder wegen absichtlicher Zurückweisung oder einfach, weil sie in ihren Anstrengungen gescheitert sind, unbeschreiblich im schmerzlichen Tal des Samsara und in der höllischen Wohnstätte von Pluto (dem niederen Mineralreich).

Diese letzte Tatsache zeigt die unendliche göttliche Barmherzigkeit und gibt dem Zustand der elementalen Glückseligkeit, die die Monaden im Schoß des universellen Geists des Lebens besitzen, einen Sinn.

Kapitel XXI
Die Taufe von Johannes

Die zweite Stufe der venusischen Einweihung, die höhere Oktave der entsprechenden Einweihung des Feuers, entstand transzendental als esoterisches Ergebnis des wundersamen Aufstiegs der zweiten strahlenden Schlange des Lichts nach innen und oben durch die Wirbelsäule der vitalen organischen Grundlage (Lingam Sarira).

Es war sicherlich ein ungewöhnliches magisches Treffen, das ich mit Johannes im Garten der Hesperiden hatte, wo die Flüsse mit reinem Wasser des Lebens Milch und Honig führen.

Ich beziehe mich mit großer Feierlichkeit auf den Täufer, die lebende Reinkarnation von Elias, jenes Kolosses, der in der Rauheit des Berges Karmel lebte, als Gesellschaft nur wilde Bestien hatte und der von dort aus auftauchte wie ein Blitz, um Könige zu erheben und zu stürzen; übermenschliche Geschöpfe, manchmal sichtbar, manchmal unsichtbar, die sogar der Tode respektierte.

Sicherlich hat die esoterische göttliche Taufe des Christus, des Johannes sehr tiefe archaische Wurzeln.

Es ist angebracht, in diesem Absatz an die Taufe von Rama, dem Christus-Yogi der Inder zu erinnern:

„Als sie am halben yodjana des südlichen Ufers des Flusses Sarayu waren, sagte Visvamitra sanft: 'Rama, es ist angemessen, dass Du Wasser über Dich schüttest, gemäß unseren Riten.

Ich werde Dich unsere Grüße lehren, um keine Zeit zu verlieren. Empfange zuerst diese beiden wunderbaren Wissenschaften: die Potenz und die Ultrapotenz. Sie werden verhindern, dass Müdigkeit, Alter oder anderes Übel Deine Gliedmaßen befällt.

Nachdem er diese Rede beendet hatte, weihte Visvamitra, der Mann der Kasteiungen, Rama, welcher schon durch Wasser des Flusses gereinigt war, in die beiden Wissenschaften ein, stehend, mit geneigtem Haupt und gefalteten Händen."

(Dies ist ein Text aus dem „Ramayana" und er lädt gute Christen zur Meditation ein).

Die diamantene Grundlage der Taufe befindet sich zweifellos in der Sahaja Maithuna (Sexualmagie).

Es war dringend notwendig für den Kandidaten, die vollständige Information über Sex-Yoga zu erhalten, bevor er die Wasser der Taufe empfing.

Rama musste im Voraus durch Visvamitra informiert werden, bevor er getauft wurde; auf diese Weise lernte er die Wissenschaften der Potenz und Ultrapotenz kennen.

Der Schlüssel für die Taufe befindet sich in der wissenschaftlichen Transmutation der spermatischen Wasser des ersten Augenblicks.

Das Sakrament der Taufe hat einen tiefen Sinn; es ist in der Tat ein sexuelles Versprechen.

Getauft zu werden, entspricht der Tatsache, einen Pakt der sexuellen Magie zu unterschreiben. Rama wusste dieses schreckliche Versprechen zu erfüllen; er praktiziert mit seiner Frau-Priesterin Sahaja Maithuna.

Rama verwandelt die „Samen-Wasser" in den Wein des Lichtes der Alchemisten und schließlich fand er das verlorene Wort und Kundalini erblühte, Wort geworden, aus seinen fruchtbaren Lippen.

Dann konnte er mit der ganzen Kraft seiner Seele ausrufen: „Der König ist tot, lang lebe der König!"

In der Gegenwart des Christus Johannes konnte ich in jedem Bereich meines kosmischen Seins die tiefe Bedeutung der Taufe fühlen.

„Die Nazarener waren bekannt als Baptisten, Sabäer und Christen des Heiligen Johannes.

Ihr Glaube war, dass der Messias nicht der Sohn Gottes war, sondern nur ein Prophet, der Johannes folgen wollte."

Origenes (Band II, Seite 150) stellt fest, dass „es einige gibt, die von Johannes dem Täufer sagen, dass er der Gesalbte (Christus) sei."

„Als die metaphysischen Konzepte der Gnostiker, die in Christus den Logos und den Gesalbten sahen, anfingen an Boden zu gewinnen, trennten sich die ursprünglichen

Christen von den Nazarenern, die Jesus anklagten, die Lehren des Johannes zu verfälschen und die Taufe am Jordan durch eine andere zu ersetzen." (Codex Nazaraeus II, Seite 109).

Am Ende dieses Kapitels möchte ich Folgendes betonen: Als die zweite Schlange des Lichtes sich mit dem Atom des Vaters im magnetischen Feld der Nasenwurzel vereinigte, erstrahlte der Christus (die Sonne) über die Wasser des Lebens und die abschließende Einweihungszeremonie fand statt.

Seien die Segnungen von „Amenzano" mit seiner Unveränderlichkeit für alle Ewigkeit. Amen!

Kapitel XXII
Die Verklärung Jesu

Der leuchtende Aufstieg der dritten Schlange des Lichts nach innen und oben durch die strahlende Wirbelsäule des venusischen Körpers der entsprechenden Einweihung des Feuers ...

Es ist nicht möglich, in dem engen Rahmen dieser Abhandlung alles, was ich damals in jeder der dreiunddreißig heiligen Kammern gelernt habe, zu beschreiben. Die erstaunliche Revolution der strahlenden dritten Schlange geschah sehr langsam, im Einklang mit den Verdiensten des ruhigen Herzens.

Als die leuchtende Schlange die Schwelle der dritten geheimen Kammer des Herzens-Tempels überschritt, fühlte ich mich zweifellos verklärt.

Ist das vielleicht etwas sehr Seltenes?

Geschah etwa nicht das Gleiche mit Moses auf dem Berg Nebo?

Zweifellos bin ich weder der Erste, dem das geschieht, noch der Letzte.

In diesem Moment des Glücks wurde ich zu jenem berühmten Herrn mit bewundernswerter Intelligenz und edlem Gesicht gebracht, den ich einst kennengelernt hatte, als ich ein Jugendlicher war.

Ich beziehe mich offen und ohne Umschweife auf den Professor der Anwärter auf Mitgliedschaft bei den Rosenkreuzern, der im Kapitel 5 dieser Abhandlung erwähnt wurde.

Unglücklicherweise konnte dieser bemerkenswerte Mann mich nicht einmal in voller Verklärung sehen.

Die bewegende und erhabene Szene der Verklärung Jesu, sowie auch die Himmelfahrt, über die diejenigen, die sich Christen nennen, nie genug meditiert haben, wurde von Lukas (IX, 18-37) mit folgenden Worten beschrieben:

„Jesus betete einmal in der Einsamkeit, und die Jünger waren bei ihm. Da fragte er sie: Für wen halten mich die Leute? Sie antworteten:

Einige für Johannes den Täufer (IOANNES, RA oder das Lamm Gottes), andere für Elija; wieder andere sagen: Einer der alten Propheten ist auferstanden.

Da sagte er zu ihnen: Ihr aber, für wen haltet ihr mich? Petrus antwortete: Für den Messias Gottes.

Doch er verbot ihnen streng, es jemand weiterzusagen. Und er fügte hinzu: Der Menschensohn muss vieles erleiden und von den Ältesten, den Hohenpriestern und den Schriftgelehrten verworfen werden; er wird getötet werden, aber am dritten Tag wird er auferstehen.

Zu allen sagte er: Wer mein Jünger sein will, der verleugne sich selbst (löse das Ego auf), nehme täglich sein Kreuz auf sich (praktiziere die Sexualmagie) und folge mir nach (opfere sich für die Menschheit).

Denn wer sein Leben retten will (der Egoist, der sich nie für seine Mitmenschen opfert), wird es verlieren; wer aber sein Leben um meinetwillen verliert (der Altruist, der den Altar des höchsten Opfers für die Menschheit erklimmt), der wird es retten. Was nützt es einem Menschen, wenn er die ganze Welt gewinnt, dabei aber sich selbst verliert und Schaden nimmt?

Denn wer sich meiner und meiner Worte schämt, dessen wird sich der Menschensohn schämen, wenn er in seiner Hoheit kommt und in der Hoheit des Vaters und der heiligen Engel.

Wahrhaftig, das sage ich euch: Von denen, die hier stehen, werden einige den Tod nicht erleiden, bis sie das Reich Gottes gesehen haben."

Und nach diesem Abschnitt, der sich wörtlich genommen nur auf Jesus bezieht, aber sich symbolisch betrachtet oder „im Geist" in der Tat auf jeden Menschen bezieht, wie wir später sehen werden, wird der Text fortgeführt mit der Szene der Verklärung:

„Etwa acht Tage nach diesen Reden (als ob die Tatsachen, so fügen wir hinzu, eine praktische und greifbare Bestätigung der Reden wären), nahm Jesus Petrus,

Johannes und Jakobus beiseite und stieg mit ihnen auf einen Berg, um zu beten.

Und während er betete, veränderte sich das Aussehen seines Gesichtes und sein Gewand wurde leuchtend weiß.

Und plötzlich redeten zwei Männer mit ihm. Es waren Mose und Elija; sie erschienen in strahlendem Licht und sprachen von seinem Ende, das sich in Jerusalem erfüllen sollte.

Petrus und seine Begleiter aber waren eingeschlafen, wurden jedoch wach und sahen Jesus in strahlendem Licht und die zwei Männer, die bei ihm standen.

Als die beiden sich von ihm trennen wollten, sagte Petrus zu Jesus: Meister, es ist gut, dass wir hier sind. Wir wollen drei Hütten bauen, eine für Dich, eine für Mose und eine für Elija. Er wusste aber nicht, was er sagte.

Während er noch redete, kam eine Wolke und warf ihren Schatten auf sie. Sie gerieten in die Wolke hinein und bekamen Angst.

Da rief eine Stimme aus der Wolke: *Das ist mein auserwählter Sohn, auf ihn sollt ihr hören.*

Als aber die Stimme erklang, war Jesus wieder allein.

Die Jünger schwiegen jedoch über das, was sie gesehen hatten, und erzählten in jenen Tagen niemand davon."

Kapitel XXIII
Jerusalem

Die außergewöhnliche Entwicklung, Revolution und der Aufstieg der vierten venusischen Schlange nach innen und oben durch die Wirbelsäule des Mentalkörpers, erlaubte mir die evangelische raue Wirklichkeit, den großartigen Einzug des großen Kabirs Jesu in Jerusalem zu erleben.

So konnte ich selbst und auf direkte Weise die niederen (Hölle) und höheren (Himmel) Aspekte der mentalen Welt bestätigen.

Zweifellos involutioniert diese große Dirne aller Verhängnisse, oder die apokalyptische große Hure, deren Zahl 666 ist, erschreckend in den mentalen Höllen.

Ich bin kein hinterhältiger Ikonoklast, der sich der Zerstörung geschätzter Ideale widmet, wie ein intellektueller Vandale; allerdings muss ich offen und ohne Umschweife alles erzählen, was ich in diesen manasischen Regionen der Natur gesehen habe.

Die Vernunft der Unvernunft erscheint ungeschminkt in der niederen Region des konkreten planetarischen Verstandes.

Das, was man mit dem räumlichen Sinn in den mentalen Höllen wahrnimmt, wurde schon vom Heiligen Johannes in der Offenbarung berichtet:

„Waren aus Gold und Silber, Edelsteinen und Perlen, aus feinem Leinen, Purpur, Seide und Scharlach, wohlriechende Hölzer aller Art und alle möglichen Geräte aus Elfenbein, kostbarem Edelholz, Bronze, Eisen und Marmor; auch Zimt und Balsam, Räucherwerk, Salböl und Weihrauch, Wein und Öl, feinstes Mehl und Weizen, Rinder und Schafe, Pferde und Wagen und sogar die Seelen von Menschen."

Schreckliche Häuser und Betten von Prokrustes, wo die große Hure unaufhörlich Unzucht treibt.

Abscheuliche Bordelle; abstoßende Straßen, Filmsäle, in denen pornografische Filme gezeigt werden, usw., usw., Usw. Wenn man siegreich in das höhere Jerusalem einziehen will (der Himmel des

Merkur und danach die Welt des Geistes) ist es unerlässlich, über den Körper der Begierden und des Verstandes hinauszugehen.

Sehen wir nun Kapitel 21 des Matthäus Evangeliums: (Verse 1 bis 20).

„Als sich Jesus mit seinen Begleitern Jerusalem näherte und nach Bethphage am Ölberg kam, schickte er zwei Jünger voraus und sagte zu ihnen: Geht in das Dorf, das vor euch liegt; dort werdet ihr eine Eselin angebunden finden und ein Fohlen bei ihr. Bindet sie los und bringt sie zu mir!

Und wenn euch jemand zur Rede stellt, dann sagt: Der Herr braucht sie, er lässt sie aber bald zurückbringen.

Das ist geschehen, damit sich erfüllte, was durch den Propheten gesagt worden ist: *Sagt der Tochter Zion: Siehe, Dein König kommt zu Dir. Er ist friedfertig/und er reitet auf einer Eselin (Symbol des Verstandes) und auf einem Fohlen,/dem Jungen eines Lasttiers.*

Die Jünger gingen und taten, was Jesus (der große Kabir) ihnen aufgetragen hatte. Sie brachten die Eselin und das Fohlen, legten ihre Kleider auf sie, und er setzte sich darauf.

Viele Menschen breiteten ihre Kleider auf der Straße aus, andere schnitten Zweige von den Bäumen und streuten sie auf den (esoterischen) Weg.

Die Leute aber, die vor ihm hergingen (auf dem Weg auf Messers Schneide) und die ihm folgten (auf dem esoterischen Pfad), riefen: Hosanna dem Sohn Davids!

Gesegnet sei er, der kommt im Namen des Herrn.

Hosanna in der Höhe!

Als er in Jerusalem einzog, geriet die ganze Stadt in Aufregung, und man fragte: Wer ist das? Die Leute sagten: Das ist der Prophet Jesus von Nazaret in Galiläa.

Jesus ging in den Tempel (der Tempel, den jeder von uns in sich trägt), und trieb alle Händler und Käufer aus dem

Tempel hinaus (die Kaufleute, die Ichs, die unsere psychologischen Fehler personifizieren); er stieß die Tische der Geldwechsler (Dämonen, die alles was gut ist, verfälschen) und die Stände der Taubenhändler um (Teufel, die den dritten Logos verkaufen, die mit dem Heiligen Geist Handel treiben und ihn dadurch entweihen; Unzüchtige, Prostituierte, Lesben, Homosexuelle).

Und sagte: In der Schrift steht: *Mein Haus soll ein Haus des Gebetes sein.* Ihr aber macht daraus *eine Räuberhöhle.* (Der Verstand jedes Menschen ist ein Versteck für Bösartigkeit).

Im Tempel kamen Lahme und Blinde zu ihm und er heilte sie. (Leute, die unfähig waren, die Wahrheit zu sehen und Menschen, die dem Pfad nicht folgen konnten).

Als nun die Hohenpriester und die Schriftgelehrten (die Intellektuellen) die Wunder sahen, die er tat, und die Kinder im Tempel rufen hörten: Hosanna dem Sohn Davids!, da wurden sie ärgerlich und sagten zu ihm: Hörst Du, was sie rufen?

Jesus antwortete ihnen: Ja, ich höre es. Habt ihr nie gelesen: *Aus dem Mund der Kinder und Säuglinge schaffst Du Dir Lob?*

Und er ließ sie stehen und ging aus der Stadt hinaus nach Betanien; dort übernachtete er. Als er am Morgen in die Stadt zurückkehrte, hatte er Hunger.

Da sah er am Weg einen Feigenbaum (Symbol der sexuellen Kraft) und ging auf ihn zu, fand aber nur Blätter daran. Da sagte er zu ihm: In Ewigkeit soll keine Frucht mehr an Dir wachsen. Und der Feigenbaum verdorrte auf der Stelle.

Als die Jünger das sahen, fragten sie erstaunt: Wie konnte der Feigenbaum so plötzlich verdorren?"

Im Buch des Glanzes steht mit brennender Kohle geschrieben: „Ein Baum, der keine Früchte gibt, wird gefällt und als Brennholz verwendet."

Als Adam und Eva (die paradiesische Menschheit) von der verbotenen Frucht aßen, wurden ihre Augen geöffnet, und sie erkannten, dass sie nackt waren; und sie machten Schürzen aus Feigenblätter.

Gauthama der Buddha blieb vier Tage und Nächte in tiefer Meditation im Schatten eines Feigenbaums und erreichte die endgültige Erleuchtung.

Im alten Ägypten der Pharaonen wurde der Feigenbaum immer als lebendiges Symbol der schöpferischen Energie des Dritten Logos verehrt.

Die involutionären Kreaturen der Höllenwelten sind sicherlich unfruchtbare Feigenbäume, die nie Früchte gegeben haben.

Über diesen immergrünen Feigenbaum könnte man Seltsames schreiben, denn eine der typischen Einzelheiten, begleitet von astralen Visionen, ist die einer Pflanze, die immer grün ist und sich schnell dreht.

„Ein guter Freund von Jumilla erzählte mir: „Am Ende dieses Dorfes gibt es eine sehr große und breite Höhle, in der ein Feigenbaum wächst, der nie die Blätter verliert oder Früchte gibt, es ist ein allgemeiner Glaube, unterstützt von mehreren Zeugen, die sagen, dass sie gesehen haben, dass am Johannistag bei Sonnenaufgang aus dieser Höhle eine große Militär Kohorte von Geistern auf Kriegspferden mit prächtigem Geschirr kam; Krieger, denen fantastische Bannerträger vorausgingen, die in Richtung Süden gingen und in der Ferne verschwanden, als ob sie entfernte historische Taten heraufbeschwören wollten." (Dies ist wortwörtlich aus dem Baum der Hesperiden).

Jesus der große gnostische Priester sagte:

„Der Stein (der Weisen, die Sexualität), den die Bauleute (Menschen vieler Religionen) verworfen haben, er ist zum Eckstein geworden.

Das hat der Herr vollbracht, vor unseren Augen geschah dieses Wunder.

Darum sage ich euch: Das Reich Gottes wird euch weggenommen und einem Volk gegeben werden, das die erwarteten Früchte bringt. (Personen, die fähig sind Sexualmagie zu praktizieren, das Ego aufzulösen und sich für ihre Mitmenschen zu opfern).

Und wer auf diesen Stein (die Sexualität) fällt, der wird zerschellen; auf wen der Stein aber fällt, den wird er zermalmen."

Zweifelsohne ist nur durch das sexuelle Feuer möglich, alle perversen psychischen Aggregate, die wir in uns haben, zu verbrennen, um in das himmlische Jerusalem am Palmsonntag einzutreten.

(Siehe mein Buch mit dem Titel „Das Mysterium des goldenen Blühens").

Kapitel XXIV
Der Ölberg

Der wunderbare Aufstieg der fünften Schlange des Lichts nach innen und nach oben durch die Wirbelsäule des Kausalkörpers hat mir in der Tat freien Zugang zu den Einweihungsmysterien des fünften Grades der venusischen Weisheit gewährt.

Wenn ich detailliert alles niederschreiben würde, was ich in den dreiunddreißig heiligen Kammern der kausalen Welt gelernt habe, ist es offensichtlich, dass ich ein damit einen riesigen Band füllen würde.

Als kausaler Mensch, demütig sitzend verschränkte ich meine Arme vor der Brust, um an der abschließenden Zeremonie teilzunehmen.

Leider hatte ich die schlechte Angewohnheit, die Arme so zu kreuzen, dass der linke Arm über dem rechten war.

„So sollten Sie Ihre Arme nicht kreuzen", sagte ein Adept des Tempels und fügte hinzu:

„Der rechte Arm muss über dem linken sein".

Ich gehorchte seinen Anweisungen.

Haben Sie jemals ägyptische Sarkophage gesehen?

Die Arme der Toten, die über der Brust gekreuzt sind, veranschaulichen diese Behauptungen.

Ein Schädel zwischen zwei Schienbeinen als Signal der Gefahr bedeutet das Gleiche.

Dem Willen des Vaters zu gehorchen, sowohl im Himmel als auch auf der Erde, im Herrn sterben, ist die tiefe Bedeutung dieses Symbols.

Der große Kabir Jesus auf dem Ölberg betete folgendermaßen:

„Vater, wenn Du willst, nimm diesen Kelch von mir! Aber nicht mein, sondern Dein Wille soll geschehen.

Und er betete in seiner Angst noch inständiger und sein Schweiß war wie Blut, das auf die Erde tropfte.

Nach dem Gebet stand er auf, ging zu den Jüngern zurück und fand sie schlafend (mit schlafendem Bewusstsein); denn sie waren vor Kummer erschöpft. Da sagte er zu ihnen: Wie könnt Ihr schlafen? (Warum ist Euer Bewusstsein eingeschlafen?). Steht auf und betet, damit Ihr nicht in Versuchung geratet."

(Denn es ist klar, dass diejenigen, die schlafen, in Versuchung geführt werden).

In Wahrheit, in Wahrheit sage ich Euch, dass Euer Bewusstsein immer wachsam und aufmerksam sein muss, wie ein Wächter in Kriegszeiten.

Es steht geschrieben: „Ehe der Hahn (das Wort) kräht (oder in uns inkarniert), wirst Du mich dreimal verleugnen."

Als der Hierophant „Patar" oder Petrus sich selbst vergaß, verleugnete er den inneren Christus dreimal.

Petrus, Petra oder Stein war der eigentliche Hierophant oder Darsteller in phönizisch und von hier stammt der berühmte Satz der Evangelien: „Du bist Petrus und auf diesen Felsen werde ich meine Kirche bauen (unseren inneren Tempel)."

In seinem Buch „Ägyptens Stelle in der Weltgeschichte" (Bd. 5, S. 90), kommentiert Bunsen wiederum die Inschrift, die in einem Sarkophag einer großen Königin der elften Dynastie (2250 v. Chr.) gefunden wurde und die nur eine Abschrift des „Totenbuchs" (4500 Jahre v. Chr.) ist und interpretiert die Hieroglyphen als Peter, Patar, Offenbarung, Einweihung, usw., usw., usw.

Die mittelalterlichen Alchemisten haben sich nicht geirrt, als sie den „Pétera Iniciatica" in unseren Sexualorganen entdeckten.

Das Gefäß von Hermes zu verschütten, den Stein der Wahrheit zu prostituieren, bedeutet zweifelsohne, den Christus zu verleugnen.

Aus dem All-Unmanifestierten oder der radikalen Null geht zu Beginn einer Manifestation oder eines Universums die pythagoreische Monade, das Wort, der Archi-Magier oder Hierophant, der Ein-Einzige, der buddhistische Aunad-Ad, der Ain-Suph, En Soph oder der chaldäische Pneuma-Eikon, der Ruach Elohim oder göttlichen

Geist des Herrn hervor, der über den Schöpfungswassern schwebt, der durch sich selbst Existierende, der arische Anupadaka oder Manu-Swayambu-Narayana.

Diese besondere Monade eines jeden von uns verwandelt sich in die erhabenste Dyade, unsere eigene individuelle göttliche Mutter Kundalini.

Er und Sie bilden in Wirklichkeit das gnostische Vater-Mutter, das zoroastrische Zeru-Ana, den dualen Protogonos oder Adam-Kadmon, den Theos-Chaos der „Theogonie" von Hesiod, das chaldäische Ur-Anas oder Feuer und Wasser, das ägyptische Osiris-Isis, das hebräische Jah-Hovah, Jehova oder Iod-Heve, usw., usw., usw.

Das Wort Roma (Rom) ergibt umgekehrt Amor (Liebe).

Das Sakrament der Kirche der Liebe oder Roms ist Sahaja-Maithuna (Sexualmagie).

Wir müssen lernen, dieses heilige Sakrament zu erfüllen und in Einklang mit dem göttlichen Paar zu schwingen.

Er muss sich in den lebenden Ausdruck des hebraischen Iod verwandeln; Sie muss die lebende Manifestation von Heve sein.

Der kabbalistische Adam-Kadmon, das Rha-Sephira oder das ewige Männlich-Weibliche, das vollkommen oben und unten, im unendlich Großen und unendlich Kleinen im Einklang ist, stellt den Gipfel des Ölbergs dar.

Kapitel XXV
Die schöne Helena

Der erhabene und wunderbare Aufstieg der strahlenden sechsten Schlange nach innen und oben entlang der Wirbelsäule des buddhischen Körpers gab mir in der Tat und mit Recht die Möglichkeit zu der sechsten venusischen Einweihung.

In der buddhischen oder intuitiven universellen Welt musste ich in dieser Zeit einige transzendentale Kapitel des christlichen Evangeliums erleben. Ich beziehe mich mit äußerster Vorsicht auf bestimmte beeindruckende Geheimnisse, die absichtlich aus den ursprünglichen Texten von den Schriftgelehrten und Gelehrten des Gesetzes entfernt wurden.

Es ist sicherlich bedauerlich, dass die hebräischen Bibel so grausam verstümmelt, verfälscht, verformt wurde. Was ich in der intuitiven kosmischen Region erlebt habe, ist in vollkommener multipler rhythmischer Übereinstimmung mit den verschiedenen esoterischen Einweihungsprozessen, die wir hier und jetzt erleben müssen.

Außergewöhnliche Szenen, die mit den anderen Planeten des Sonnensystems Ors, in dem wir leben, uns bewegen und unser Sein haben, verbunden sind. Als die sechste Schlange des strahlenden Lichts die erhabene Schwelle der entsprechenden Kammer im ruhigen Herzen überquerte, erstrahlte die Mitternachtssonne herrlich im unabänderlichen Unendlichen.

Ich betrat den Tempel der Einweihung begleitet von vielen Menschen; jeder von uns in der Prozession trug in der rechten Hand eine Kerze oder eine brennende Fackel. In diesem Augenblick fühlte ich, dass ich jene esoterischen christlichen Verse erlebte, die wörtlich sagen:

„Noch während er redete, kam Judas, einer der Zwölf, mit einer Schar von Männern, die mit Schwertern und Knüppeln bewaffnet waren; sie waren von den Hohenpriestern (Männern, die durch weltliche Autorität eingesetzt wurden), den Schriftgelehrten (die in der Welt als weise angesehen werden) und den Ältesten (die in der Welt als vernünftig, besonnen und diskret angesehen werden) geschickt worden.

Und als Judas (der Dämon der Begierde) kam, ging er sogleich auf Jesus zu und sagte: Meister!

Und er küsste ihn.

Da ergriffen sie ihn und nahmen ihn fest."

Trunken vor Ekstase, rief ich: „Ich bin der Christus!"

Eine Adeptin warnte mich und sagte:

„Vorsicht! Sagen Sie das nicht, es ist ein Mangel an Respekt."

„In diesem Moment repräsentiere ich ihn", antwortete ich.

Die heilige Dame schwieg sodann respektvoll.

Das kosmische Drama im Tempel der transparenten Wände vermittelte einen gewissen majestätischen Eindruck, sehr ernst, erschreckend göttlich.

In die Hauptperson verwandelt, musste ich die folgenden Szenen des Evangeliums erleben:

„Darauf führten sie Jesus zum Hohenpriester Kaifas (der Dämon des schlechten Willens) und es versammelten sich alle Hohenpriester (die offiziellen Autoritäten dieser Welt) und Ältesten (sehr ehrbare Personen mit viel Erfahrung) und Schriftgelehrten (die Intellektuellen).

Die Hohenpriester und der ganze Hohe Rat bemühten sich um Zeugenaussagen gegen Jesus (der innere Retter), um ihn zum Tod verurteilen zu können; sie fanden aber nichts.

Viele machten zwar falsche Aussagen über ihn, aber die Aussagen stimmten nicht überein.

Wir haben ihn sagen hören: Ich werde diesen von Menschen erbauten Tempel (der tierische Körper) niederreißen und in drei Tagen einen anderen errichten, der nicht von Menschenhand gemacht ist (der spirituelle Körper, das To Soma Heliakon). Aber auch in diesem Fall stimmten die Aussagen nicht überein.

Da stand der Hohepriester (mit seinem schlechten Willen) auf, trat in die Mitte und fragte Jesus: Willst Du denn nichts sagen zu dem, was diese Leute gegen Dich vorbringen?

Er aber schwieg und gab keine Antwort. (Schweigen ist die Beredsamkeit der Weisheit).

Da wandte sich der Hohepriester nochmals an ihn und fragte: Bist Du der Messias, der Sohn des Hochgelobten? (Der Zweite Logos).

Jesus sagte: Ich bin es (Er ist es). Und ihr werdet den Menschensohn (den wahren Christifizierten oder Osirifizierten) zur Rechten der Macht Gottes (der erste Logos) sitzen und mit den Wolken des Himmels kommen sehen.

Da zerriss der Hohepriester (der Dämon des schlechten Willens) sein Gewand und rief: Wozu brauchen wir noch Zeugen?

Ihr habt die Gotteslästerung gehört.

Was ist eure Meinung?

Und sie fällten einstimmig das Urteil: Er ist schuldig und muss sterben.

Und einige spuckten ihn an, verhüllten sein Gesicht, schlugen ihn und riefen: Zeig, dass Du ein Prophet bist!

Auch die Diener schlugen ihn ins Gesicht.

Gleich in der Frühe fassten die Hohenpriester, die Ältesten und die Schriftgelehrten, also der ganze Hohe Rat, über Jesus einen Beschluss: Sie ließen ihn fesseln und abführen und lieferten ihn Pilatus aus.

Pilatus (der Dämon des Verstandes) fragte ihn: Bist Du der König der Juden?

Er antwortete ihm: Du sagst es.

Die Hohenpriester (die Autoritäten dieser Welt) brachten viele Anklagen gegen ihn vor.

Da wandte sich Pilatus wieder an ihn und fragte: Willst Du denn nichts dazu sagen?

Sieh doch, wie viele Anklagen sie gegen Dich vorbringen. (Alle Menschen klagen den inneren Christus an, selbst jene, die sich selbst seine Jünger nennen).

Jesus (der innere Christus) aber gab keine Antwort mehr, sodass Pilatus sich wunderte. (Ich wiederhole: Schweigen ist die Beredsamkeit der Weisheit).

Pilatus (der Dämon des Verstandes) wunderte sich.

Jeweils zum Fest ließ Pilatus einen Gefangenen frei, den sie sich ausbitten durften.

Damals saß gerade ein Mann namens Barabbas (der Dämon der Bösartigkeit, den jeder in sich trägt) im Gefängnis, zusammen mit anderen Aufrührern, die bei einem Aufstand einen Mord begangen hatten. (Denn das Ego ist immer ein Mörder und ein Unmensch).

Die Volksmenge zog (zu Pilatus) hinauf und bat, ihnen die gleiche Gunst zu gewähren wie sonst.

Pilatus fragte sie: Wollt ihr, dass ich den König der Juden freilasse? Er merkte nämlich, dass die Hohenpriester (die Autoritäten jeder Art) nur aus Neid Jesus an ihn ausgeliefert hatten.

Die Hohenpriester aber wiegelten die Menge auf, lieber die Freilassung des Barabbas zu fordern. (Die Autoritäten jeder Art verteidigen das Ego. Sie sagen: erstens Ich, zweitens Ich, drittens Ich).

Pilatus wandte sich von Neuem an sie und fragte: Was soll ich dann mit dem tun, den ihr den König der Juden nennt?

Da schrien sie: Kreuzige ihn! Pilatus entgegnete: Was hat er denn für ein Verbrechen begangen? Sie schrien noch lauter: Kreuzige ihn! (Crucifixia! Crucifixia! Crucifixia!)"

Ich kam verzückt aus dem unbeschreiblichen Heiligtum, nachdem ich auf direkte Weise die schreckliche innere Wahrheit all dieser oben zitierten Verse oder Zeilen erfahren hatte. In eine neue Tunika der Herrlichkeit, einen prächtigen Talar gekleidet, verließ ich die große Kathedrale der Seele. Wie glücklich fühlte ich mich, als ich von hier das weite Panorama betrachtete!

Dann sah ich das Fließen und Zurückfließen aller Dinge.

Buddhi ist wie eine feine und durchsichtige Vase aus Alabaster, in deren Inneren die Flamme der Prajna brennt.

Atman, das Sein, hat zwei Seelen.

Die erste ist die spirituelle Seele und sie ist weiblich (Buddhi).

Die zweite ist die menschliche Seele und sie ist männlich (höheres Manas).

Das intellektuelle Tier, fälschlicherweise Mensch genannt, hat nur die Essenz in sich verkörpert.

In der Tat ist dies das Budhatta, ein minimaler Bruchteil der menschlichen Seele, das psychische Material, mit dem man den goldenen Embryo erschaffen kann und muss.

(Siehe „Das Mysterium des goldenen Blühens").

Der Ursprung und die Grundlage der Hohen Magie findet man in der perfekten Vermählung von Buddhi-Manas, sei es in den rein geistigen Regionen oder in der irdischen Welt.

Helena symbolisiert die Vermählung von Nous (Atman-Buddhi) und Manas (die menschliche Seele oder der Kausalkörper), durch diese Vereinigung werden Bewusstsein und Wille gleichgesetzt und beiden Seelen werden so göttliche Kräfte gegeben.

Die Essenz von Atman, dem ursprünglichen, ewigen und universalen göttlichen Feuer, befindet sich innerhalb von Buddhi, das in Verbindung mit dem kausalen Manas (die menschliche Seele) das Männlich-Weibliche bestimmt.

Die schöne Helena von Troja ist die gleiche Helena des Faust von Goethe, die Shakti oder weibliche Potenz des inneren Seins.

Er und sie, Buddhi-Manas, sind die Zwillingsseelen in uns selbst (auch wenn das intellektuelle Tier sie noch nicht inkarniert hat), die zwei entzückenden Töchter des Atman (der Innerste), Ehemann und Ehefrau ewig verliebt.

Eine solche Liebe hat eine unendliche Anzahl von Korrelationen, sei es bei den vereinigten Paaren der Doppelsterne im Himmel oder bei Erde und Mond oder beim protoplasmatischen „Amphiaster" der Zellen, d. h., dem mysteriösen Phänomen der Karyokinese oder der morphologischen Teilung der Zelle, sei es bei den universellen Symbolismen der Epen und der restlichen Literatur, in der die ideale Liebe zwischen zwei Wesen verschiedenen Geschlechts die „Alma Mater" der literarischen Schöpfung ist.

Zweifellos wiederholt sich das Sahaja Maithuna als Sakrament der Kirche von Rom bei den Zwillingen des Tattwas Akasha und wird herrlich mit Osiris-Isis in der Religion des Anupadaka fortgesetzt.

Ich erkläre: wenn wir die Kirche von Rom (Roma auf Spanisch) erwähnen, drehen wir die Buchstaben um und lesen es so: Amor (spanisch für Liebe).

Offensichtlich ist die Sexualität die Kirche der Liebe.

Die Theorie der Zwillingsseelen beinhaltet keine Gefahr, wenn wir seine tiefe Bedeutung verstehen.

Der chemische Koitus, die metaphysische Kopulation, strahlt herrlich im Zenit der Perfektion ohne den geringsten Schatten der Unreinheit.

Die echte Verliebtheit ist niemals von der Sexualität getrennt.

Der sexuelle Akt ist sicherlich die Konsubstantiation der Liebe im psychophysiologischen Realismus unserer Natur.

Die Vermählung von Buddhi-Manas ist nur durch den chemischen Koitus möglich.

Der sexuelle Genuss ist ein legitimes Recht des Menschen.

Renato beging den schweren Fehler, nachdrücklich zu behaupten, dass die Helena von Simon dem Magier eine schöne Frau aus Fleisch und Blut war, die der Magier in einem Bordell in Tire getroffen hatte und die, wie seine Biografen behaupten, die Reinkarnation der griechischen Helena war.

Eine solche Behauptung hält einer gründlichen Analyse nicht stand: Die authentischen Einweihungsschulen lehren eindeutig, dass die schöne Helena Buddhi, die spirituelle Seele der sechsten venusischen Einweihung ist, die potenzielle weibliche Shakti.

Kapitel XXVI
Das Ereignis von Golgotha

Der strahlende Aufstieg der siebten venusischen Schlange nach innen und oben durch den spirituellen medullären Rückenmarkkanal des göttlichen Vehikels (Atman) erlaubte mir, das Ereignis von Golgatha zu erleben.

Zweifellos muss ich offen und ohne Umschweife die konkrete, eindeutige und endgültige Tatsache gestehen, dass ich mich selbst in den zentralen Charakter des kosmischen Dramas verwandelt gesehen habe.

In sich selbst das kosmische Ereignis des Kalvarienbergs, mit all dem transzendentalen rauen Realismus der Welt des göttlichen Geistes (Atman) zu erfahren, ist sicherlich außergewöhnlich.

Ich bin nicht der Erste, der das Ereignis des Kalvarienberges erlebt und ich werde nicht der Letzte sein.

Und ich sah mich selbst nach der Kreuzigung wie eine Leiche auf dem Schlamm der Erde liegend.

Die mächtige Shakti, die göttliche Gattin von Shiva, meine vollkommene Mutter Kundalini, in unendlicher Demut niedergeworfen, verehrte mich.

„Oh, meine Mutter!", sagte ich.

„Du bist meine Mutter!

Ich bin es, der vor Dir niederknien muss!

Es ist nicht möglich, dass Du das Knie vor mir beugst!

Ich habe das nicht verdient!

Ich bin ein einfacher Wurm aus dem Schlamm der Erde; ein Sünder, ein Unwürdiger!"

Es ist jedoch offensichtlich, dass ich in solchen Momenten des kosmischen Dramas den Christus, Vishnu, den zweiten Logos, den Sohn, repräsentiere.

Während ich diese Seiten schreibe, kommt mir jenes unbeschreibliche Gebet von Dante Alighieri in den Sinn, das wörtlich sagt:

„O Jungfrau, Mutter, Tochter Deines Sohnes, demütigste und hehrste Kreatur, vorauserkornes Ziel des ewgen Thrones, Du adeltest die menschliche Natur so hoch, dass es der Schöpfer nicht verschmähte, zu wandeln selbst in des Geschöpfes Spur;

Es ward Dein Schoß zum flammenden Geräte der Liebe, deren Glut im ewgen Frieden gedeihlich diese Wunderblume säte.

Als Mittagsliebessonne uns beschieden im Himmel hier, bist Du Urquell und Schoß lebendger Hoffnung aller Welt hienieden!

So mächtig, Herrin, bist Du und so groß, dass Gnade wünschen und zu Dir nicht flehen ein Fliegen hieße dem, der flügellos!

Nicht nur den Betern pflegst Du beizustehen mit Rat und Tat – oft sehn wir Deine Güte dem Ruf der Not voran freiwillig gehen!

Mitleid und Großmut wohnt Dir im Gemüte, Barmherzigkeit und alles, was an Milde je eines guten Wesens Brust durchglühte. (Zweifellos hat jedes Wesen seine eigene individuelle ursprüngliche Mutter Kundalini).

Der aus des Weltalls düsterstem Gefilde bis hier herauf das Schicksalslos und Leben gesehen hat der ganzen Geisterglide, er fleht zu Dir, ihm huldreich Kraft zu geben, dass tiefer noch sein Auge könne dringen, zum letzten, höchsten Heil sich zu erheben.

Nie fühlt ich selbst den Drang mich so bezwingen, zu schaun, als jetzt für ihn! Drum lass erneuen mein Flehn mich und nicht ungehört verklingen. Lass Dein Gebet die Wolken ihm zerstreuen der Sterblichkeit, dass sich sein Blick entfalten, sein Herz der höchsten Wonne kann erfreuen!

Dann bitt ich, Königin – Du kannst ja schalten und walten, wie Du willst – nach solchem Sehen gesund des

Herzens Trieb ihm zu erhalten, um niedrer Regung fest zu widerstehen."

Bis hier dieses erhabene danteske Gebet; fahren wir nun fort mit dem Thema dieses Kapitels, studieren wir einige christliche Verse.

„Da nahmen die Soldaten des Statthalters Jesus, führten ihn in das Prätorium, das Amtsgebäude des Statthalters, und versammelten die ganze Kohorte um ihn. Sie zogen ihn aus und legten ihm einen purpurroten Mantel um. (Der Philosophenstein ist zunächst schwarz, dann weiß und schließlich rot).

Dann flochten sie einen Kranz aus Dornen (das traditionelle schmerzhafte Diadem auf jedem christifizierten Astralkörper); den setzten sie ihm auf und gaben ihm einen Stock in die rechte Hand (wie der Stab des Aaron oder der Stab des Patriarchen, lebendiges Symbol der Wirbelsäule). Sie fielen vor ihm auf die Knie und verhöhnten ihn, indem sie riefen: Heil Dir, König der Juden!

Und sie spuckten ihn an, nahmen ihm den Stock wieder weg und schlugen ihm damit auf den Kopf. Nachdem sie so ihren Spott mit ihm getrieben hatten (den so ist der Weg der Sexualität), nahmen sie ihm den Mantel ab (weil sie, die Finsteren, nie wollen, dass der Eingeweihte sich in das Purpur seiner inneren Logoi kleidet) und zogen ihm seine eigenen Kleider wieder an. Dann führten sie Jesus hinaus, um ihn zu kreuzigen.

Auf dem Weg trafen sie einen Mann aus Zyrene namens Simon; ihn zwangen sie, Jesus das Kreuz zu tragen (der Guru erscheint immer auf dem Weg, um uns zu helfen).

So kamen sie an den Ort, der Golgota genannt wird, das heißt Schädelhöhe.

(Synonym für Tod).

Und sie gaben ihm Wein zu trinken, der mit Galle vermischt war; als er aber davon gekostet hatte, wollte er ihn nicht trinken.

(Es ist offensichtlich, dass der Weg auf des Messers Schneide sehr bitter ist).

Nachdem sie ihn gekreuzigt hatten (mit dem sexuellen Kreuz, denn der Phallus, in die Gebärmutter eingeführt, bildet dieses heilige Zeichen), warfen sie das Los und verteilten seine Kleider unter sich.

(Ein deutlicher Hinweis auf die Auflösung der menschlichen Begierden).

Dann setzten sie sich nieder und bewachten ihn.

Über seinem Kopf hatten sie eine Aufschrift angebracht, die seine Schuld angab: INRI.

(INRI: Ignis Natura Renovatur Integram.

Das Feuer erneuert unaufhörlich die Natur).

Zusammen mit ihm wurden zwei Räuber gekreuzigt, der eine rechts von ihm, der andere links. (Der gute Dieb: die göttliche geheime Kraft, die die sexuelle Energie für die Christifizierung stiehlt. Der schlechte Dieb: der geheime Feind, der den Vorrat des sexuellen Wasserstoffs Si-12 für das Böse stiehlt)

Die Leute, die vorbeikamen (die üblichen Entweiher und Schänder), verhöhnten ihn, schüttelten den Kopf und riefen:

Du willst den Tempel niederreißen und in drei Tagen wieder aufbauen (Du, der Du den sündigen Adam vernichtest, damit der himmlische Adam geboren wird)?

Wenn Du Gottes Sohn bist, hilf Dir selbst, und steig herab vom Kreuz! (Weil uns, den Finsteren, das quer eingefügte Holz, das deine beiden Arme bildet, wie zwei riesige Hände, die sich ausstrecken, um die finsteren Kräfte und die niederen Mächte zu vertreiben, nicht gefällt).

Auch die Hohenpriester (die Autoritäten), die Schriftgelehrten (oder Intellektuellen) und die Pharisäer (die immer vorgeben, tugendhaft und heilig zu sein) und die Ältesten (sehr respektable weltliche Menschen) verhöhnten ihn und sagten:

Anderen hat er geholfen, sich selbst kann er nicht helfen. Er ist doch der König von Israel! Er soll vom Kreuz herabsteigen (er soll den Pfad auf Messers Schneide und des Sahaja Maithuna verlassen), dann werden wir an ihn glauben.

Er hat auf Gott vertraut:

Der soll ihn jetzt retten, wenn er an ihm Gefallen hat; er hat doch gesagt: Ich bin Gottes Sohn.

(Er christifizierte sich und wurde deshalb Sohn des Ewigen.

Wir sind Söhne des Teufels, weil wir Früchte der Unzucht sind.)

Von der sechsten (die Versuchung) bis zur neunten Stunde (die neunte Sphäre) herrschte eine Finsternis im ganzen Land."

Wenn man es kabbalistisch addiert, haben wir 9 plus 6 gleich 15.

Dies ist das Arkanum des Tiphon Bahomet: Der Teufel.

Dieser esoterische Wert entspricht dem Sternbild des Wals, unter dessen kosmischem Einfluss der Eingeweihte sich entwickelt, bis er die Auferstehung erreicht.

Erinnern wir uns an das Zeichen von Jonas.

„Um die neunte Stunde rief Jesus laut: *Eli, Eli, lema sabachtani?,* das heißt:

Mein Gott, mein Gott, warum hast Du mich verlassen?

(In der Tat fühlt sich jeder Eingeweihte vor der Auferstehung wirklich verlassen.)

Einige von denen, die dabeistanden und es hörten, sagten: Er ruft nach Elija.

(Helias, Eliu, Elijah, Helios, der Christus (die Sonne), der innere Logos in unserem höchsten Streben).

Und einer von ihnen auf einmal lief und nahm einen Schwamm, füllte ihn mit Essig und steckte ihn auf ein Rohr (Symbol der Wirbelsäule), und gab es ihm zu trinken (wie gesagt: die Arbeit mit den spinalen sexuellen Feuern ist bitterer als Galle).

Jesus aber schrie noch einmal laut auf. Dann hauchte er den Geist aus.

(Auf diese Weise sterben wir, die Eingeweihten, in uns selbst den Tod am Kreuz).

(Siehe mein Buch mit dem Titel: „Das Mysterium des goldenen Blühens").

Da riss der Vorhang im Tempel (der berühmte Schleier der Isis oder der sexuelle adamische Schleier, Resultat der Erbsünde) von oben bis unten entzwei (aufgrund des höchsten Todes des Egos). Die Erde bebte und die Felsen (des Pfades auf Messers Schneide) spalteten sich."

Kapitel XXVII
Das heilige Grab

Mit Buchstaben aus Feuer steht im Buch des Glanzes geschrieben, dass, als Jesus, der große gnostische Priester, seinen letzten Atemzug tat, die philosophische Erde, seine menschliche Person, bebte, als er die schwierige Aufgabe verstand, die das Schicksal für ihn bereithielt; und die Steine „des Pfades auf des Messers Schneide" spalteten sich und machten den Weg noch schwieriger.

(Das verstehen nur die Meister vollkommen, die sich, nachdem sie in sich selbst gestorben sind, für die Auferstehung vorbereiten).

Merkur als astrologischer Planet ist viel geheimnisvoller als Venus und identisch mit dem zoroastrischen Mithra, dem Buddha, dem Genius oder Gott, der sich zwischen Sonne und Mond befindet, dem ewigen Begleiter der Sonne der Weisheit.

Pausanias beschreibt in seinem Buch V, wie er einen Altar mit Jupiter teilte.

Er trug Flügel, um auszudrücken, dass er die Sonne in ihrer Bahn unterstützte und er wurde der Nuntius und der Wolf der Sonne genannt: „Solaris Luminis particeps."

„Er war der Führer und der, der die Seelen beschwor, der Erzmagier und der Hierophant."

Vergil beschreibt, wie er seinen Caduceus oder Hammer nimmt, um die unglücklichen Seelen, die in den Orkus oder Limbus geworfen wurden, von Neuem ins Leben zu rufen: „Tum virgam capit, hac Animas ille evocat Orco."

Mit der guten Absicht, sie dazu zu bewegen, der himmlischen Miliz beizutreten.

Nach diesen Erklärungen werden die folgenden Verse verständlich:

„Die Gräber öffneten sich und die Leiber vieler Heiligen,
die entschlafen waren (im Orkus oder Limbus), wurden
auferweckt.

Sie verließen ihre Gräber (nach ihrer esoterischen Auferstehung), kamen in die Heilige Stadt (das himmlische Jerusalem) und erschienen vielen."

Zweifellos wollten viele Heilige sich innerlich selbstverwirklichen, ohne das heilige Sakrament der Kirche der Liebe (Sahaja Maithuna).

Diese unglücklichen Seelen fallen immer in den Orkus oder Limbus der Unwissenheit, Dunkelheit und des Schmerzes.

Nur indem sie in sich selbst sterben, durch den Tod am Kreuz (ein vollkommen sexuelles Symbol) ist die Auferstehung möglich.

Wenn der Keim nicht stirbt, wird die Pflanze nicht geboren.

Der Weg des Lebens wird von den Hufspuren des Pferdes des Todes gemacht.

Merkur ist der goldene Planet, der Unaussprechliche, dessen Namen die Hierophanten zu nennen verboten, und er wird in der griechischen Mythologie durch die berühmten Windhunde oder Wachhunde der himmlischen Herde symbolisiert, die aus den reinen Quellen der okkulten Weisheit trinken.

Merkur ist auch Hermes-Anubis, der Inspirierende oder Agathodaimon.

Als Vogel des Argos wacht er über die Erde, die ihn irrtümlicherweise als die Sonne ansieht; beide entsprechen bei den Hindus Sarama und Sarameya.

Der Kaiser Julian betete jede Nacht zur okkulten Sonne um Fürsprache von Merkur, denn wie Vossius sagt:

„Alle Theologen versichern, dass Merkur und die Sonne ein und dasselbe sind ...

Deshalb wurde er als der redegewandteste und weiseste der Götter angesehen, was nicht verwunderlich ist, denn Merkur ist der Weisheit und dem Wort (oder Logos) so nahe, dass er mit den Beiden verwechselt wurde."

Merkur ist der dritte Logos, Shiva, der Heilige Geist, der Erstgeborene der Schöpfung, unsere authentische, eigene, individuelle Monade. Oh, heilige Götter!

Wie traurig wäre das Schicksal der Heiligen im Limbus, wenn Merkur sie verlassen würde.

Merkur, Shiva, großer Hierophant, Nuntius und Wolf des inneren Christus, höchste Hoffnung derer, die im Inneren des heiligen Grabes schlafen.

Ich verstand das phallische Zeichen auf der Barke von Ra, als ich die achte venusische Einweihung erlebte; da rief ich mit lauter Stimme und sagte:

„Wenn die erste Trompete erklingt, werde ich von den Toten auferstehen.

Gegrüßt seist Du, oh große Gottheit, die Du Deine Barke steuerst!

Bis hierher gebracht, erscheine ich vor Dir!

Lass mich auf die Brücke gehen und die Barke steuern, wie es Deine Diener tun, die Archonten der Planeten."

Litelantes war etwas traurig, als sie mein heiliges Grab betrachtete.

„Hab keine Angst, sagte ihr ein Mahatma, sein physischer Körper wird noch nicht sterben."

Diese Worte beruhigten sie vollkommen.

In dieser vergangenen Zeit meiner jetzigen Existenz war ich noch nicht einmal in mir selbst gestorben, das Ego war sehr lebendig; das Grab war also rein symbolisch, wie der Sarg jeder Freimaurerloge.

Ich habe jedoch die Symbolik des Grabes vollkommen verstanden; ich wusste, dass ich in mir selbst sterben musste, um das Recht auf die Auferstehung von Hiram Abif, dem geheimen Meister in meinem Herzenstempel zu erhalten.

Die Einweihung endete mit genauen Anweisungen bezüglich der Mission, die ich gegenwärtig in dieser Welt erfülle.

Der zweite Berg

Die Auferstehung

Kapitel XXVIII
Gelassenheit und Geduld

Es ist offensichtlich, dass wir, die Brüder des Tempels der zweimal Geborenen aus unserer Psyche verschiedene subjektive, infrahumane Aspekte beseitigt haben; aber nachdem wir durch die acht Einweihungen gegangen sind, ersehnten wir mit der ganzen Kraft der Seele, an den esoterischen magischen Arbeiten des Berges der Auferstehung teilzunehmen.

Im Tempel wurde uns gesagt, dass wir mit unendlicher Geduld auf den Abt des Klosters warten sollten; aber es ist offensichtlich, dass die Stunden langsam und langweilig, mit unerträglicher Monotonie verstrichen; der Ehrwürdige schien keine Eile zu haben.

Einige der Veteranen des ersten Berges bewegten sich hierhin und dorthin und protestierten ungeduldig wegen der ungewöhnlichen Verspätung des Höchsten.

Es gibt Ereignisse im Leben, die überraschend sind, und eines von ihnen war der erstaunliche Eintritt des Abtes in den Tempel.

Alle Brüder des heiligen Ordens waren erstaunt, denn einige von uns hatten bereits jede Hoffnung verloren, den Meister zu sehen.

Vor der heiligen Bruderschaft sprach der Ehrwürdige:

„Euch Brüder fehlen zwei Tugenden, die dieser Bruder hat."

Das sagte er und wies mit dem Zeigefinger auf mich.

Dann befahl er mir auf sanfte und zugleich gebieterische Art:

„Bruder sag ihnen, welches diese Tugenden sind."

„Man muss wissen, geduldig zu sein, muss man wissen, gelassen zu sein", sagte ich mit klarer und ruhiger Stimme.

„Seht ihr?

Seid ihr überzeugt?"

Sagte der Abt mit großer Feierlichkeit.

Alle Adepten waren zugleich erschrocken und erstaunt und entschieden sich, respektvoll zu schweigen.

Zweifellos mussten alle Mitglieder der Bruderschaft, mit Ausnahme von mir, zurückgestellt werden, denn nur meine unbedeutende, wertlose Person kam siegreich aus dieser schwierigen Prüfung hervor.

Der strenge Hierophant schenkte mir dann eine wunderbare Orange; ich begriff sofort ihre tiefe Bedeutung.

Viel später musste ich vor der Bruderschaft eines anderen Klosters der Universellen Weißen Bruderschaft erscheinen, mit dem Zweck, Befehle zu empfangen und Dokumente zu unterschreiben.

Dann wurde ich mit den folgenden Worten gewarnt:

„Sie müssen sich gut in acht nehmen vor der lunaren Kälte."

Es war dringend notwendig für mich, nach einer langen Pause in die brennende Schmiede des Vulcanus zurückzukehren.

Zweifellos gibt es zwischen dem einen und dem anderen Berg immer eine längere Zeit mit sexueller Abstinenz.

Kapitel XXIX
Die neun Stufen der Meisterschaft

Die tiefe Bedeutung der neun Meister, die auf der Suche nach Hiram und seinen Mördern sind, vollständig zu erfassen, zu begreifen, zu verstehen, ist dringend notwendig. Zweifellos ging keiner der neun Meister zu den nördlichen Regionen, sondern, klug in drei Gruppen zu je drei eingeteilt, wandten sie sich nach Osten, Süden und Westen.

In der Tat war es diese letzte Gruppe, der es gelungen war, das Grab und die Mörder zu finden.

Diese symbolische esoterische Wallfahrt der neun Meister bezieht sich ausdrücklich auf die einzelne Pilgerreise, die jeder Eingeweihte beim „zweiten Berg" unternehmen muss und die durch neun Etappen oder aufeinanderfolgende Grade führt, die in der neunten Sphäre genau nummeriert und definiert sind: Mond, Merkur, Venus, Sonne, Mars, Jupiter, Saturn, Uranus, Neptun.

Wir können und müssen sogar folgende Mitteilung machen: „Nur durch diese Wallfahrten von Sphäre zu Sphäre sind wir in der Lage, in jedem von uns den geheimen Meister, Hiram, Shiva, den Ehegatten unserer göttlichen Mutter Kundalini, den Erzhierophant, den Erzmagier, die eigene individuelle Monade, unser wahres Sein, zu beleben und auferstehen zu lassen.

Es ist eine Sache, ein Meister zu sein, eine ganz andere ist es, die Perfektion in der Meisterschaft zu erreichen.

Jeder Esoteriker, der das „To Soma Heliakon", das „Hochzeitskleid der Seele", in der Schmiede der Zyklopen erschafft, verwandelt sich deshalb in einen Menschen und somit in einen Meister; aber die Perfektion in der Meisterschaft ist etwas ganz anderes.

Die Zahl neun, auf die Rhetorik angewendet, stellt eine innere Beziehung zu den neun ewigen Musen her. Wir wollen in diesem Kapitel jede dieser unbeschreiblichen Gottheiten der antiken Klassik nennen:

1.- Klio
2.- Erato

3.- Melpomene
4.- Kalliope
5.- Euterpe
6.- Thalia
7.- Urania
8.- Polyhymnia
9.- Terpsichore

Erfahrungen sind sehr wichtig, damit unsere geliebten Leser die Lehre besser verstehen können.

Hört mich an: in einer bestimmten Nacht, Datum, Tag und Zeit sind unwichtig, verließ ich, prächtig gekleidet mit meinem „Hochzeitskleid der Seele", den physischen Körper. Ich erlebte in jedem Bereich meines kosmischen Seins eine gewisse wunderbare spirituelle Sinnlichkeit und schwebte sanft in der Aura des Universums.

Im höchsten Glück musste ich meine Füße auf den Schlamm der Erde setzen, unter dem grünen Laub eines schweigsamen Baumes, als ob ich ein himmlischer Vogel wäre.

Glücklich rief ich mit lauter Stimme die Adepten der okkulten Bruderschaft.

Zweifellos wurde ich gehört.

Die Brüder führten mich liebenswürdig in den prächtigen Tempel der transparenten Wände.

Der Mahatma blieb vor seinem Schreibtisch sitzen, als ob er viele Menschen empfangen würde.

„Ich will wissen", sagte ich, „was es ist, was mir noch fehlt."

Der Ehrwürdige nahm aus einer Schublade seines Schreibtisches ein bestimmtes geheimes Buch, studierte seine Seiten und antwortete dann:

„Ihnen fehlen achtundfünfzig (58) Minuten. Sie müssen hier sechsunddreißig (36) Bolivares mit jeweils dreiundzwanzig (23) Kilos vorlegen. Und die acht (8) Einweihungen, die empfangen wurden, müssen qualifiziert werden."

„Danke, ehrwürdiger Meister."

Dann verließ ich den Tempel mit unendlicher Demut und Verehrung.

Kabbalistische Analyse dieser Antwort:

58 Minuten: 5 plus 8 ist gleich 13. Dieses Arkanum bedeutet den Tod aller subjektiven Elemente, die das Ego bilden.

36 Bolivares: 3 plus 6 ist gleich 9. Die Fesseln und Ketten in den niederen Welten der neun Planeten, die in diesem Kapitel genannt wurden, zerreißen ... sehr intensive Arbeit in der feurigen Schmiede des Vulcanus.

23 Kilo: 2 plus 3 ist gleich 5. Die Arbeit der Befreiung muss vollkommen sein unter der Pracht des feurigen Sterns mit fünf Spitzen.

(Wir sollten uns an den Rishi Baha-Deva und seine 23 Propheten erinnern).

Qualifizierung: Vor der wahren Auferstehung muss jede der acht Einweihungen qualifiziert werden. Das geschieht während acht Jahren, in denen wir das Buch des Patriarchen Hiob in all seiner rohen Wirklichkeit erleben.

Wir betonen feierlich die folgende Erklärung:

„Die acht Einweihungen können nie in einem kürzeren Zeitraum, als den erwähnten acht Jahren qualifiziert werden."

Offensichtlich entspricht jede der acht Einweihungen einem Jahr; als logische Folge benötigt man acht Jahre für die acht Einweihungen. Ich erkläre: die bereits erwähnte Zeit entspricht ausschließlich dem Schluss einer ganzen Reihe von tiefen mystischen esoterischen Arbeiten, die in allen und jedem der neun bereits erwähnten Planeten durchgeführt werden.

Zweifellos werden solche Arbeiten in verschiedenen Zeiträumen durchgeführt und sind in Wirklichkeit sehr heikel. Es ist offensichtlich, dass jeder, der den zweiten Berg erreicht, deshalb keine weiteren Einweihungen oder Grade mehr erhält.

Die Perfektion in der Meisterschaft wird nur mit der esoterischen transzendentalen Auferstehung erreicht. Die vollständige Manifestation der Monade im auferstandenen Meister verleiht ihm außergewöhnliche magische Kräfte ...

Kapitel XXX
Der Patriarch Henoch

Das Symbol der Zeit, auf das auch der Ring aus Bronze nachdrücklich verweist, führt den gnostischen Arhat zyklisch zu jener antiken patriarchalen Epoche, die auch Bronzezeit oder Dvapara Yuga genannt wird und die zweifellos unserer heutigen Eisenzeit oder dem Kali Yuga vorausgegangen ist.

Die besten Autoren von Abhandlungen über Okkultismus haben immer behauptet, dass zwischen diesen beiden Epochen die zweite große transalpinische Katastrophe stattfand, die die geologische Physiognomie des Planeten Erde völlig veränderte.

Der Siebte der zehn erhabenen vorsintflutlichen Patriarchen ist fraglos völlig anders als die Sechs, die ihm im Laufe der Jahrhunderte vorausgegangen sind (Adam, Set, Enosch, Kenan, Mahalalel, Jered), sowie auch die Drei, die ihm nachfolgten (Methuschelach, Lamech, Noah).

Es ist jedoch klar, dass das, was uns bei all dem am meisten erstaunt, der heilige Name des Enoch ist, was übersetzt „eingeweiht, geweiht, geheiligt, Meister" bedeutet. Die hebräische Genesis (V. 24) behauptet auf feierliche Weise, dass Enoch nicht physisch gestorben ist, sondern, dass „er mit Gott wandelte und verschwand, weil Gott ihn holte".

Sehr alte esoterische Traditionen, die sich in der Nacht der Jahrhunderte verloren, sagen deutlich, dass Enoch, als er auf dem majestätischen Gipfel des Berges Moria war, ein hellseherisches Shamadhi hatte, in dem sein erleuchtetes objektives Bewusstsein fortgerissen und zu den neun Himmeln gebracht wurde, die Dante in seiner „Göttlichen Komödie" erwähnte und in dessen Letztem (dem von Neptun) der Patriarch das verlorene Wort fand (sein eigenes Wort, seine eigene individuelle Monade).

Später wollte dieser große Hierophant diese Vision in einer bleibenden und ewigen Erinnerung zum Ausdruck bringen. Deshalb ordnete er kategorisch und mit großer Weisheit an, dass unter diesem gesegneten Ort ein geheimer und unterirdischer Tempel im lebendigen

Inneren des Berges gebaut werden sollte, bestehend aus neun Gewölben, eines unter dem anderen.

Sein Sohn Methusalem war sicherlich der Architekt, der für den Bau dieses außergewöhnlichen Sanctums verantwortlich war.

Der Inhalt und die spezifische Funktion jeder dieser Kuppeln oder magischen Höhlen, die durch Wendeltreppen miteinander verbunden waren, wurden nicht erwähnt.

Die letzte dieser Höhlen ist jedoch die mit der größten okkulten Bedeutung, sodass die Vorherigen nur den unumgänglichen geheimen Weg darstellen, durch den man zur Letzten im tiefsten Teil des Berges gelangt.

In dieser Letzten, dem innersten Heiligtum, wo der Patriarch Enoch seinen wertvollsten esoterischen Schatz hinterlegte ...

Das goldene Vlies der Alten, den unbeschreiblichen und unvergänglichen Schatz, den wir suchen, findet man nie auf der Oberfläche, sondern wir müssen in den Eingeweiden der Erde graben, schürfen, suchen, bis wir ihn gefunden haben.

Der Eingeweihte findet den mystischen Schatz (seine göttliche Monade), der für ihn während der unzähligen Jahrhunderte, die uns im Lauf der Geschichte vorangegangen sind, aufbewahrt wurde, indem er mutig in die Eingeweide oder Höhlen des Berges der Offenbarung hinabsteigt.

Im Kapitel II der „Apokalypse" oder „Offenbarung" des Heiligen Johannes können wir immer noch Folgendes lesen:

„Wer siegt, dem werde ich von dem verborgenen Manna geben. Ich werde ihm einen weißen Stein geben und auf dem Stein steht *ein neuer Name,* den nur der kennt, der ihn empfängt."

Kapitel XXXI
Der Himmel des Mondes

Das große individuelle Werk erfüllt sich im Bereich des Tierkreises der titanischen Mächte.

Die zwölf Aufgaben des Herkules, des Prototyps des authentischen Menschen, zeigen, weisen den geheimen Weg, der uns zu den Graden des vollkommenen Meisters und großen Auserwählten führt.

Vor allem anderen kommt das Fangen und der Tod des nemeischen Löwen, der Kraft der Instinkte und unkontrollierten Leidenschaften, die alles verwüstet und verschlingt.

Im Zustand der Ekstase wurde ich bewusst in die Mondwelt (oder astrale Welt) gebracht und mit unendlicher Weisheit beraten.

Meine Seele wurde im tiefsten Inneren erschüttert, als ich dort den Alten des Tempels der zweimal Geborenen traf; unser geliebter Rektor, der heilige Alte, der alle Eigenschaften einer Zitrone zu haben scheint, aber es ist offensichtlich, dass er unendliche Liebe ausstrahlt.

Ich verstand, dass ich, um das Recht zu erhalten, in den Himmel des Mondes (höhere Astralebene) aufzusteigen, zuerst in die lunare Höhle (niedere Astralebene) hinabsteigen und mich mutig den drei Furien stellen musste.

In diesem Moment, in dem ich diese Zeilen schreibe, kommt mir jener Teil der Einweihung in den Sinn, indem Gines de Lara, von seinem Meister geführt, erstaunt die stählernen Wasser des Sees betrachtet.

„Sieh hier!", sagte der Mahatma.

Und Gines schaute, seine Haare sträubten sich und er sah zwei Dinge, die noch kein Sterblicher gesehen hat, aber die deshalb weder weniger erstaunlich noch weniger wahr waren.

Zuerst sah er, wie durch ein riesiges Teleskop, die Bewohner dieser Seite des Mondes, über alle Maßen unglückliche, elende Wesen, über deren Natur und Ursprung ein großes Geheimnis unter denen „die alles wissen" gemacht wird.

Und dann sah er etwas noch Wunderbareres: das Geheimnis der anderen Seite des Satelliten, d. h., die Hemisphäre, die immer abgewandt ist und von der aus man die elende Erde nie sieht, der Ort, an den einige Mystiker das „Paradies von Enoch und Elias", die „zwei Jinas" des hebräischen Volkes, versetzen wollten.

Nach diesem kleinen Exkurs fahren wir mit dem Thema dieses Kapitel fort.

Als ich die symbolische Jakobsleiter erklimmen wollte, brach der alte Heilige des Tempels vom Baum der Erkenntnis oder dem Baum der Wissenschaft von Gut und Böse einen köstlichen Zweig und gab ihn mir, um daran zu riechen; jener Duft war sicherlich nirvanisch.

„Riechen Sie immer an diesem Zweig, damit Sie aufsteigen können", das waren die Worte des Adepten.

Zweifellos müssen wir Sahaja Maithuna praktizieren, den köstlichen Duft der verbotenen Frucht riechen, aber sie nicht essen; das ist das Gesetz.

Im Abgrund von Selene begann ich meine Arbeit, indem ich Judas, den Dämon der Begierde auflöste.

Es ist überflüssig zu sagen, dass dank der direkten Hilfe meiner göttlichen Mutter Kundalini der schreckliche Dämon der Begierde zu Asche reduziert wurde.

Später musste ich meine Arbeit mit dem unruhigen Dämon des Verstandes fortsetzen, der uns so viel Bitterkeit bringt, der abscheuliche Pilatus aller Zeiten.

Vernichtung! Schreckliches Wort ...

Dies war das katastrophale Ende des fatalen Pilatus, das mich quälte.

Später setzte ich meine Arbeit im Abgrund fort und griff Kaiphas an, den Dämon des schlechten Willens, die abscheulichste der drei klassischen Furien im Inneren eines jeden von uns.

Die dritte Furie war gestorben, nachdem sie mehrere Lanzenstiche in den Körper erhalten hatte.

Keine kam ihrer schrecklichen Erscheinung gleich; keine hatte in ihrem Haar so viele Schlangen; ihre eigenen Schwestern fürchteten sie; diese Unglückliche hatte alles Gorgonen-Gift der Hölle in ihren Händen.

Ich konnte mit erstaunlicher Klarheit den gesamten Prozess des Todes der drei Furien bezeugen.

Es ist unbestritten, dass sie durch alle magischen Verwandlungen, die von Ovid besungen wurden, gingen.

Wenn sie am Anfang riesig und schrecklich waren, wie das Monster Polyphemus der verdammten Erde, das die Gefährten des Odysseus verschlang, hatten sie einige Augenblicke bevor der höchste Parca kam, bereits das Aussehen von Neugeborenen.

Diese abscheulichen Schatten, die drei Verräter, die ich in mir trug, starben glücklicherweise.

Oh, mein Gott!

Was wäre aus mir geworden, ohne die Hilfe meiner göttlichen Mutter Kundalini?

Ich flehte meine Mutter aus der Tiefe des Abgrunds an und sie ergriff die Lanze des Eros.

Kapitel XXXII
Guinevere

Der ewige Dame, die spirituelle Seele (Buddhi) fordert von ihrem Ritter (die menschliche Seele, das höhere Manas) immer jede Art von unglaublichen Opfern und Wundern der Tapferkeit.

Sie, die vollkommene göttliche Ehefrau, ist Guinevere, die Königin des „Jinas", diejenige, die Lancelot den Wein einschenkte.

Köstlicher Wein der transzendenten Spiritualität in den Einweihungskelchen von Sukra und Manti.

Kelche, die nichts anderes sind als der Heilige Gral in seiner Bedeutung als Kelch des höchsten Tranks oder Einweihungsnektars der Heiligen Götter.

Glücklich ist der Ritter, der nach dem harten Kampf seine Hochzeit mit der Königin des „Jinas" feiert!

Es steht in goldenen Buchstaben im Buch des Lebens geschrieben, dass in Buddhi (die spirituelle Seele), wie in einer zarten und durchsichtigen Vase aus Alabaster die Flamme des Prajna (das Sein) brennt.

Während einer Nacht unbeschreiblicher Freuden erlebte ich das Glück, meine Geliebte an einem geheimen Ort des zweiten Berges zu treffen.

Der Wagen meiner Verlobten kam langsam die einsame Straße entlang.

Die Legende der Jahrhunderte sagt, dass die Marquise von Beaupré in einem Wagen von einzigartiger Schönheit fuhr, der aus reinem Porzellan war; aber der Siegeswagen meiner anbetungswürdigen Walküre ähnelte einem anderen Wagen, der in Zeiten des Rokoko von der Frau des Herzogs von Clermont verwendet wurde: ein prächtiger Wagen mit einem Gespann von sechs Pferden, die silberne Hufeisen trugen und mit Felgen aus dem gleichen Metall.

Der Siegeswagen meiner Anbetungswürdigen hält vor einem Schloss aus glänzendem Posphyr, in dem der Reichtum und die Pracht des Orients die Wände und Täfelungen erstrahlen lassen.

Das herrliche Fahrzeug hält vor den Toren aus glänzendem Messing, die mit ihrer Erhabenheit Schrecken einflößen.

Dann sieht man den Wagen umgeben von einem freundlichen Chor; vornehme Herren, Fürsten und Edelmänner, schöne Damen und hübsche Kinder.

Jemand gibt ein Zeichen und ich gehorche; ich nähere mich dem Wagen der Liebe; ich sehe durch die Kristallfenster des Glücks meine Walküre (Buddhi).

Bekleidet mit dem Brautkleid, dem Hochzeitskleid der Seele, kam meine Braut für die Hochzeit in ihrem strahlenden Wagen.

Vor dem Heiligen Altar vermählt zu werden mit meiner Zwillingsseele, dem theosophischen Buddhi ... Mein Gott, was für ein Glück!

Allerdings wurde mir gesagt, dass ich noch etwas warten müsste.

Der männliche Lieferant der höheren Kraft kam nicht und ich litt unbeschreiblich.

In dieser Zeit musste ich mich tief in die heiligen Mysterien von Minna versenken, die schreckliche lunare Finsternis einer Liebe, die der Zwillingsbruder des Todes ist.

Ich arbeitete intensiv in der Super-Dunkelheit des Schweigens und dem erhabenen Geheimnis der Weisen.

Ich musste eine Zeit und Zeiten und die Hälfte einer Zeit lang warten ...

Aber ich sehnte mich nach Guinevere, der Königin des „Jinas" (meine spirituelle Seele).

In einer bestimmten Nacht schienen die leuchtenden Sterne im unendlichen Raum ein neues Aussehen zu haben.

Weit entfernt vom weltlichen Lärm befand ich mich in Ekstase; die Tür meines Zimmers blieb hermetisch verschlossen.

Es war zu dieser Zeit, als ich die Hochzeit mit meiner Angebeteten (Buddhi) feierte; sie trat in mich ein und ich habe mich in ihr verloren.

In diesen Augenblicken des Glücks strahlte die Mitternachtssonne (der solare Logos) intensiv.

Ich fühlte mich vollkommen verwandelt; das berühmte Chakra Sahasrara, die Lotusblume der tausend Blütenblätter, die Krone der Heiligen, strahlte siegreich in meiner Zirbeldrüse und ich kam in den Zustand, der bei den Hindustani unter dem Sanskrit-Begriff „Paramananda" (oberstes spirituelles Glück) bekannt ist.

Zu dieser Zeit verspürte ich das Bedürfnis, mich in einen authentischen und legitimen „Bhamavidvarishta" zu verwandeln.

Die tausend Yogi-Nadis des Sahasrara verliehen mir in der Tat die Macht über bestimmte subtile Kräfte der Natur.

Buddhi, meine Guinevere, meine spirituelle Seele, brachte, außer das Shiva-Shakti-Tattwas in die höchste Schwingungsaktivität zu versetzen, das koronare Padma in einen Zustand verstärkter mystischer Funktionen.

Dann sah ich mich in den Botschafter des neuen Wassermannzeitalters verwandelt, der der Menschheit eine Lehre bringt, die so neu und revolutionär ist ... und doch so alt ...

Als ich die Tür meines Zimmers öffnete, erlaubte mir das diamantene Auge (die Zirbeldrüse) unzählige Feinde zu sehen.

Es ist offensichtlich, dass die Verbreitung der Gnosis in ihrer revolutionären Form, die Zahl meiner Gegner erhöhen wird.

Es ist nicht unnötig zu sagen, dass nach diesem großen kosmischen Ereignis ein bestimmtes Hochzeitsritual im Tempel stattfinden musste.

Viele Menschen nahmen an diesem Fest der Liebe teil ...

Zweifellos habe ich in der fünften Einweihung des Feuers meine menschliche Seele (das höhere Manas der Theosophie) inkarniert.

Doch jetzt, oh, Götter, mit dieser alchemistischen und kabbalistischen Hochzeit habe ich auch meine spirituelle Seele (Buddhi) inkarniert.

In der Tat brennt in dieser spirituellen Seele auf unveränderliche Weise immer die Flamme des Prajana (der Innerste).

Kapitel XXXIII
Der Drache der Finsternis

Ich glaubte, dass ich nach der chemischen Hochzeit mit meiner spirituellen Seele auf eine paradiesische Hochzeitsreise gehen würde; ich hatte nicht den geringsten Verdacht, dass sich in den verborgenen Schlupfwinkeln des menschlichen Unterbewusstseins der linke und finstere Mara des buddhistischen Evangeliums verstecken würde; der berühmte Drache der Finsternis, der in der Offenbarung des Heiligen Johannes erwähnt wird; der Vater der drei Verräter.

Gigantische Monster des Abgrundes mit sieben infrahumanen Köpfen, die immer die sieben Todsünden personifizieren: Zorn, Gier, Lüsternheit, Neid, Stolz, Faulheit und Gefräßigkeit.

Und die große Bestie brüllte schrecklich wie ein Löwe und die Mächte der Finsternis schauderten vor Entsetzen.

Nur mit der sexuellen transzendenten Elektrizität in der Sexualmagie ist es möglich, diese schreckliche Kreatur des Abgrundes zu kosmischem Staub zu verwandeln.

Glücklicherweise konnte ich den „Coitus Reservatus" maximal nutzen, um meine Bitten an Devi-Kundalini, die feurige Schlange unserer magischen Kräfte zu richten.

Das Monster hält in seiner linken Hand die fürchterliche Lanze; dreimal versucht er vergeblich, mich zu verletzen; verzweifelt wirft er den Speer nach mir; in diesem Augenblick greift meine göttliche Mutter Kundalini ein; sie bemächtigt sich der einzigartigen Reliquie und verwundet damit den roten Drachen tödlich.

Mara, die schreckliche höllische Bestie, verliert dann ihre riesige Gestalt, sie wird nach und nach kleiner, wird auf einen mathematischen Punkt reduziert und verschwindet für immer aus der finsteren Höhle.

Dann kehrt der Anteil meines Bewusstsein, das zuvor in dem abscheulichen Monster eingekapselt war, wieder zu mir zurück.

Schrecklich sind die Geheimnisse des alten Abgrundes, einem düsteren und grenzenlosen Ozean, wo die ursprüngliche Nacht und das Chaos, Großväter der Natur, eine ewige Anarchie inmitten des Gerüchtes von ewigen Kriegen aufrechterhalten und sich auf die Hilfe der Konfusion stützen.

Die Hitze, die Kälte, die Feuchtigkeit, die Dürre, vier schreckliche Sieger kämpfen dort um die Überlegenheit und führen ihre embryonalen Atome zum Kampf, die sich um die Fahne ihrer Legionen versammeln und verschiedene Stämme bilden, die leicht oder schwer bewaffnet sind, spitzig, rund, schnell oder langsam, die so zahlreich ausschwärmen wie der Sand der Barca oder der heißen Strände von Kyrene, mitgerissen, um teilzunehmen am Kampf der Winde und um als Ballast für ihre flinken Flügel zu dienen ...

Das Atom, an dem die höchste Anzahl von Atomen haftet, dominiert für einen Moment; das Chaos regiert als Schiedsrichter und seine Entscheidungen erhöhen die Unordnung, mit der er regiert, noch mehr; es ist klar, dass danach in diesen höllischen Welten der Zufall alles beherrscht.

Vor jenem wilden Abgrund, Wiege und Grab der Natur, vor jener Höhle, die weder Meer noch Land, weder Luft noch Feuer ist, sondern die von all jenen Elementen gebildet wurde, die wild gemischt in ihren fruchtbaren Ursprüngen, immer auf gleiche Weise kämpfen müssen, außer der schöpferische Demiurg verfügt über ihre schwarzen Materialien, um neue Welten zu schaffen, vor jenem barbarischen Tartarus macht der Drachen der Finsternis seinen letzten Atemzug.

Leicht ist es in die höllischen Welten hinabzusteigen, aber zurückzukehren ist es nicht.

Dort ist die harte Arbeit!

Dort ist die schwierige Prüfung!

Einige erhabene Helden, tatsächlich nur wenige, haben die triumphale Rückkehr erreicht.

Undurchdringliche Wälder trennen den Avernus von der Welt des Lichts; und die Wasser des bleichen Flusses, des Kokytos, zeichnen labyrinthische Windungen in jener Dunkelheit, deren bloßer Anblick uns zittern lässt.

Kapitel XXXIV
Vollendung der lunaren Aufgaben

Nachdem ich Mara, den Vater der drei klassischen Furien, zu kosmischem Staub verwandelt habe, musste ich mich den zweitrangigen Bestien des Abgrunds stellen.

Der Tag ging langsam zu Ende; die köstliche Luft der Nacht lud die Lebewesen, die das Antlitz der Erde bewohnen, ein, sich von ihren Mühen zu erholen, und ich, ein einfacher Wurm im Schlamm der Erde, wollte nur die Kämpfe des Pfades und der Dinge, die des Mitgefühls würdig sind und die mein Gedächtnis ohne sich zu irren niederschreiben wird, weiterführen.

Oh, unaussprechliche Musen!

Oh, hohe göttliche Gabe!

Komm mir zu Hilfe.

Inspiriert mich, damit mein Stil nicht unvereinbar ist mit der Natur des Themas.

Ich wurde von einem sehr lauten Donner aus meinem tiefen Schlaf gerissen, wie ein Mensch der gewaltsam geweckt wird; ich erhob mich, schaute mich um und versuchte herauszufinden, wo ich mich befand; ich fand mich wieder in einem einsamen Haus an einem finsteren Weg.

Ich saß in einem groben Sessel neben dem Fenster, von dem aus man den steilen Weg sehen konnte, und beschwor aufrichtig die vergangenen Zeiten. Sicherlich war ich in früheren Zeiten hier in dem Haus des Abgrundes und vor dem gleichen Weg gewesen.

Nichts von all dem schien neu für mich; ich verstand, dass ich Mysterien rekapitulierte; ich erhob mich aus dem Sessel, öffnete die alte Tür dieses Hauses und ging langsam ... langsam ... langsam ... die einsame Straße entlang.

Ich schaute mich um und erfasste mit einem einzigen Blick einen so großen Raum, wie ihn die spirituelle Sicht zu durchdringen ermöglicht, und sah diesen traurigen, verwüsteten und düsteren Ort. Der Boden war feucht und ich musste vor einem elektrischen Kabel, das auf dem Boden lag, anhalten. Ein Kupferkabel mit hoher Spannung?

Wie entsetzlich!

Und ich war fast darauf getreten!

„Es ist besser in Freiheit zu sterben, als in Gefangenschaft zu leben."

So rief die Stimme der Stille in der Nacht der Mysterien.

Und ich, der ich erschreckt war und versuchte, in diesem Moment zurückzuweichen, fühlte mich ermutigt.

Ich schritt entschlossen voran durch diese sublunaren Orte, entlang des gewundenen abgrundtiefen Weges.

Der steile Weg bog plötzlich nach links ab und führte in malerische Hügel hinein.

Dort sah ich so etwas wie einen Nationalpark am Sonntag; eine zusammengewürfelte Sammlung von menschlichen Wesen, die diese Wiese sehr zu genießen schienen.

Zur Unterhaltung der Massen gingen einige Straßenverkäufer umher und verkauften bunte Luftballons.

Ein lebendiges Symbol des profanen Lebens, so habe ich es verstanden; aber es ist offensichtlich, dass ich all dies intensiv erleben wollte.

Ich war von all dem sehr absorbiert und betrachtete die Menschenmassen, als plötzlich etwas Ungewöhnliches und Fremdartiges geschah; es erschien mir, als ob die Zeit für einen Moment angehalten hätte.

In diesem Moment des Schreckens erschien aus dem Unterholz ein blutrünstiger Wolf, der grausam und mit boshaftem Blick vergeblich versuchte, seine Beute zu fangen; einige Hühner versuchten verzweifelt krähend dem Tod zu entfliehen.

Eine außergewöhnliche okkulte Symbolik: Geflügel, kleinmütig, feige, schüchtern. Ein blutrünstiger Wolf, grausam, gnadenlos ...

Schrecken! Entsetzen! Furcht! ...

Menschliche sublunare Zustände des menschlichen Bewusstseins und ich, der ich glaubte, in mir selbst gestorben zu sein, ignorierte die Existenz dieser psychischen Aggregate in meinen eigenen atomaren Höllen.

Zum Glück habe ich während dieses harten Kampfes nie meinen Heiligen Speer vergessen; dank meiner göttlichen Mutter Kundalini habe ich viele an Stärke und Geschicklichkeit mit der Lanze übertroffen.

Nachdem die wichtigsten Dämonen-Ichs, schreckliche Personifizierungen meiner fürchterlichen infrahumanen Defekte, gefallen waren, endeten meine lunaren Aufgaben auf epische Weise, indem ich mit der heiligen Lanze viele andere höllische Bestien tötete. Es ist nicht überflüssig zu sagen, dass ich eine sehr reiche Kriegsbeute machte, nach so vielen blutigen Schlachten.

Ich beziehe mich nachdrücklich auf diese vielen Edelsteine meiner eigenen Existenz, auf diese Körnchen des Bewusstseins, das zwischen den schrecklichen Missgeburten der Hölle eingesperrt ist.

Der letzte Teil der Aufgabe war ausschließlich atomarer Art; es ist nicht einfach, die bösartigen Intelligenzen aus ihren nuklearen Lebensräumen zu vertreiben. Dies ist sicherlich das, was man unter der Umwandlung von schwarzem Wasser in weißes Wasser versteht.

Nun haben sich diese Atome in wunderbare Vehikel von bestimmter leuchtender Intelligenz verwandelt.

Prächtige Funken, Atome, die fähig sind, über die Aktivitäten des geheimen Feindes zu informieren.

In einer Nacht der Herrlichkeit hatte ich die größte Ehre, die einem Menschen zuteilwerden kann: ich wurde vom kosmischen Christus besucht.

Der Anbetungswürdige hatte ein großes Buch in seiner rechten Hand, als ob er sagen wollte:

„Jetzt wirst Du in die Sphäre des Merkurs eintreten."

Als ich den Meister sah, konnte ich nichts anderes sagen als: „Herr! Sie sind früher gekommen, als ich dachte.

Ich habe Sie noch nicht erwartet."

Der lebendige Christus antwortet sanft:

„Manchmal verspäte ich mich, wenn ich im Monat März kommen muss. Du musst weiter in Dir selbst sterben …"

„Wie? Weiterhin sterben? Immer noch?"

„Ja", antwortete der Anbetungswürdige, „Du musst weiterhin sterben", wiederholte er.

Was dann geschah, war ein Wunder.

Der Meister stieg langsam in Richtung der Mitternachtssonne auf und danach löste er sich ein wenig vom königlichen Stern, um mich zu segnen und meine früheren Fehler zu vergeben ...

Auf diese Weise gelang mir der Wiedereintritt in den ersten Himmel, der Wohnstätte der unaussprechlichen Engel.

Zweifellos war ich ein gefallener Engel, aber es ist offensichtlich, dass mir vergeben worden war.

In der Kathedrale der Seele gibt es mehr Freude für einen Sünder, der bereut, als für tausend Gerechte, die keine Reue nötig haben.

Kapitel XXXV
Der Himmel des Merkur

Nun kommt, transzendental und transzendent, die zweite Aufgabe des Herkules: die Vernichtung der Hydra von Lerna, dem symbolischen Monster von unsterblicher Herkunft, ausgestattet mit neun bedrohlichen Köpfen, die sich jedes Mal, wenn sie zerstört werden, regenerieren und sowohl das Vieh als auch die Ernte bedrohen.

Ein harter Kampf, in dem der solare Held von Iolaos begleitet wird, der sein Fuhrmann und seine Inspiration war und dessen wichtige Rolle derjenigen von Sri Krishna in seiner Beziehung zu Arjuna sehr ähnlich ist. (Siehe „Die Bhagavad Gita", das Lied des Herrn).

Auch wenn man diese herrliche Aufgabe als ein ergänzendes Werk in einem sumpfigen Delta wie dem des heiligen Nils interpretieren kann, ist diese mehrköpfige Hydra auch ein allegorisches Bild, das eindeutig den Verstand mit all seinen psychologischen Defekten personifiziert.

Als Sternbild hat die symbolische Hydra ihren vorderen Teil zwischen Löwe und Krebs und erstreckt sich in Richtung Süden bis zu den strahlenden Füßen der Jungfrau.

Mit glühender Kohle verbrennt Iolaos die Köpfe, die an der Stelle neu gewachsen sind, an denen Herkules sie mit seiner Keule zerquetscht hat; nachdem Herkules den unsterblichen Kopf, das außergewöhnliche Symbol der wahren Liebe, abgeschnitten hat, versteckt er ihn unter einem Stein, der offensichtlich als „philosophischer Stein" seines regenerierten spirituellen Lebens dienen wird.

Es steht mit brennenden Buchstaben im Buch des Lebens geschrieben:

„Wer aufsteigen will, muss zuerst hinabsteigen."

„Jeder Erhöhung geht immer eine schreckliche Demütigung voraus."

Zweifellos ersehne ich wirklich und mit der ganzen Kraft meiner Seele, in den Himmel des Merkur aufzusteigen, dem Devachan der Hindustani, der höheren Mentalwelt, der Wohnstätte der Erzengel.

Davor jedoch war es unerlässlich, in die Höllen des Verstandes hinabzusteigen, um dort die Hydra von Lerna zu zerstören. Jene psychologischen Defekte mit facettenreicher Struktur, die ich in den Höllen des Mondes zu kosmischem Staub reduziert habe, existierten weiterhin als abscheuliche Köpfe der verhängnisvollen Hydra in den verschiedenen Winkeln des Verstandes.

Schreckliche tierähnliche Kreaturen, abgründige ekelhafte Missgeburten, personifizierten eindeutig jeden meiner eigenen psychologischen Defekte.

Man kann sich den Luxus erlauben, jeden psychologischen Fehler zu verstehen, ohne jedoch seine tiefe Bedeutung zu erfassen. Zweifellos müssen wir mit höchster Dringlichkeit nicht nur verstehen, sondern auch die tiefe Bedeutung dessen, was wir beseitigen wollen, erfassen. Die Köpfe (psychologische Defekte) der Hydra von Lerna zu eliminieren, ist nur mittels der transzendenten sexuellen Elektrizität, während der Sahaja Maithuna in der Schmiede der Zyklopen möglich.

Da die metaphysische Kopulation in der neunten Sphäre eine Form des Gebets ist, betete ich in diesem Moment zu Devi Kundalini.

Goethe, der große deutsche Eingeweihte, betete zu seiner göttlichen Mutter Kundalini und rief in Ekstase:

„Jungfrau, rein im schönsten Sinn,
　Mutter, Ehren würdig,
　uns erwählte Königin,
　Göttern ebenbürtig."

Mit der Sehnsucht, hier und jetzt in sich selbst während des chemischen Koitus zu sterben, sagte dieser große Dichter:

„Pfeile, durchdringet mich,
　Lanzen, bezwinget mich,
　Keulen, zerschmettert mich,
　Dass ja das Nichtige
　Alles verflüchtige,
　Glänze der Dauerstern,
　Ewiger Liebe Kern!"

Zweifellos bin ich immer in einer sehr ähnlichen Art und Weise vorgegangen und die Hydra von Lerna verlor nach und nach jeden ihrer abscheulichen Köpfe. Bei einer bestimmten Gelegenheit, als ich mich in einem Kloster im östlichen Tibet befand, hatte ich die Idee meiner göttlichen Mutter Kundalini das Folgende zu sagen:

„Du und ich reden miteinander und scheinen zwei verschiedene Personen zu sein, aber wir sind das gleiche Sein."

Es ist nicht überflüssig, nachdrücklich zu versichern, dass die Antwort außergewöhnlich war:

„Ja, mein Sohn! Du und ich, wir sind das gleiche Sein, aber ein Derivat."

Im Namen der Wahrheit gestehe ich offen und ohne Umschweife, dass ich ohne die unmittelbare Hilfe meiner anbetungswürdigen göttlichen Mutter, die Hydra von Lerna (meine psychologischen Defekte im intellektuellen Unterbewusstsein) nie radikal hätte auslöschen können.

„Bevor die goldene Flamme mit einem ruhigen Licht brennen kann, muss die Lampe gut behütet an einem Ort sein, der frei von jedem Wind ist. Die weltlichen Gedanken müssen tot umfallen, vor den Toren des Tempels.

Der Verstand, der ein Sklave der Sinne ist, macht die Seele so unfähig wie ein Boot, das der Wind auf dem Wasser irreführt."

Als die Mitternachtssonne siegreich am spirituellen Firmament erstrahlte, kehrte ich in den Stand eines Erzengels zurück, den ich einst verloren hatte, und betrat glücklich den Himmel des Merkur.

Kapitel XXVI
Der Himmel der Venus

Nun kommt die dritte außergewöhnliche Aufgabe des Herkules, dem solaren Helden.

Ich beziehe mich nachdrücklich auf das Fangen von zwei Tieren, eines davon sowohl sanft als auch schnell, das andere wild und bedrohlich.

Die Arkadische Hirschkuh und der Erymanthische Eber.

Wir können und müssen diese berühmten Vierbeiner mit den beiden strahlenden südlichen Sternbildern nahe den Sternen der Zwillinge identifizieren, die sich in der Nähe der zwei Zentauren befinden, mit denen Herkules einen blutigen Kampf austrägt.

In der Hirschkuh mit Füßen aus Bronze und goldenen Hörnern, Diana geweiht und von Apollo, dem Gott des Feuers beansprucht, können wir einen klaren Hinweis auf die menschliche Seele (dem Gatten der Walküre), dem höheren Manas der Theosophie, sehen.

Und in dem schrecklichen Eber, bösartig wie kein anderer, das lebendige Symbol aller niederen tierischen Leidenschaften.

Es ist nicht überflüssig, in diesem Moment zu beteuern, dass ich aufrichtig und mit der ganzen Kraft meiner Seele ersehnte, den Himmel der Venus, die kausale Welt, die Wohnstätte der Fürstentümer zu betreten.

Es ist jedoch klar, dass ich es zuerst verdienen musste, den furchtbaren Eber zu kosmischem Staub zu verwandeln.

Hinuntersteigen ist notwendig, bevor man aufsteigt; jeder Erhebung geht immer eine schreckliche Demütigung voraus.

Vor dem Aufstieg hinabzusteigen in die venusischen Höllen war unverzichtbar, dringend, unaufschiebbar.

Ich benötigte vorab Informationen und diese waren sehr dringend, wichtig ...

Während der Meditation erhielt ich präzise, außergewöhnliche Hinweise; es ist offensichtlich, dass der Eingeweihte immer unterstützt wird.

Auf einem großen Brett, das dem beliebten Brett eines Schachspiels sehr ähnlich war, sah ich anstatt der bekannten Figuren dieses Spiels, viele ekelhafte tierähnliche Figuren. Ohne Frage hatte ich mit der Hilfe meiner göttlichen Mutter Kundalini die Defekte psychologischer Art schon in der Astralwelt, in der Mentalwelt beseitigt, aber ihre ursächlichen Keime existierten weiterhin in mir, hier und jetzt.

Im Bereich der reinen experimentellen Psychologie können wir folgende Aussage machen:

„Die radikale Auflösung jeglichen psychologischen Fehlers scheitert vollkommen, wenn man seine geheime Ursache nicht auflöst."

Jene innerlichen Ursachen aus meiner Psyche zu entfernen, war sicherlich meine Aufgabe in den venusischen Höllen.

Es ist offensichtlich, dass ich siegreich schreckliche fleischliche Versuchungen durchleben musste, wie jene, die der gnostische Patriarch St. Augustin am Fuße des Kreuzes erlitt.

„Das gnostische Geheimnis ist gegenwärtig
im ruhigen Flug der Taube,
und die Sünde der Welt in der Schlange,
die den Fuß des Engels beißt, der sie zähmt."
„Nach der ewigen Nacht der Vergangenheit
öffnet sich die ewige Nacht von Morgen.
Jede Stunde, ein Keim der Sünde!
Und das Symbol: Die Schlange und der Apfel."

Unendlich ist die Zahl der Verbrechen, deren kausale Keime ich auflösen musste und selbst wenn ich hundert Münder, hundert Zungen und eine Stimme aus Eisen hätte, könnte ich sie nicht alle aufzählen.

Im Tartarus, wo die Bösen bestraft werden, fand ich auch zwei alte Freunde aus meiner Jugend; einer lebt noch, der andere ist schon tot. Es ist nicht überflüssig, sich an diese Titanen der alten Zeiten zu erinnern, die in den Himmel aufsteigen wollten; jetzt leiden sie in den Höllen, angekettet durch den Zorn Jupiters.

Dort leben auch die anmaßenden Lapithen und der dreiste Ixion, der ein Attentat auf Juno verübt hatte und Peirithoos, der Persephone zu entführen versuchte.

In der unterirdischen Welt lebt auch der stolze Salmoneus, König von Elis, der für sich göttliche Ehren beanspruchte, obwohl er ein einfacher Sterblicher war, ein abscheulicher Wurm aus dem Schlamm der Erde.

Kurz bevor ich die Wohnstätte von Pluto endgültig verließ, sah ich etwas Schreckliches, Fürchterliches, als ob ein riesiges, gigantisches Monster die ganze Menschheit verschlingen wollte.

Oh mein Gott!

Danach fühlte ich mich verwandelt in den atomaren Höllen; der kosmische Christus trat in mich ein und ich verlor mich in ihm.

Dann brachte eine Vielzahl von Müttern ihre Kinder zu mir und ich sagte in Ekstase:

„Lasst die Kinder zu mir kommen, denn ihrer ist das Himmelreich."

Wie glücklich fühlte ich mich mit dem umgewandelten kausalen Körper!

Nachdem ich alle diese sanften Kinder gesegnet hatte, verließ ich das niedere Mineralreich und trat siegreich in die Himmel von Venus (der kausalen Welt) ein.

Auf diese Weise erlangte ich den Rang des Fürstentums wieder, den ich in der Vergangenheit verloren hatte, als ich auf der Hochebene in Zentralasien den gleichen Fehler begangen hatte wie Graf Zanoni.

Der erlesenen weiblichen Schönheit zu erliegen, den Likör der Alraunen zu trinken, die goldenen Äpfel aus dem Garten der Hesperiden zu essen, das war in der Tat der oben genannte Fehler.

Jedoch indem ich danach mit der transzendenten sexuellen Elektrizität arbeitete, konnte ich zu dem Weg, den ich verlassen hatte, zurückkehren.

Diese wunderbare kausale Welt oder Welt des bewussten Willens, so viele Male erwähnt von Herrn Leadbeater, Annie Besant, Arthur Power, Rudolf Steiner, H. P. B., usw., ist sicherlich der Schrecken der Liebe und des Gesetzes.

Zweifellos gehört der Himmel der Venus nicht der Zeit an und ist jenseits des Verstandes.

Es ist offensichtlich, dass die Akasha-Substanz, als natürliches Element und Schwingung oder Tattwa, die Lebensgrundlage und philosophische Grundlage der Welt der kosmischen Kausalität bildet.

Das tiefe elektrische Blau strahlt herrlich in dieser Region und funkelt überall und sättigt uns mit einer wunderbaren unbeschreiblichen spirituellen Sinnlichkeit.

Es ist die Welt der natürlichen Ursachen, wie ein Ozean ohne Grenzen und Küsten; die unaufhörliche Strömung von Handlung und Konsequenz, sie fließt hin und zurück von Augenblick zu Augenblick.

Es ist offensichtlich, dass es weder eine Ursache ohne Wirkung noch eine Wirkung ohne Ursache gibt; auf jede Handlung folgt eine Reaktion; aus jeder Tat ergibt sich immer eine Konsequenz.

Oder besser gesagt, eine Reihe von Konsequenzen.

In diesem Zeitraum meiner aktuellen Existenz erhielt ich viele objektive nachgewiesene und nachweisbare Informationen.

Ein Beispiel: vor der ganzen Versammlung stellte ich mich dem Redner eines bestimmten Publikums; ich wusste mich nicht zu verhalten, ich mischte mich ein, wo ich nicht sollte, ich widerlegte Konzepte. Das Ergebnis: der Redner, ein Mann der kausalen Welt, entfernte sich entrüstet.

Später kommentierte dieser Redner mein Verhalten anderen gegenüber und das führte tatsächlich zu einer verketteten Reihe von Folgen.

In der kausalen Welt sah ich mit mystischem Staunen auch die Zukunft, die den Planeten Erde und die menschlichen Wesen, die in dieser physischen Welt leben, erwartet. Mit dem Kausalkörper bekleidet, fand ich mich plötzlich im Inneren eines großen Bahnhofs wieder.

Die gnostische Bewegung ist zweifellos ein Zug in Bewegung; einige Passagiere steigen an einer Station ein und an einer anderen aus; es sind wenige, die das endgültige Ziel erreichen. Danach musste ich mich in den unendlichen Sternenraum begeben; ich musste etwas im Amphitheater der kosmischen Wissenschaft untersuchen.

Überrascht, verwundert, denn ich hatte die Fähigkeit zu Staunen noch nicht verloren, konnte ich mit dem „Auge von Dangma" oder

„Auge von Shiva" etwas Ungewöhnliches und Bemerkenswertes wahrnehmen.

Vor meinen geistigen Augen erschien die Erde, belagert von zwölf schwarzen, unheimlichen, bedrohlichen Riesen, die sie zerstören wollten. (Die zwölf Tierkreiszeichen sorgten für die endgültige Kristallisation des Weltenkarmas).

Menschen aus anderen Welten sind sich der großen Katastrophe, die stattfinden wird, bewusst und kommen mit ihren Raumschiffen, um die Katastrophe zu registrieren oder fotografieren.

Das ist die „Offenbarung des Johannes" in vollem Gange. Eine Kollision der Welten. Oh mein Gott!

Es ist angebracht, an dieser Stelle einige außergewöhnliche Verse aus dem Koran zu zitieren.

„Zu den Zeichen, die der letzten Stunde vorausgehen, gehört, dass der Mond sich in zwei Teile spaltet. Aber trotzdem werden die Ungläubigen ihren Augen nicht trauen."

(Es ist offensichtlich, dass dies sich in keiner Weise auf eine geologische oder physische Teilung unseres benachbarten Satelliten bezieht. Dies sollte auf eine politische und militärische Weise interpretiert werden.

Die großen Mächte werden um den Mond kämpfen).

„Am Tag, wenn die erste Trompete erklingt ...
Wenn die Erde und die Berge in die Luft geschleudert werden und mit einem einzigen Schlag zerschmettert werden ...
Wenn der Himmel zerreißt und in Teilen herabfällt ...
dieser Tag wird der unvermeidliche Tag sein."

(Kollision! Das ist der genaue Begriff. Der Planet Erde wird mit einer anderen Welt zusammenstoßen, die sich gefährlich nähert).

„Dies ist der Schlag! Das wird der Tag des Jüngsten Gerichts sein!

Diejenigen, deren Werke die Waage nach unten ziehen, werden ein angenehmes Leben haben. Diejenigen, deren Werke wenig wiegen, deren Wohnstätte wird die brennende Grube sein (die höllischen Welten)."

„Wenn die Erde von dem Beben erzittert, das ihr bestimmt ist ...

Wenn sie die Toten ausspeit, die in ihren Eingeweiden ruhen ...

wird der Mensch sich vorbereiten, gerichtet zu werden."

„Die Sonne wird zerreißen und die Sterne werden fallen, die Berge werden in Bewegung gebracht und schließlich am Boden zerschellen."

„Der Himmel wird in tausend Stücke zerbrechen

und die Meere und Flüsse werden ihre Gewässer mischen.

Die Gräber werden sich öffnen und die Toten werden auferstehen.

Diejenigen, die Gerechtigkeit geübt haben, werden Glück ohne Grenzen erfahren; aber die Verdammten werden grenzenlos bestraft werden."

Zweifellos wird die Annäherung jener planetarischen Masse vor dem unvermeidlichen Zusammenstoß furchtbare elektromagnetische Stürme verursachen.

Es ist offensichtlich, dass die Anwesenheit dieser siderischen Welt eine Anziehungskraft auf das flüssige Feuer im Inneren unseres irdischen Globus ausüben wird; dann wird das feurige Element einen Ausweg suchen und unzählige Vulkane erzeugen. In dieser Zeit wird die Erde unter schrecklichen Erdbeben und fürchterlichen Seebeben erzittern. Dörfer und Städte werden fallen, wie elende Kartenhäuser und zu Ruinen werden.

Noch nie gesehene monströse Wellen werden mit Wucht auf die Sandstrände peitschen und ein seltsames Geräusch wird vom Grund des Meeres emporsteigen.

Zweifellos wird die außergewöhnliche Strahlung dieses Planeten Millionen von Kreaturen töten und alles wird in einem apokalyptischen Holocaust zerstört werden.

Petrus oder Patar, die Große Hierophant sagte:

„Der Tag des Herrn wird aber kommen wie ein Dieb. Dann wird der Himmel prasselnd vergehen, die Elemente werden verbrannt und aufgelöst, die Erde und alles, was auf ihr ist, werden (nicht mehr) gefunden." (2. Petrus 3:10)

In der kausalen Welt betrachtete ich mit mystischem Staunen die große Katastrophe, die sich näherte und da dies die Ebene der unaussprechlichen Musik ist, wurde die Vision in „der Strömung des Klang" dargestellt. M Suren 54,1, 69,13, 82,001.

Eine bestimmte wunderbare tragische Symphonie erklang in den tiefsten Tiefen des Himmels der Venus.

Diese Partitur erstaunte durch ihre Pracht und Majestät und durch die Inspiration und Schönheit ihres Aufbaus; durch die Reinheit der Linien und der Färbung und Nuancen ihrer weisen und künstlerischen Instrumentierung, sanft und streng, grandios und schrecklich, dramatisch und traurig zugleich.

Die melodischen Fragmente (Leitmotive), die man in der kausalen Welt hörte, in den verschiedenen Prophezeiungen sind von großer Ausdruckskraft und stehen in enger Beziehung mit dem großen Ereignis und den historischen Geschehnissen, die ihnen unweigerlich vorausgehen.

In der Partitur dieser großen kosmischen Oper gibt es symphonische Fragmente in Bezug auf den dritten Weltkrieg; sanfte und unheilvolle Klänge, schreckliche Geschehnisse, Atombomben, furchtbare Radioaktivität auf der ganzen Erde, Hunger, totale Zerstörung der großen Metropolen, unbekannte Krankheiten, überall unaufhörliche Kämpfe, usw., usw., usw.

Dazwischen hörte man mit bespielloser Kunst Themen bezüglich der Zerstörung von New York, Paris, London, Moskau, usw., usw., usw.

Kapitel XXXVII
Der Himmel der Sonne

Die folgende Arbeit von Herkules, dem solaren Helden, ist die außergewöhnliche Reinigung des berühmten Stalles des Augias, König von Elida, dessen Tochter die Tugenden der Pflanzen kannte und aus ihnen magische Tränke mischte. In den erwähnten Ställen (lebendige symbolische Darstellung unseres eigenen tiefen Unterbewusstseins), die seine unzähligen Herden beherbergten (diese bestialischen psychischen Aggregate, die das Ego bilden) und unter ihnen zwölf weiße Stiere, als Symbol für das Tierkreis-Karma, hatte sich der Schmutz von mehreren Generationen angesammelt.

Zweifellos musste Herkules diese Ställe an einem einzigen Tag reinigen. Alte Traditionen, die sich in der Nacht der Jahrhunderte verloren haben, erzählen, dass er dies erreicht hat, indem er ein Loch in die Wand machte und den Lauf eines Flusses umleitete, sodass dessen Wasser den Stall überflutete.

Diese ungewöhnliche Aufgabe kann deshalb mit Wassermann identifiziert werden, dem astrologischen Haus von Uranus, Ur-Anas, dem ursprüngliche Feuer und Wasser, das eindeutig die sexuellen Ströme im menschlichen Organismus symbolisiert.

Uranus, als erster göttlicher König des anfänglichen Atlantis ist der Regent unserer Geschlechtsdrüsen.

Uranus, der Ahura-Mazda, ist tatsächlich der Erste, der die Geheimnisse von Leben und Tod offenbarte.

Es ist sicherlich Ur-Anas, das ursprüngliche Feuer und Wasser, der den ersten Sonnen-Mondkult der androgynen IO ... (iiiiiiiii.... ooooooooo....) festlegt.

IO Pitar ist die Sonne.

Menes oder Mani ist der Mond.

„Om Mani Padme Hum", ein Mantra von großer esoterischer Macht hat seine Entsprechung in den Göttern Sonne und Mond, im Schoß des heiligen Lotus, der auf wundersame Weise aus den spermatischen Wassern des ersten Augenblicks hervorgegangen ist.

Die Legende der Jahrhunderte erzählt, dass Uranus fünfundvierzig Kinder von mehreren Frauen hatte, und außerdem noch achtzehn Kinder von Titaä.

Diese Letzten wurden wegen ihrer Mutter als Titanen bezeichnet. Wenn wir diese kabbalistischen Mengen getrennt untereinander addieren, erhalten wir folgende Ergebnisse:

45: 4 plus 5 gleich 9. Der Einsiedler des Tarot: „die neunte Sphäre", die Sexualität.

18: 1 plus 8 ist gleich neun. Das Arkanum 18 ist die Dämmerung des Tarot. Es enthält das Arkanum 9 zwei Mal: es symbolisiert die geheimen, verborgenen Feinde; der unterirdische Kampf mit den Domänen der „neunten Sphäre"; die Finsternis.

Offensichtlich ist Uranus der absolute König der sexuellen Funktionen; der Herr des neuen Wassermannzeitalters.

Da Titaä alle Frauen an Schönheit und Tugenden übertraf, wurde sie den Zahlen der Götter hinzugefügt. Es wurde uns erzählt, dass ihre treuen Anhänger, dankbar für alles was sie erhalten hatten, sie „Erde" nannten. Im Namen der Wahrheit muss ich offen und ehrlich gestehen, dass die vierte Arbeit sich für mich als ungeheuer leicht erwies; aber ich musste zuvor eine heikle Probe bestehen.

In einem alten Park der Stadt sah ich mich selbst mit einer edlen Dame reden; jemandem, der zweifellos eine gute Freundin war.

Wir saßen sehr nahe beieinander auf einer Bank und fühlten eine große gegenseitige Liebe. Für einen Augenblick schienen wir zwei Liebende zu sein, aber ... Plötzlich erinnerte ich mich an meine göttliche Mutter Kundalini!

Dann leitete ich diesen Strom der Liebe nach innen und oben, zu meiner anbetungswürdigen Mutter.

In diesem Moment rief ich mit aller Kraft meiner Seele: „Diese Liebe ist für meine Mutter!."

Auf diese Weise lenkte Herkules den Lauf eines Flusses, damit sein Wasser die Ställe von Augias flutete. (Wer Verständnis hat, der verstehe, denn hier gibt es Weisheit).

Zweifellos war ich im mineralischen Inneren der Sonne, in den solaren Höllen.

Wie sauber erschienen mir diese niederen Welten der Sonne! Höllen ohne büßende Seelen, ohne Dämonen. Wie wundervoll! Es ist offensichtlich, dass im lebendigen Inneren der strahlenden Sonne keine Dämonen leben können; sie könnten niemals die mächtigen Schwingungen dieses Sterns ertragen.

Als ich im Inneren einer dieser symbolischen Ställe von Augias eingesperrt war, fand ich ihn vollkommen sauber und ohne irgendwelche Tiere; da habe ich verstanden ... Ich wollte hinaus, aber die Tür war hermetisch verschlossen. „Sesam öffne dich!", rief ich mit all meiner Kraft.

In diesem Moment öffneten sich die Türen wie von Zauberhand und dann trat ich in einen zweiten Stall; ich fand ihn so sauber wie den Ersten vor. „Sesam öffne dich!", rief ich wieder, und als die Türen sich öffneten, betrat ich einen dritten Stall. Tatsächlich war dieser auch sauber und schön. „Sesam öffne dich!", rief ich zum vierten Mal, und als sich die vierte Tür öffnete, trat ich über die Schwelle eines hellen solaren Herrenhauses.

Was ich am anderen Ende des Heiligtums sah, war etwas Ungewöhnliches und Außergewöhnliches. Oh, Götter! Dort warteten, auf ihren Thronen sitzend, Osiris, Isis und Horus auf mich.

Ich trat auf sie zu, warf mich nieder und betete sie an. In diesem Augenblick fühlte ich ihren Segen in mir. Drei Aspekte meines Seins, aber „abgeleitet"; so verstand ich es und das verdient eine Erklärung.

Einer unserer esoterischen gnostischen Rituale sagt wörtlich Folgendes: Osiris (der Erz-Hierophant und Erz-Magier, unsere eigene individuelle Monade), mächtiger Herrscher, antworte dem flehenden Sohn!

Isis (die Entfaltung des Osiris, die mystische Dualität, Devi Kundalini), ehrwürdigste Mutter, antworte dem flehenden Sohn!

Horus (der innere Christus), antworte dem flehenden Pilger.

Sie empfingen mich und ich betrat siegreich den Himmel der Sonne, die Wohnstätte der Mächte, die buddhische oder intuitive Welt.

So habe ich meinen Platz unter diesen göttlichen Wesen wiedererobert, einen herrlichen Zustand des Bewusstseins, den ich in der Vergangenheit verloren hatte.

Kapitel XXXVIII
Der Himmel des Mars

Die fünfte Arbeit des Herkules, des solaren Helden war die Jagd und Tötung der kannibalischen Vögel; diese finsteren Wesen lebten am See Stymphalos und töteten die Menschen mit ihren metallenen Federn, die sie wie tödliche Pfeile auf ihre wehrlosen Opfer abschossen.

Offensichtlich hat diese Arbeit eine enge Beziehung zum Sternbild der Fische, dem Haus des Neptun, dem Herrn der praktischen Magie.

Fraglos sind diese kannibalischen Vögel die grausamen Harpyien, die von Vergil, dem Dichter aus Mantua zitiert werden.

Zum Wohl der großen Sache, für die wir Brüder der gnostischen Bewegung alle kämpfen, werde ich jetzt ein paar Absätze aus „Die Aeneis" übertragen.

„Wir näherten uns den Strophaden-Inseln, die sich im Ionischen Meer befinden und auf denen die unreinen Harpyien (schreckliche Hexen, schwarze Jinas) leben, Monster mit Kopf und Hals einer Frau, die früher schöne Jungfern waren, aber jetzt in Furien verwandelt sind und deren Berührung alles verdirbt, was sie berühren.

Sie werden von der verabscheuenswerten Celaeno angeführt, sind mit langen Krallen versehen und tragen im Gesicht immer die Blässe des Hungers.

Ohne an sie zu denken, landeten wir an jenem Land, gingen von Bord und sahen eine Herde von schönen und makellosen Kühen, die grasten, ohne dass jemand sie hütete.

Hungrig, wie wir waren, zögerten wir nicht sie zu opfern, um unseren Appetit mit ihrem frischen Fleisch zu stillen.

Aber als wir mitten im Festgelage waren, kamen die Harpyien (Hexen) aus den Bergen herab, kreischten wie Raben und schlugen mit den Flügeln und näherten sich unserem Essen mit ihren unreinen Mündern.

Das Fleisch wurde verdorben und der Gestank verpestete die Luft.

Wir glaubten, dass es unmöglich wäre, ihnen zu entfliehen, wechselten den Ort und suchten Zuflucht bei einigen Höhlen, entfernt vom Strand.

Aber als wir wieder essen wollten, nachdem wir neue Kühe geopfert hatten, kamen jene Monster (jene kannibalischen Vögel) zum zweiten Mal und verpesteten wieder die Nahrung.

Mutig bereiteten sich meine Männer zum Angriff vor und bewaffneten sich mit Bögen und Speeren, um diese schrecklichen Wesen zu vernichten.

Aber ihre Haut ließ sich nicht durch Bronze verletzen und ihre Flanken waren unverwundbar.

Dann schrie die schreckliche Celaeno, während sie über unseren Köpfen flatterte:

„Warum bekriegt ihr uns, Törichte?

Die Götter haben uns unsterblich gemacht.

Wir haben euch nicht ungerechterweise beleidigt, denn ihr habt viele Kühe unserer Herde geopfert.

Als Strafe werde ich euch verfluchen.

Äneas und seine Sippe werden ziellos auf dem Meer umherirren und Hunger leiden, bevor sie das Land finden, das sie suchen.

Sie werden die Mauern ihrer neuen Stadt nicht errichten können, bis sie so hungrig sind, dass sie gezwungen sein werden, ihre eigenen Tische zu verschlingen.

Diese seltsamen Worte erfüllten uns mit Bestürzung. Wir flehten zu den Göttern, uns von dieser Bedrohung zu befreien, verließen jenes traurige Land und segelten weiter."

Bis hier diese ungewöhnliche okkulte und esoterische Geschichte.

Fahren wir nun fort mit den Erklärungen.

Viele dieser abgründigen Harpyien, die auf frischer Tat ertappt wurden, wurden durch bestimmte Methoden gefangen genommen.

Einige alte Traditionen sagen: „Wenn wir eine Stahlschere, die in Form eines Kreuzes geöffnet ist, auf den Boden legen und wenn wir schwarzen Senf um dieses metallische Instrument verteilen, kann jede Hexe gefangen werden."

Es ist erstaunlich, dass einige illustre Okkultisten ignorieren, dass diese Hexen das universelle Gesetz der Schwerkraft umgehen können!

Auch wenn es unglaublich klingt, behaupten wir feierlich, dass dies möglich ist, indem man den physischen Körper in die vierte Dimension bringt.

Es ist auf keinen Fall seltsam, dass diese Hexen mit ihren Schmarotzern, die sich mit ihrem physischen Körper in der vierten Vertikalen (Hyperraum) befinden, schweben und in ein paar Sekunden zu jedem Ort der Welt reisen können.

Offensichtlich haben sie geheime Formeln, um dieser dreidimensionalen Welt von Euklid physisch zu entkommen.

In streng okkultistischen Begriffen können wir diese finsteren und dunklen Harpyien mit dem Titel der schwarzen „Jinas" bezeichnen, um sie deutlich von den weißen „Jinas" zu unterscheiden.

Der menschliche Organismus, der in die vierte Dimension versetzt ist, kann trotz allem, was die offizielle Wissenschaft sagt, jede Gestalt annehmen und seine Form verändern.

Erinnern Sie sich, geliebte Leser, an die abscheuliche Celaeno und ihre unreinen Harpyien, die schrecklichen Vögel der Strophaden-Inseln im Ionischen Meer. Eines Abends, unwichtig an welchem Datum, Tag oder zu welcher Zeit, saß ich in der Nähe der Gitterstäbe in einem alten Kerker und studierte eine esoterische Arbeit.

Die Sonne versteckte sich im roten Feuer des Sonnenuntergangs und das Abendlicht verblasste langsam. Plötzlich geschah etwas Ungewöhnliches: Ich hörte neben mir ein sarkastisches, lautes, spöttisches, eindeutig weibliches Gelächter.

Es handelte sich um einen dieser kannibalischen Vögel, die am See Stymphalos wohnen; eine Unheil verkündende Hexe, eine Frau des finsteren Hexensabbats. Die verdorbene Frau läuft weg und versteckt sich in den furchtbaren Schatten der höllischen Welten.

Hier beginnt mein unerschrockener Abstieg zum lebenden Inneren des niederen Mineralreichs des Mars.

Vor dem Aufstieg ist es unerlässlich hinabzusteigen; so ist das Gesetz.

Jeder Erhöhung geht eine furchtbare und schreckliche Demütigung voraus.

Diese unmenschlichen Elemente, Hexen, diese Unheil bringenden Vögel in mir selbst zu vernichten, war meine Aufgabe im finsteren Tartarus.

Auch wenn es unglaublich erscheint, ist es dringend notwendig, zu wissen, dass alle Menschen ohne Ausnahme in den Tiefen ihres Unterbewusstseins verschiedene hexerische Elemente haben.

Dies bedeutet, dass es in der Welt viele Menschen gibt, die, ohne es zu wissen, unbewusst schwarze Magie praktizieren.

Zweifellos leiden sogar die Heiligen aller Religionen unbeschreiblich, wenn sie sich selbstentdecken; dann können sie selbst die raue Wahrheit dieser unmenschlichen Elemente bestätigen, die sie offensichtlich aus ihrer Psyche auslöschen müssen.

Jeder Adept oder Mystiker oder Heilige ist, sofern er nicht vollkommen in allen und jeder der neunundvierzig Ebenen des Unterbewusstseins gestorben ist, mehr oder weniger schwarz.

Das ist einer der Gründe, warum wir niemanden verurteilen sollten: „Wer unter euch ohne Sünde ist, werfe den ersten Stein."

Zu dieser Zeit meines Lebens wurde ich unaufhörlich und auf gnadenlose Weise von den finsteren Vögeln angegriffen, die die Seen von Stymphalos bewohnen.

An den Versammlungsorten der finsteren Hexensabbate, in den Höllen des Mars, entdeckte ich erstaunt viele Brüder des steinigen Wegs. Es handelte sich um „Hexen-Aggregate", die offensichtlich ihren menschlichen Persönlichkeiten eindeutig unbekannt waren.

Als meine Arbeiten in den mineralischen Abgründen des Mars beendet waren, stieg ich siegreich zum fünften Himmel auf, der Welt des Atman, der strahlenden Wohnstätte der Tugenden. So kehrte ich zum Himmel des Mars zurück; ich eroberte meinen Platz unter diesen erhabenen Wesen zurück, die göttliche Position, die ich vor langer Zeit verloren hatte.

Das Ziel meiner Arbeit in den Höllen des Mars war erreicht worden.

Nachdem ich die unmenschlichen Elemente aus meiner Psyche entfernt hatte, wurde mein Bewusstsein frei.

Die intellektuellen Fesseln waren vernichtet worden und mein Bewusstsein, befreit aus der schrecklichen Gefangenschaft des Verstandes, der es so lange Zeit gefangen gehalten hatte, erreichte es, sich mit Atman, dem Unaussprechlichen, meinem wahren Sein zu verschmelzen.

Ach, wenn die Menschen verstehen könnten, was das Gefängnis des Intellekts ist. Wenn sie verstünden, dass sie als Gefangene im Kerker des Verstandes leben.

In vollkommener Glückseligkeit, als „Geist-Mensch" im Himmel des Mars, weit entfernt vom Körper, von den Leidenschaften und vom Verstand, wandelte ich bewusst wie ein Vogel des strahlenden Lichtes, die absolute Antithese dieser anderen finsteren Vögel der Seen von Stymphalos.

In solchen Momenten der wunderbaren Glückseligkeit musste ich an vielen symbolischen Werken, die aus reinem Eisen konstruiert waren, vorbeigehen.

Dies ist die Ebene von Atman, des Unaussprechlichen, die Welt der rausten Wirklichkeit; die Dimension der Mathematik.

In der dreidimensionalen Welt von Euklid sehen wir nie einen Körper in vollständiger, einheitlicher Weise; hier sehen wir nur Winkel, Flächen usw. auf subjektive Weise.

Hingegen in der strahlenden Ebene von Atman nehmen wir nicht nur Körper in ihrer vollständigen Form wahr, sondern darüber hinaus Hyper-Körper, einschließlich der genauen Menge von Atomen, die in ihrer Gesamtheit jeden Körper bilden.

Fraglos genießen wir im Himmel des Mars tatsächlich die vollständigste objektive Wahrnehmung.

Wie glücklich fühlte ich mich in dieser Ebene der unendlichen Glückseligkeit! Aber nicht alles im Leben ist ein Fest; es gibt auch Leiden; Du weißt es ... Das himmlische Gericht, wo die „objektive Gerechtigkeit" verwaltet wird, greift immer ein.

Eines Tages, als ich glücklich in der Welt des Atman war, kam ein Richter des Gesetzes der Katanz (höheres Karma) zu mir.

Er saß an einem Tisch und ich musste mich mit viel Respekt und Verehrung einigen Anklagen stellen:

„Sie haben viele Menschen in Ihren Bücher kritisiert", sagte der Hierarch.

„Ich bin von Natur aus kämpferisch", antwortete ich emphatisch.

„Sie werden zu sieben Tage Gefängnis verurteilt."

(So lautete das Urteil).

Ich muss ehrlich gestehen, dass ich etwas zynisch war, als ich das Urteil hörte.

Es erschien mir wie ein alberner Fall der Polizei, wie wenn jemand sich als Junge mit einem Gleichaltrigen schlägt und man ihn ein paar Stunden ins Gefängnis steckt.

Aber beim Vollzug des Urteils fühlte ich, dass diese Strafe schrecklich schmerzhaft war.

Sieben Tage im schrecklichen Gefängnis des Verstandes und das, nachdem ich mich bereits befreit hatte ...

Sieben symbolische Tage der Bitterkeit im furchtbaren Kerker des Intellekts.

Oh, mein Gott!

Kapitel XXXIX
Der Himmel des Jupiter

Angrenzend an das strahlende Sternbild der Fische finden wir das des Stiers, das zweifellos eng verbunden ist mit der esoterischen transzendenten Arbeit: das Einfangen des kretischen Stiers. Das Tier war von dem Gott Neptun zu Minos geschickt worden, um geopfert zu werden, aber der gierige König behielt es unrechtmäßig für sich selbst und deshalb wurde das Tier schreckenerregend und bedrohlich und terrorisierte das ganze Land.

Die Legende der Jahrhunderte sagt, dass Herkules, der solare Held, sofort die Erlaubnis bekam, es zu fangen, in Ketten zu legen und auf dem Meer nach Mykene zu bringen.

Es ist unzweifelhaft, dass die Arbeit, die mit den Höllen des Jupiter verbunden ist, vollständig durch die sechste Heldentat des Herkules versinnbildlich wird.

Es ist nicht überflüssig, mit diesen Zeilen an den ersten Jupiter der griechischen Theogonie zu erinnern, den Vater aller Götter, Herr des Universums und Bruder von Uranus, Ur-Anas, d. h. des ursprünglichen Feuers und Wassers; denn es ist bekannt, dass nach der klassischen Überlieferung, in der griechischen Götterwelt ungefähr dreihundert Jupiter existieren. In seinem anderen Aspekt als Jove oder Iod-Eve ist er der männliche und weibliche oder androgyne Jehovah und die kollektiven Elohim der mosaischen Bücher, der Adam-Kadmon der Kabbalisten, der Iacho oder Inacho von Anatolien, der auch der Bachus oder Dionysos der Phönizier ist, welche Nachfolger der ursprünglichen Theogonie von Sanchuniathon sind.

Der Charakter, dem Jupiter, der ehrwürdige Vater der Götter, immer zugeordnet wurde, als „himmlischer Mann", führte zu nicht wenigen typischen nordischen Namen, wie Herrmann und Herrmanas oder Hermes, buchstäblich „göttlicher Mann" oder „Herr Mann", Alcides oder El Cid, theogonischer Vorläufer aller unserer prähistorischen Cids der Romanzen*.

---

*Sammlung von mittelaltelichen spanischen Balladen oder Romanzen

Zweifellos ist Jupiter im Punjab und dem Registan Hari-Kulas oder Herkules, der solare Herr, der Prototyp der solaren Rasse, der Hari-Mukh von Kaschmir, d. h. die „Sonne am Horizont des Lebens".

Jupiter oder Io-Pitar, d.h., der Vater von IO ist der göttliche Geist dieser gesamten antiken Heerschar von Schöpfern, die, als sie sich in gegensätzlichen Geschlechtern reinkarniert hatten, die griechischen Fabeln der Liebesgeschichten von Jupiter mit der Jungfrau IO (iiiiii... ooooo.....) verursachten, die in das himmlische Kalb oder die „Heilige Kuh" der Orientalen verwandelt wurde, um so dem Zorn der Juno zu entkommen.

Jupiter und seine Kuh IO (iiii oooo) liefern uns die Bedeutung vieler anderer archaischer Namen, wie Geryon oder Feryon – der, der die Kühe hütet – wie Hyperion Bosphorus; wörtlich: „der die Kuh führt", das gleiche wie Gauthama „der Buddha".

Auf diese Weise wird Jupiter, die Heerschar der Herren oder Elohim, von dem sexuellen Hierogramm IO (iiiiii oooooo) symbolisiert; offensichtlich hat er Dutzende von Namen in jeder Sprache und Hunderte oder sogar Tausende von Mythen für jeden dieser Namen in der jeweiligen Sprache.

Diese ganze unaussprechliche Legion von göttlichen Wesen, all diese Elohim bilden zusammen den einzigen und namenlosen Gott der Tartesier, den authentischen erhabenen Jupiter der alten Zeiten.

Nachdem wir dieses transzendentale Thema sehr sorgfältig dargelegt haben, können wir feierlich das Folgende ableiten: Der Himmel des Jupiter ist der Aufenthaltsort der Elohim, das Nirvana ...

Jene Anhänger des Pfades, die den spiralförmigen Weg wählen, sie die fünfte Einweihung des Feuers erreichen, werden ins Nirvana eintreten.

Die vollständige Entwicklung ist anders.

Im Namen der Wahrheit muss ich offen und ohne Umschweife gestehen, dass dies immer meine höchste Sehnsucht war.

Mein Bestreben war die vollkommene Entwicklung all meiner höchsten nirvanischen Möglichkeiten in jedem Bereich meines kosmischen Seins.

Es ist jedoch unbestritten, dass wir vor jedem Aufstieg hinabsteigen müssen.

Jeder Erhöhung geht immer eine entsetzliche und schreckliche Demütigung voran.

Den symbolischen Stier von Kreta in Ketten zu legen, war die zu lösende Aufgabe und dies erschien mir schrecklich.

In diesem Zeitraum meiner aktuellen Existenz bedrängten mich viele sexuelle Versuchungen unbarmherzig im finsteren Tartarus.

Indem ich mich selbst psychologisch erforschte, entdeckte ich in den tiefsten Tiefen meines eigenen Verstandes den berühmten „Stier von Kreta".

Ich sah ihn, ja, schwarz, riesig, bedrohlich und mit spitzen Hörnern. Offensichtlich drückte er sich in meiner Psyche durch starke leidenschaftliche, gedankenlose, sexuelle Impulse aus.

Es war dringend notwendig, die finstere Bestie in Ketten zu legen; es war unerlässlich, sie aufzulösen, zu kosmischem Staub zu verwandeln.

Zweifellos half mir meine göttliche Mutter Kundalini, die feurige Schlange unserer magischen Kräfte. Dieses große kosmische Ereignis wurde mit einem Fest im wunderschönen Tempel des Jupiter gefeiert.

Viele Könige und Priester der Natur, in heiliges Purpur gekleidet, begrüßten mich.

So kehrte ich zurück in den Himmel des Jupiter, dem Wohnsitz der Herrschaften, der nirvanischen Glückseligkeit.

Auf diese Weise, durch die Beseitigung infrahumaner Elemente, eroberte ich meinen Platz unter diesen unbeschreiblichen Hierarchien zurück, diesen Bewusstseinszustand, den ich vor langer Zeit verloren hatte, als ich in der zentralen Hochebene von Asien, vor etwa einer Million Jahren, den Fehler beging, von der verbotenen Frucht zu essen.

Kapitel XL
Der Himmel des Saturn

Die siebte Arbeit des Herkules, des solaren Helden ist das Einfangen der Stuten des Diomedes, dem Sohn des Mars und König des kriegerischen Volkes der Bistonen, die die Schiffbrüchigen, die diese Ufer erreichten, töteten und aßen.

Herkules und seine Gefährten erreichten es, jene Bestien nach einem wilden Kampf mit den Bistonen zu fangen, welche mit Diomedes gekommen waren, um ihren Besitz zu verteidigen; sie besiegten die Bistonen und warfen den König diesen kannibalischen Stuten als Fraß vor.

In den Höllen des Saturn musste ich die Stuten des Diomedes fangen und zerstören; die infrahumanen leidenschaftlichen Elemente, die tief in meinen eigenen unbewussten Abgründen existierten.

Symbolische Bestien, nahe den spermatischen Wassern des ersten Augenblicks, immer bereit, die Gescheiterten zu verschlingen.

In diesem Zeitraum meiner aktuellen Existenz wurde ich im düsteren Tartarus unaufhörlich angegriffen.

Die Adepten der atlantischen negativen Magie beschlossen, mich mit unglaublicher Heftigkeit zu bekämpfen und ich musste mich mutig verteidigen.

Entzückende verführerische Damen, bösartige gefährliche Schönheiten belagerten mich überall.

In den Höllen des Saturn erleben und erfahren wir zweifellos die atlantischen Schrecken.

„Herkules reinigte", wie Aelianus (*Bunte Geschichten*, Buch V, K.3) sagt, „die Erde und die Meere von allen Arten von Monstrositäten, aber nicht nur von Monstern, er besiegte auch den Nekromanten Briareus, den mit den hundert Armen, in einer seiner berühmten Arbeiten oder Siege über die negative atlantische Magie, die sich der ganzen Erde bemächtigt hatte."

Herkules, der wahre arische Krishna des Mahabharata, der die letzte atlantische Katastrophe vorausahnte, die bevorstand und mit ihr das Verschwinden des göttlichen Gartens der Hesperiden, pflanzte überall, wohin er ging, d. h., im gesamten Punjab, in Kleinasien, Syrien, Ägypten, Griechenland, Italien, Deutschland, England, Spanien, Mauretanien und sogar in Amerika unter dem Namen Quetzalcoatl (die weiße strahlende Schlange) den symbolischen Baum der Einweihung, der all diese Länder vor der Katastrophe retten würde.

Aber es steht geschrieben: „Von allen Bäumen des Gartens darfst Du essen, doch vom Baum der Erkenntnis von Gut und Böse darfst Du nicht essen; denn sobald Du davon isst, wirst Du sterben." (Gen. 1:16, 17)

Uns mit dem köstlichen Duft der verbotenen Frucht zu berauschen, ist unabdingbar, so lehrte uns Herkules.

In Sichtweite des Ozeans, einer für Mensch unpassierbaren Grenze, zielte Herkules mit titanischer Rebellion mit seinem Bogen auf die Sonne, als ob er sie verwunden wollte, um ihre schnelle Reise jenseits des Ozeans, in dem sie sich verstecken würde und wohin er ihr nicht folgen konnte, aufzuhalten; aber der Gott Apollo befahl ihm, ruhig und geduldig zu bleiben, denn nur mit unendlicher Geduld kann man das „Magnus Opus", „das große Werk" verwirklichen; als Belohnung dafür beschenkte ihn Apollo mit einem „goldenen Kelch", dem „heiligen Gral", dem strahlenden ewigen Symbol des Uterus oder der weiblichen Yoni.

Es ist unbestritten, dass der Pfeil des Herkules nichts anderes ist als der Stein Magnes, der Phallus oder die Lanze des Longinus, mit der der römische Centurio die Seite des Herrn verwundete, der selbe Heilige Speer, mit dessen geheimer Macht Parsifal die Wunde an der Seite Amfortas heilte.

Mit den Wunderkräften dieser ehrwürdigen Reliquien besiegte ich in blutigen Schlachten den König der Bistonen, die Ritter des schwarzen Grals, Klingsor, das animalische Ego.

Als ich die saturnische Arbeit in der Wohnstätte des Pluto beendet hatte, wurde ich im Eidolon zum „solaren Land" der Hyperboräer transportiert. Dies ist die Insel Avalon; die magische „Jinas-Ebene", wo die heiligen Götter leben.

Erhabene Insel des Apollo; das feste Land in der Mitte des Ozeans des großen Lebens, frei in seiner Bewegung.

Ach! Wenn der Kaiser Friedrich im Mittelalter das Geheimnis des Grals, das hyperboreische Geheimnis in sich selbst verwirklicht hätte.

Zweifellos wäre dann der trockene Baum des Reiches wieder in herrlicher Weise erblüht.

Es ist offensichtlich, dass das Königreich des Grals wunderbarerweise wieder im Heiligen Römischen Reich erschienen wäre.

Der Weg des Lebens wird von den Hufspuren des Pferdes des Todes gebildet.

Es ist nicht möglich, das hyperboreische Mysterium in sich selbst zu verwirklichen, ohne in der großen Halle der Wahrheit-Gerechtigkeit beurteilt worden zu sein.

Es ist nicht möglich, in sich selbst das Mysterium des Grals zu verwirklichen, ohne dass zuvor das Herz des Verstorbenen auf der Waagschale gewogen wurde, die von der Wahrheit-Gerechtigkeit in der Hand gehalten wird.

Die innere Selbstverwirklichung des Seins ist nicht möglich, ohne zuvor im Saal der Wahrheit-Gerechtigkeit für tot erklärt worden zu sein.

Die Legende der Jahrhunderte sagt, dass viele Eingeweihte in der Vergangenheit in das Land des Bruders Johannes – das solare Land – reisten, um eine bestimmte esoterische, sehr spezielle magische Segnung zu erhalten.

Diese Brüder des Ordens des Heiligen Johannes auf der Insel des solaren Apollo sind vollkommen tot.

Es ist also nicht verwunderlich, dass auch ich in das Land des Lichtes oder das solare Land reisen musste.

In der herrlichen Vorhalle des saturnischen Heiligtums, vor den königlichen Wesen, musste ich mich setzen und bestimmte Fragen beantworten. Die heiligen Götter machten Notizen in einem großen Buch. In diesen mystischen Momenten tauchten in jedem Bereich meines kosmischen Seins einige Erinnerungen auf.

Ach! Ich bin schon dort gewesen und an dem gleichen heiligen Ort, vor den ehrwürdigen Thronen, vor vielen Millionen von Jahren, in der Epoche des Kontinents Mu oder Lemuria.

Nun kehrte ich siegreich zurück, nachdem ich viel gelitten hatte. Oh mein Gott!

Nachdem ich die unerlässlichen esoterischen Bedingungen erfüllt hatte, verließ ich den Vorraum und betrat den Tempel.

Zweifellos war der Tempel des Saturn im solaren Land der Jinas in den nördlichen Regionen voller intensiver Dunkelheit.

Es ist eine Tatsache, dass Sonne und Saturn sich bei der Arbeit der Regierung der Welt abwechseln.

Und ich sah Throne und sie setzten sich.

Die Engel des Todes gingen hierhin und dorthin.

Göttliche Menschen kamen in den Tempel; sie kamen aus verschiedenen Orten der verzauberten Insel, die am Ende der Welt liegt.

„Thule ultima a sole nomen habens". „Ajryanem-Vaejo", das nördliche Land der alten Perser, wo sich auf magische Weise der Palast von König Arthur befindet, wie Midgard, die strahlende sakrosankte Wohnstätte der Asen, der unaussprechlichen Herren des Nordens.

„Oh, Maat! Hier bin ich vor Dir!

Lasse mich Deine strahlende Schönheit betrachten!

Schau, mein Arm ist erhoben in Anbetung Deines sakrosankten Namens!"

„Oh, Wahrheit-Gerechtigkeit, höre! Ich komme von Orten, wo die Bäume nicht wachsen, wo der Boden die Pflanzen nicht entstehen lässt …"

Auf dem Podest des Heiligtums wog die knochige Figur des Gottes des Todes mein Herz auf der Waage der kosmischen Gerechtigkeit vor der göttlichen Menschheit.

Jenes Wort der Macht erklärte mich als „tot" vor den strahlenden Wesen, gekleidet in die herrlichen Körper der Kam-Ur.

Auf dem Podest des Heiligtums sah man einen symbolischen Sarg, in dessen Inneren meine Leiche war.

Auf diese Weise kehrte ich in den Himmel des Saturn zurück, das Paranirvana, die Wohnstätte der Throne.

Auf diese Weise eroberte ich diesen hierarchischen Status zurück, den ich vor langer Zeit verloren hatte, als ich den schweren Fehler beging, von den goldenen Äpfeln des Gartens der Hesperiden zu essen.

Später durchlief ich die Zeremonie des Todes; als ich nach Hause zurückkehrte, fand ich etwas Ungewöhnliches vor.

Ich sah Beerdigungsankündigungen an den Wänden meines Hauses, die meinen Tod verkündeten und zu meiner Beerdigung einluden.

Als ich die Schwelle übertrat, entdeckte ich mit mystischem Staunen einen schönen weißen Sarg. Es ist offensichtlich, dass in diesem Sarg mein Körper lag, vollständig kalt und reglos.

Viele Angehörige und Trauergäste standen um diesen Sarg herum und weinten und schluchzten bitterlich.

Köstliche Blüten hüllten mit ihrem Duft den Raum ein.

Ich näherte mich meiner Mutter, die in diesem Augenblick ihre Tränen mit einem Taschentuch trocknete.

Ich küsste ihre Hände mit unendlicher Liebe und sagte: „Ich danke Dir, oh Mutter, für den physischen Körper, den Du mir gegeben hast; dieses Vehikel war sehr hilfreich; es war sicherlich ein wunderbares Instrument, aber alles im Leben hat einen Anfang und ein Ende."

Als ich jene planetarische Wohnstätte verließ, beschloss ich, glücklich in der Aura des Universums zu schweben.

Ich sah mich selbst als Kind, ohne Ego, frei von den subjektiven Elementen der Wahrnehmung.

Meine kleinen Kinderschuhe erschienen mir nicht sehr schön; für einen Moment wollte ich sie ausziehen, aber dann sagte ich zu mir: „Er wird mich kleiden, wie er will."

In Abwesenheit des quälenden Intellekts, der niemanden glücklich macht, existierten in mir nur die reinen Gefühle.

Und als ich mich an meinen alten Vater und meinen Bruder German erinnerte, sagte ich zu mir: „Sie sind schon tot."

Und als ich mich an all die leidenden Menschen erinnerte, die ich im schmerzhaften Tal des Samsara verlassen hatte, sagte ich: „Familie? Welche? Ich habe keine Familie mehr ... "

Ich fühlte mich vollkommen desinkarniert und ging weg, mit der Absicht einen entfernten Ort zu finden, wo ich anderen helfen könnte.

In solchen Momenten des mystischen Zaubers sagte ich mir: „Ich werde für lange Zeit keinen physischen Körper mehr nehmen."

Später fühlte ich, dass die Silberschnur, die berühmte Antakarana, der Faden des Lebens noch nicht durchtrennt war; also musste ich zum physischen Körper zurückkehren, um mit dem harten Kampf des Lebens weiterzumachen ...

Kapitel XLI
Der Himmel des Uranus

Die Legende unzähliger Jahrhunderte sagt, dass Aeneas – der zufriedene Trojaner – sich mit dem König Evander und den ehrwürdigen Senatoren an den Tisch des Banketts setzte.

„Die Sklaven servierten jede Art von Speisen und schenkten süßen Wein ein, und als das Verlangen nach Essen und Trinken befriedigt war, erklärte König Evander seinem Gast, dass die Zeremonie zu Ehren des Herkules, dessen Feier gerade abgeschlossen war, als sie ankamen, kein Aberglaube war, sondern ein Ritual, das dem Gott gewidmet war, denn in der Nähe war der Ort einer seiner größten Heldentaten (die Achte): die Höhle, in der er den Dieb Cacus getötet hatte.

Man konnte in der Nähe einen enormen Erdwall sehen, der mit Steinen bedeckt war, die anscheinend durch ein Erdbeben eingestürzt waren.

Unter ihnen war die Öffnung, die zu der Höhle führte, in die Cacus flüchtete und wo der Sohn Jupiters ihn in die Enge getrieben hatte, indem er Steine und Holzstämme auf ihn warf, als Strafe dafür, dass er versucht hatte, seine Herden zu stehlen.

Nach dieser Erklärung von König Evander, stimmte ein Chor von Jugendlichen ein Lob auf Herkules und seine großen Taten an.

All seine Arbeiten wurden aufgezählt: wie er die Hydra von Lerna erwürgte; wie er den neměischen Löwen tötete und Zerberus, den Höllenhund aus der Dunkelheit zum Licht brachte ...

(Der Sexualtrieb, die uns bis zur endgültigen Befreiung führen muss).

Nachdem die Lieder und Zeremonien zu Ende waren, ging der alte König wegen seines Alters langsam zur Stadt Pallanteum, wo er seinen Thron hatte und er wurde von zwei jungen Männern gestützt: seinem Sohn Pallas und Aeneas.

Während die drei gingen, vertrieben sie sich die Zeit mit einem Gespräch und der König erklärte Aeneas, dass der Name Latium, der

Ort, wo die Stadt gebaut wurde, aus alten Zeiten kam, als Chronos, der Vater von Jupiter, dort Zuflucht suchte, um seinen Feinden zu entkommen, die die Sache seines Sohnes verteidigten, nachdem dieser ihn gestürzt hatte.

Dann begann das goldene Zeitalter, gefolgt vom Eisenzeitalter, in dem die Wut des Krieges und die Besitzgier überwogen.

Es begann eine Zeit, in der das Land von Menschen unterschiedlicher Herkunft überfallen wurde.

Während sie gingen, zeigte Evander Aeneas den Wald und die Orte, an denen in Zukunft die Heldentaten des neuen Rom stattfinden würden.

Der Ort, wo der ungestüme Romulus seine Taten durchführen würde; das Kapitol, jetzt ein Platz, der mit Gold und Marmor bedeckt ist, damals eine Lichtung im Wald voller Unkraut und Gestrüpp, und den Tarpejischen Felsen, von dem aus die römische Justiz die Verräter des Vaterlandes hinabstürzte.

Verstreute Ruinen zeigten Denkmäler anderer Zeitalter und einige Steine, aufgestellt von Janus und Saturn, gaben zwei Orten ihren Namen: Janiculum und Saturnia."

Das alles ist wörtlich aus der „Aeneis" von Vergil, dem Dichter aus Mantua, dem guten Meister des Florentiners Dante.

Jesus, der große Kabir wurde zwischen zwei Dieben gekreuzigt, einer an seiner Rechten und der andere an seiner Linken.

Dismas (Agato auf Spanisch, Anm. des Übers.), der gute Dieb in uns, stiehlt den sexuellen Wasserstoff Si-12 von den schöpferischen Organen, mit dem offensichtlichen Ziel, den Heiligen Geist zu kristallisieren, den Großen Tröster in uns selbst, hier und jetzt.

Gestas (Caco auf Spanisch, Anm. des Übers.), der schlechte Dieb, versteckt in der dunklen Höhle des menschlichen Infrabewusstseins, stiehlt heimtückisch das Sexualzentrum des Organismus, um die brutalen tierischen Leidenschaften zu befriedigen.

Das Kreuz ist ein erstaunliches, herrliches und wunderbares sexuelles Symbol. Der vertikale Balken ist männlich, der horizontale weiblich.

In der Kreuzung der beiden liegt der Schlüssel aller Macht.

Der schwarze Lingam, in die weibliche Yoni eingeführt, bildet ein Kreuz.

Dies wissen die Götter und die Menschen sehr gut.

Wir können und müssen folglich behaupten: Dismas (Agatus) und Gestas (Cacus), auf dem Kalvarienberg gekreuzigt, an der linken und rechten Seite des Großen Kabirs, versinnbildlichen eindeutig den weißen und den schwarzen Tantrismus; die gute und schlechte Sexualmagie.

Die Bibel, von der Genesis bis zur Apokalypse, ist nichts anderes als eine Reihe von historischen Chroniken über den großen Kampf zwischen den Anhängern des Dismas (Agato) und des Gestas (Caco), zwischen der weißen und schwarzen Magie; zwischen den Adepten des rechten Pfades, den Propheten und denjenigen des linken Pfades, den Leviten.

Im Abgrund des Uranus musste ich den schlechten Dieb, den finsteren Dismas (Caco), der zuvor das sexuelle Zentrum meiner organischen Maschine gestohlen hatte, für die Befriedigung animalischer Leidenschaften, zu kosmischem Staub verwandeln.

Als ich den Vorraum des Heiligtums betrat, erinnerte ich mich, dass ich schon einmal hier war.

In alten Zeiten.

Mit dem Auge des Shiva sah ich in der Zukunft verschiedene tantrische Bewegungen des Wassermannzeitalters, unter denen das gnostische Volk hervortrat, dessen Fahnen siegreich in allen Ländern der Welt wehten.

Zweifelsohne ist Uranus, Wassermann, zu hundert Prozent sexuell, magisch, revolutionär …

Auf diese Weise kehrte ich zurück in den Himmel des Uranus, des Mahaparanirvana, der Wohnstätte der Cherubim.

Auf diese Weise eroberte ich jenen hervorragenden Bewusstseinszustand zurück, den ich zuvor verloren hatte, als ich der wunderbaren Eva der hebräischen Mythologie erlag.

Kapitel XLII
Der Himmel des Neptun

Die neunte Arbeit von Herkules, dem solaren Helden erwies sich zweifellos als sehr komplex:

Die Eroberung des Gürtels der Hippolyte, der Königin der Amazonen, dem weiblichen psychischen Aspekt unserer eigenen inneren Natur.

Nachdem er sich mit anderen legendären Helden eingeschifft hatte, musste er zuerst mit den Söhnen des Minos kämpfen, den schwarzen Magiern, dann mit den Feinden des Königs Lykos, dessen exotischer Name uns an die Analogie zwischen Wolf (spanisch Lobo, Anm. des Übers.) und Licht (spanisch Luz, Anm. des Übers.) erinnert – es handelt sich um die Herren des Karmas, mit denen wir Geschäfte regeln müssen – und schließlich mit den Amazonen, schrecklichen verführerischen Frauen, die von Hera angestiftet wurden, obwohl Hippolyte zugestimmte hatte, ihren Gürtel friedlich zu übergeben; deshalb wurde die Königin unnötigerweise durch männliche Brutalität geopfert, die versuchte, sich deren angeborene Tugend gewaltsam anzueignen.

Dieser wunderbare Gürtel, ähnlich dem der Venus und ein Sinnbild der Weiblichkeit, verliert seinen Sinn und Wert, wenn er von seinem rechtmäßigen Besitzer getrennt wird; die Liebe und nicht die Gewalt macht daher seine Eroberung wirklich bedeutend und sinnvoll.

Der Gott Neptun näherte sich dem atlantischen Kontinent, der jetzt in den stürmischen Gewässern des Ozeans versunken ist, der seinen Namen trägt und er hatte, so sagen die Überlieferungen, mehrere Kinder mit einer sterblichen Frau.

Alles war flach auf der Insel, wo er lebte, nur in der Mitte gab es ein ganz besonderes Tal mit einem kleinen zentralen Hügel, der fünfzig Stadien* vom sandigen Strand entfernt war.

Stadion, ein antikes griechisches Längenmaß, das ungefähr einer Länge zwischen 165 und 196 m entspricht.

Auf diesem Hügel lebte eines jener großen Wesen, die auf der Erde geboren worden waren, genannt Evenor; mit seiner Frau Leucippe hatte er seine einzige Tochter Cleito gezeugt.

Als die Eltern von Cleito starben, heiratete Neptun sie und umgab den Hügel, auf dem sie lebten mit mehreren Wassergräben, von denen drei, so sagt die Legende der Jahrhunderte, vom Meer kamen und gleich weit vom Ozean entfernt waren und den Hügel befestigten, um ihn unbesiegbar und uneinnehmbar zu machen.

Diese Cleito oder Minerva-Neith erbaute Athen in Griechenland und Sais im berühmten Delta des Nils.

In Erinnerung an all das erbauten die Atlanter den wunderbaren Tempel von Neptun und Cleito.

In diesem Heiligtum wurden die Leichen der zehn Kinder des Neptun begraben, eine symbolische magische Zahl.

Wir können uns nicht mit dem Studium der magischen Zahl 10 befassen, ohne die biblische Verpflichtung des Zehnten zu erwähnen, der sich selbst Abraham freiwillig unterzogen hat, in Verbindung mit dem eingeweihten König Melchisedek.

Im Kapitel XIV der Genesis wird erzählt: „Der König von Sodom ging, um ihn (Abraham) zu treffen.

Melchisedek, der König von Salem, brachte Brot und Wein heraus. Er war Priester des höchsten Gottes. Er segnete Abraham und sagte: Gesegnet sei Abraham vom höchsten Gott, dem Schöpfer des Himmels und der Erde, und gepriesen sei der höchste Gott, der Deine Feinde an Dich ausgeliefert hat. Darauf gab ihm Abraham den Zehnten von allem."

In seinem exoterischen oder öffentlichen Aspekt ist die Verpflichtung des Zehnten in der jüdischen Gesetzgebung die allgemeine Pflicht, dass alle Brüder des Pfades einen Teil ihres Einkommens, der nicht unter einem Zehntel sein darf, beitragen müssen, in einer frei gewählten Weise, die ihnen am geeignetsten und effektivsten erscheint, um die Sache der Wahrheit und Gerechtigkeit zu unterstützen.

In ihrem esoterischen oder geheimen Aspekt symbolisiert das Zehntel den Ausgleich der Zahlungen in der Sphäre des Neptun.

Zweifellos müssen wir dort unsere Rechnungen mit den Feinden des Königs Lykos (die Herren des Karmas) begleichen.

Unzweifelhaft haben wir alle den Gott Merkur, Hiram ermordet und es ist nicht möglich, ihn in uns selbst wiederauferstehen zu lassen, ohne zuerst das begangene Verbrechen bezahlt zu haben.

Daher wird der Zehnte eine praktische und notwendige Ergänzung des dynamischen Prinzips, das aus dem tiefen Studium des zehnten Gebots hervorgeht, d. h.:

Wir sollen das mysteriöse „Yod", das sich in der Mitte des zentralen Deltas des Heiligtums unseres Seins verbirgt, als spirituelle Quelle, spirituellen Brunnen und spirituelle Vorsehung des gesamten inneren und göttlichen Zentrums unseres Lebens betrachten ...

Die Worte aus dem Evangelium (Matthäus, 6:20) erklären diesen Aspekt des Zehnten: „sondern sammelt euch Schätze im Himmel ... denn wo Dein Schatz ist, da ist auch Dein Herz."

Das dritte Kapitel von Malachias sagt: „Bringt den ganzen Zehnten ins Vorratshaus, damit in meinem Haus Nahrung vorhanden ist. Ja, stellt mich auf die Probe damit und wartet, ob ich euch dann nicht die Schleusen des Himmels öffne und Segen im Übermaß auf euch herabschütte."

Indem ich im tiefsten Inneren der Unterwelt grub, intensiv in der „neunten Sphäre" arbeitete, suchte ich unendlicher Sehnsucht nach dem Schatz des Himmels, dem Goldenen Vlies der antiken.

Die Kinder des Minos, die Adepten der linken Hand, die Leviten aller Zeiten, attackierten mich ununterbrochen und wütend in den furchtbaren Abgründen des Neptun.

Während dieses harten Kampfes ersehnte ich den Gürtel der Hippolyte zu erobern, aber die Amazonen, angestiftet von Hera, belagerten mich unaufhörlich mit ihren subtilen abgründigen Reizen.

In einer besonderen Nacht, Datum, Tag und Zeit sind unwichtig, wurde ich zur Burg von Klingsor gebracht, die sich in Salamanca, Spanien befindet.

Es ist nicht überflüssig, daran zu erinnern, dass sich in diesem alten Schloss, das von Wagner in seinem Parsifal zitiert wird, „der Saal der Hexerei" befindet.

Was ich dann in der unheimlichen Wohnstätte dieser Harpyien sah, war wirklich schrecklich.

Finstere Hexen griffen mich mehrere Mahle im Inneren dieser Burg an; aber ich verteidigte mich mutig mit dem flammenden Schwert.

Mein alter Freund, der Engel Adonai – der zu dieser Zeit einen physischen Körper hatte – begleitete mich in diesem Abenteuer.

Nein sie waren nicht umsonst, die mühsamen Studien jener großen Seher des Astralen, die sich selbst Alchimisten, Kabbalisten, Okkultisten, usw., nannten; was wir in dieser Höhle sahen, war sicherlich schrecklich.

Viele Male habe ich das flammende Schwert gezückt, um Flammen über die unheilvolle Wohnstätte des Nekromanten Klingsor zu werfen.

Auf ungewöhnliche Weise näherten Adonai und ich uns einigen Hexen, die den Tisch für das Bankett vorbereiteten.

Vergeblich durchbohrte ich mit dem Schwert die Brust einer dieser Hexen; sie blieb ungerührt; zweifellos war sie im Bösen und für das Böse erwacht.

In der Tat wollte ich es Feuer vom Himmel regnen lassen auf diesen schrecklichen Palast.

Ich machte höchste Anstrengungen; ich fühlte, dass ich ohnmächtig wurde; in diesem Moment näherte sich der Engel Adonai meinen Augen, um zu sehen, was in mir geschah.

Stellen Sie sich für einen Moment vor, wie eine Person vor dem Fenster eines Hauses steht, um durch die Scheiben zu beobachten und zu sehen, was in seinem Inneren geschieht.

Es ist offensichtlich, dass die Augen die Fenster der Seele sind und die Engel des Himmels können durch diese Scheiben sehen, was im Inneren eines jeden von uns geschieht.

Nachdem er diese einzigartige Beobachtung gemacht hatte, zog sich Adonai zufrieden zurück; meine eigene Innere Burg, die Wohnstätte des Klingsor war mit dem inneren Feuer verbrannt worden.

Jeder von uns trägt in sich eine Burg von finsteren Hexensabbaten; das ignorieren die Mahatmas nie.

Später musste ich den finsteren Aspekt der Existenz eindeutig beweisen; es ist offensichtlich, dass Satan die Gabe der Allgegenwart hat; sieh ihn in Dir selbst, hier, da, überall ...

Als die esoterischen Arbeiten in den Höhlen des Neptun abgeschlossen waren, musste ich zum Empyreum aufsteigen, in die Ebene der Seraphim, der Geschöpfe der Liebe, dem direkten Ausdruck der Einheit.

So eroberte ich diesen hierarchischen Status im Himmel des Neptun zurück.

Dies ist das Universum der göttlichen Monaden.

Ohne Frage hatte ich den Gurt der Hippolyte erhalten; eines Nachts habe ich es in einer kosmischen Feier bewiesen; da tanzte ich mit anderen Unaussprechlichen.

In einer anderen Nacht, im Empyreum schwebend, in einem seraphischen Zustand, bat ich meine göttliche Mutter Kundalini um die Leier; ich konnte sie meisterhaft spielen.

Kapitel XLIII
Die Auferstehung

Es ist unzweifelhaft, dass der Heilige Gral für Richard Wagner, sowie allgemein für alle christlichen Länder der heilige Kelch ist, von dem der Herr der Vollkommenheit beim letzten Abendmahl getrunken hat; die heilige Schale, die sein königliches Blut empfangen hat, das am Kreuz auf dem Kalvarienberg vergossen wurde und von dem römischen Senator Josef von Arimathäa andächtig aufgefangen wurde.

Der große Kelch war Besitz des Patriarchen Abraham; Melchisedek, der planetarische Genius unserer Welt transportierte ihn mit unendlicher Liebe vom Land des Semiramis zum Land Kanaan, wo er einige Fundamente legte an dem Ort, der später Jerusalem wurde, die geliebte Stadt der Propheten; er nutzte ihn weise, als er das Opfer feierte, in dem er das Brot und den Wein der Transsubstantiation in Gegenwart von Abraham darbot, und den Kelch diesem Meister hinterließ.

Dieser heilige Kelch war auch in der Arche Noah.

Uns wurde gesagt, dass dieser verehrte Kelch auch zum heiligen Land der Pharaonen gebracht wurde, dem sonnigen Land von Kem und dass Moses, der Anführer der jüdischen Mysterien, der große erleuchtete Hierophant ihn besaß.

Sehr alte tausendjährige Traditionen, die sich in der schrecklichen Nacht der Zeiten verloren haben, sagen, dass der magische Kelch aus einem einzigartigen Material gemacht wurde, das so fest war wie das einer Glocke und es scheint nicht bearbeitet worden zu sein, wie Metalle; es scheint eher das Produkt einer Art von Vegetation zu sein.

Der Heilige Gral ist der wunderbare Kelch des höchsten Trankes; die Schale, in der das Manna, das die Israeliten in der Wüste gespeist hatten, enthalten ist; die Yoni, die Gebärmutter des Ewig-Weiblichen.

In diesem Kelch der Köstlichkeiten ist der erlesene Wein der transzendentalen Spiritualität enthalten.

Die Eroberung des „Ultra-Mare-Vitae" oder der „supraliminalen und ultrairdischen Welten", die esoterische Auferstehung, wäre mehr als unmöglich, ohne die sexuelle Magie, ohne die Frau, ohne die Liebe.

Das köstliche Wort von Isis taucht aus dem tiefen Schoß aller Zeiten auf und wartet auf den Moment der Verwirklichung.

Die unaussprechlichen Worte der Göttin Neith wurden in goldenen Buchstaben in die strahlenden Mauern des Tempels der Weisheit gemeißelt.

„Ich bin die, die war, ist und sein wird und kein Sterblicher hat je meinen Schleier gelüftet."

Die ursprüngliche Religion von Jano oder Jaino, das heißt, die goldene, solare, quiritarische und übermenschliche Doktrin der „Jinas" ist absolut sexuell.

In der unaussprechlichen mystischen Idylle, die gemeinhin als „der Karfreitagszauber" bezeichnet wird, fühlen wir in der Tiefe unseres Herzens, dass in den Geschlechtsorganen eine erschreckend göttliche Kraft existiert.

Der Stein des Lichts, der Heilige Gral, hat die Macht, Hiram Abif, den geheimen Meister, den Sonnenkönig in uns selbst, hier und jetzt wiederzubeleben.

Der Gral hat den Charakter eines „misterium tremendum".

Es ist der Stein, der aus der Krone Luzifers gefallen ist.

Als erschreckende Kraft verwundet und zerstört der Gral die Neugierigen und Unreinen, aber die Gerechten und Aufrichtigen verteidigt er und gibt ihnen Leben.

Zweifellos kann der Gral nur durch die Lanze des Eros gewonnen werden, indem man gegen die ewigen Feinde der Nacht kämpft.

Es ist nur möglich, das hyperboreische Mysterium in sich selbst zu verwirklichen, indem man in die höllischen Welten hinabsteigt.

Diese Auferstehung ist die wahre Apotheose oder Verherrlichung dessen, was das Höchste und Lebendigste im Menschen ist: seine göttliche Monade, ewig und unsterblich, die tot, verborgen war.

Zweifellos ist die Monade an sich das Wort, das leuchtende und spermatische Fiat des ersten Augenblicks, der Herr Shiva, der erhabene

Ehemann unserer göttlichen Mutter Kundalini, der Erzhierophant und Erzmagier, die eigene Super-Individualität jedes Einzelnen.

Es steht mit Buchstaben aus Feuer im Buch des Lebens geschrieben: „Dem, der Weisheit hat, gibt das Wort Macht, niemand hat es ausgesprochen, niemand wird es aussprechen, außer demjenigen, der es inkarniert hat ..."

Mit der Auferstehung des geheimen Meisters in jedem von uns erreichen wir die Perfektion in der Meisterschaft.

Dann sind wir von jeder Befleckung reingewaschen und die Erbsünde ist vollkommen ausgelöscht.

Ich arbeitete intensiv in der höchsten Dunkelheit des Schweigens und dem erhabenen Geheimnis der Weisen.

Ich tauchte ein in die heiligen Geheimnisse von Minna, der furchtbaren Dunkelheit einer Liebe, die der Zwillingsbruder des Todes ist.

Ich eroberte meinen Platz im ersten Himmel oder dem des Mondes zurück, wo Dante die Vision der Gesegneten hatte und ekstatisch Piccarda Donati und die Kaiserin Konstanze erkannte.

Ich kehrte zu meinem Platz im zweiten Himmel (des Merkur) zurück, Wohnstätte der aktiven und hilfreichen Geister.

Ich kehrte zurück in den dritten Himmel (der Venus), der Region der liebenden Geister, wo Dante Robert, den König von Neapel traf.

Ich kehrte in den vierten Himmel oder den der Sonne zurück, Wohnstätte der weisen Geister; das Kapitel, in dem Dante Franz von Assisi zitierte.

Ich eroberte den fünften Himmel (des Mars) zurück, die Region der Märtyrer des Glaubens; das Kapitel, in dem Dante Cacciaguida und seine Ältesten, das alte und das neue Florenz erwähnte.

Ich kehrte zum sechsten Himmel (des Jupiter) zurück, der Ebene der weisen und gerechten Prinzen.

Ich kehrte zurück in den siebten Himmel (des Saturn), der wunderbaren Wohnstätte der kontemplativen Geister; das großartige

Kapitel, in dem der Florentiner Dante mit großem Nachdruck Pedro Danian erwähnte und gegen den Luxus der Prälaten sprach.

Ich kehrte in den achten oder sternenbesäten Himmel, die Ebene des Uranus zurück; unsterbliche Sätze, in denen Dante den Triumph des inneren Christus und die Krönung der göttlichen Mutter Kundalini erwähnte; das Paradies der triumphierenden Geister.

Ich kehrte in den neunten oder kristallinen Himmel zurück, der Region von Neptun; das außergewöhnliche Kapitel, in dem Dante seine Schmährede gegen die schlechten Prediger hielt.

Später musste ich vor dem Dritten Logos, Shiva, meinem wahren Sein, meiner eigenen Über- Individualität, Samael selbst, erscheinen.

Dann nahm der Erhabene eine andere Gestalt an, verschieden von der meinen, als ob er eine fremde Person wäre; er hatte die Erscheinung eines sehr respektablen Herrn.

Der Ehrwürdige bat mich, eine chiromantische Studie der Linien seiner Hand zu machen.

Die Linie des Saturn in seiner allmächtigen rechten Hand erschien mir sehr gerade, erstaunlich, wunderbar zu sein; aber an manchen Stellen erschien sie mir unterbrochen, verletzt, beschädigt.

„Herr! Sie haben viele Kämpfe, Leiden erlebt."

„Sie irren sich, ich bin ein sehr glücklicher Mann, mir geht es immer sehr gut."

„Nun ... der Punkt ist, dass ich eine kleine Beschädigung in der Linie des Saturn sehe."

„Messen Sie diese Linie genau: In welchem Alter sehen Sie die Beschädigung?"

„Herr! Zwischen dem Alter von dreiundfünfzig (53) und einundsechzig (61) hatten Sie eine harte Zeit."

„Ah! Das ist am Anfang ... aber danach, was siehst Du?"

„Acht Jahre vergehen sehr schnell und dann ... der Sieg, der Sie erwartet."

Als die Studie beendet war, stand der Ehrwürdige auf und sagte: "Ich mag diese chiromantischen Studien, aber nur gelegentlich.

Meiner Frau (Devi Kundalini) gefallen sie auch und ich werde sie bald herbringen.

Ah, aber ich muss Ihre Arbeit bezahlen! Warten Sie hier, ich komme zurück, um Sie zu bezahlen."

Der Erhabene ging weg und ich blieb und wartete auf ihn.

In der Ferne sah ich zwei meiner Töchter, die jetzt erwachsen sind; allerdings schienen sie noch klein zu sein; ich sorgte mich ein wenig um sie und rief sie.

Es ist unzweifelhaft, dass ich in dieser Zeit meiner jetzigen Existenz die genannten dreiundfünfzig (53) Jahre alt war.

In der Hand des Erhabenen hatte ich meine eigene Zukunft gesehen.

Offensichtlich mussten die acht empfangenen Einweihungen qualifiziert werden; sehr harte Arbeit; ein Jahr für jede Einweihung.

In acht Jahren das gesamte Buch des Patriarchen Hiob erleben; den Zehnten des Neptun vor der Auferstehung bezahlen.

„Das Buch Hiob ist eine vollständige Darstellung der alten Einweihungen und der Völker, die dieser großen Zeremonie vorausgingen.

Der Neophyt in diesem Buch sieht sich allem beraubt, auch seiner Kinder und von einer unreinen Krankheit heimgesucht.

Seine Frau quält ihn, indem sie über das Vertrauen spottet, das er in einen Gott setzt, der ihn so behandelt und seine drei Freunde Eliphas, Bildad, Zophar, peinigen ihn, indem sie ihn als Gottlosen bezeichnen, der eine solche Strafe sicherlich verdient.

Da rief Hiob nach einem Helden, einem Befreier, denn er weiß, dass dieser (Shiva) ewig ist und ihn von der Sklaverei der Erde (durch die innere Auferstehung) erlösen wird, indem er seine Haut wiederherstellt.

Hiob sieht sich selbst mit göttlicher Erlaubnis gequält, enteignet, krank, durch die grausamen Taten dieser bösartigen Wesen, die Aristophanes als „die schwarzen

Vögel"; der Heilige Paulus als „die grausamen Mächte der Luft", die Kirche als „die Dämonen", die Theosophie und die Kabbala als „die Elementale", usw., usw., usw., bezeichnen …

Jedoch, da Hiob gerecht ist und, mit solcher Härte des Schicksals konfrontiert, das Thema seiner eigenen Rechtfertigung intoniert, siegt er schließlich mit dem Heiligen IT seiner Kreuzigung durch sein verwundetes Fleisch und Jehova (das Innere Iod-Heve von jedem) erlaubt, dass die „heilenden Engel" oder Jinas ihn behandeln, deren klassischer Anführer in anderen Büchern, wie dem des Tobias der Erzengel Raphael ist."

Eines Nachts, nach einer kosmischen Feier, die mir zu Ehren gegeben wurde, weil ich in der ersten Einweihung gut bewertet worden war, wurde ich ordnungsgemäß instruiert.

„Sie müssen für das Verbrechen der Ermordung des Gottes Merkur bezahlen", wurde mir gesagt.

„Verzeihen Sie mir dieses Karma."

„Das kann nicht vergeben werden und kann nur durch die Arbeit mit dem Mond bezahlt werden."

Ich sah dann, wie sich der Mond in jeder Arbeit mehr und mehr dem Planeten Merkur näherte, bis er schließlich mit ihm verschmolz.

Mein wahres inneres Sein, der Gott Merkur, Shiva, meine Monade, kam zu mir und sagte: „Sie müssen die Stiefel des Gottes Merkur verwenden"; dann zog er mir diese Stiefel an.

Es war ein außergewöhnlicher, einzigartiger Moment für mich, als der große Hierophant des Tempels mir einen Sportplatz zeigte.

„Schau!", sagte er zu mir: „Du hast den Tempel des Merkur in einen Sportplatz verwandelt."

Sicherlich haben wir alle Hiram (den Gott Merkur, unsere Monade) ermordet, als wir von der verbotenen Frucht im Garten Eden gegessen haben.

Deshalb wurden wir gewarnt: „Wenn Du von dieser Frucht isst, wirst Du sterben."

Später wurde der Weg entsetzlich schwer und ich musste sehr viel leiden.

Es ist offensichtlich, dass der Weg auf des Messers Schneide absolut sexuell ist; Du weißt es ...

„Mein Sohn, Du musst mit Geduld die Konsequenzen Deiner Fehler ertragen", sagte meine göttliche Mutter Kundalini.

In einer anderen Nacht rief meine Mutter voller Schmerz mit lauter Stimme:

„Mein Sohn! Du hast mich in der physischen Welt durch andere Frauen ersetzt."

„Das war in der Vergangenheit, meine Mutter. Jetzt ersetze ich Dich durch niemanden.

„Du hast mich durch andere Frauen ersetzt."

„Die Vergangenheit ist Vergangenheit, wichtig ist die Gegenwart; ich lebe von Augenblick zu Augenblick; es ist falsch von mir, mit Dir zu streiten."

„Vergangenheit, Gegenwart oder Zukunft, Du bist der Gleiche."

„Du hast recht, meine Mutter ... "

(Wie könnte ich leugnen, dass ich den Tempel des Merkur in einen Sportplatz verwandelt hatte?)

Als ich im Urlaub in der Hafenstadt Acapulco an der Pazifikküste in Mexiko war, geschah es, dass ich bezüglich der Stigmatisierung des Astralkörpers instruiert wurde.

Außerhalb des physischen Körpers versuchte ein heiliger Mönch, ein Einsiedler, meine Handflächen zu durchbohren, um mich zu stigmatisieren; in dem Moment, in dem jener Zönobit den Nagel schlug, um meine Hände zu durchbohren, brachen göttliche Funken hervor.

In diesem Moment betete ich zu meinem Vater, der im Verborgenen ist, um Hilfe; das Gebet erreicht den Herrn.

Es ist unzweifelhaft, dass ich bei dieser Einweihung diese Stigmata erhalten habe, aber auf symbolische Weise.

Auf dem Berg der Auferstehung musste ich sie entwickeln, sie in der Schmiede der Zyklopen bilden.

Der Einsiedler führte mich zu der gnostischen Kirche; Shiva, meine göttliche Monade, kam mit uns.

Im Inneren des Tempels sah ich einen religiösen Androgynen, gekleidet in der purpurnen Tunika, neben dem Taufbecken.

„Er ist sehr stark und reagiert sehr gut, aber es mangelt ihm daran, das Sakrament der Kirche von Rom (Liebe)* besser zu erfüllen", sagte der Mahatma an meine Monade gewandt.

Seitdem habe ich die Notwendigkeit, meine schöpferische Energie noch mehr zu verfeinern, verstanden; auf diese Weise habe ich aus dem Maithuna eine Form des Gebets gemacht.

Das Einführen des vertikalen Phallus in die formale Gebärmutter bildet ein Kreuz.

Zweifellos bilden sich die fünf Wundmale Christie im Astralkörper durch das heilige Kreuz.

Die Auferstehung ist nicht möglich, ohne zuvor die Wundmale des Anbetungswürdigen im Astralkörper gebildet zu haben.

Auf diese Weise habe ich selbst meine Stigmata gebildet, so haben die Mystiker aller Zeiten sie gebildet.

INRI ... Ignis Natura Renovatur Integram.

Das Feuer erneuert unaufhörlich die Natur.

---

*) spanisch Roma (Amor).

Dritter Berg

Die Himmelfahrt

Kapitel XLIV
Gespräch in Mexiko

Montag, der 12. Juni 1972 (10. Jahr des Wassermannzeitalters).

„Nun, Joaco (vertrauliche Verkleinerungsform von Joaquin), heute gehen wir in die Innenstadt.

„Warum, Meister? Letzten Samstag haben wir die Post abgeholt. Was könnte noch zu tun sein?"

„Ich muss auf jeden Fall in die Innenstadt gehen; ich habe einen Scheck in meinem Besitz und ich muss ihn einlösen; es ist keine große Summe, aber es reicht für das Essen; so vermeide ich es, das Wenige auszugeben, das ich gespart habe, um die Miete zu bezahlen.

Außerdem habe ich viele Briefe für die Post; ich möchte mit der Korrespondenz auf dem Laufenden sein."

Ein paar Augenblicke später fuhren Joaquin Amortegui V., ein internationaler gnostischer Missionar und großer Paladin dieses gewaltigen Kreuzzugs für die neue Ära des Wassermannzeitalters und meine unbedeutende Person, die weniger Wert ist als die Asche einer Zigarette, in das Zentrum der Stadt Mexiko.

Es ist nicht übertrieben zu sagen, dass es mir gefällt, mein eigenes Auto zu steuern; so fuhren wir glücklich durch die Straße von Tlalpan zum „Plaza de la Constitución" (dem „Zócalo", wie wir Mexikaner sagen).

„Dies ist das Zeitalter des Automobils, mein lieber Joaco, aber ich muss offen und ohne Umschweife gestehen, dass ich, wenn ich zwischen einem Leben in einer Welt mit einer Technologie wie dieser oder einem anderen in einer sehr spirituellen Steinzeit wählen musste, zweifellos das Zweite bevorzugen würde, auch wenn ich statt mit einem Auto mit einem Esel oder zu Fuß reisen müsste."

„Ach, ich würde das Gleiche sagen. Die Reise ist nun ein Opfer aus Liebe zur Menschheit, um die Lehre zu unterrichten, aber ich ziehe es vor, wie früher auf Eseln und Pferden zu reisen; weder gefällt mir der Qualm dieser großen Städte noch dieses mechanisierte Leben."

So unterhielten wir uns, Joaco und ich, während wir eine Straße entlang fuhren, die ein Fluss aus Zement und Stahl zu sein schien und erreichten den Zócalo; wir umkreisten ihn, kamen an einer Seite der Kathedrale vorbei und bogen dann in die Avenida Cinco de Mayo ein, auf der Suche nach einem Parkplatz.

Ein paar Augenblicke später gingen wir in ein großes Gebäude hinein:

„Wollen Sie, dass wir Ihr Auto waschen?"

„Nein! Nein, Nein! Es gibt viel Regen zur Zeit. Wozu?

„Sollen wir Ihr Auto wachsen, Herr?"

„Nein, Junge, nein. Zuerst muss ich es zum Ausbeulen und Lackieren bringen!"

Letztendlich verließen wir dieses Gebäude in Richtung Post, nachdem das Auto geparkt war.

In der Post erwartete mich eine schöne Überraschung, als ich ein Exemplar der sechsten Ausgabe des Buches „Die perfekte Ehe" erhielt; es wurde mir aus Cúcuta, Kolumbien, Südamerika geschickt, von dem internationalen gnostischen Missionar Efrain Villegas Quintero.

Ich bekam noch einige Briefe, schickte die, die ich von zu Hause mitgebracht hatte und dann gingen wir zu einer Wechselstube.

Der Geldwechsler, mit tief eingeschlafenem Bewusstsein, war sehr beschäftigt mit seiner Arbeit.

Ich sah ihn mit zwei Telefonen, eines in seiner rechten und das andere in der linken Hand.

Offenbar telefonierte er mit zwei Personen zugleich und erlaubte sich noch den Luxus, ab und zu mit einem dritten Kunden zu sprechen, der am Schalter des Büros war.

Offensichtlich war dieser arme „intellektuelle Humanoid" mit einer subjektiven Psyche nicht nur völlig mit allem identifiziert, sondern auch sehr fasziniert ... und träumte schön.

Dieser „rationale Homunculus" sprach über Werte, Kursnotierungen, Währungen, Gold, enorme Summen, Schecks, Reichtum usw., usw., usw.

Zum Glück war es nicht notwendig, lange Zeit zu warten, sein Sekretär bediente mich eifrig.

Augenblicke später verließen wir diesen Ort mit etwas Geld in der Tasche; es war nicht viel, aber genug, um Nahrung für ein paar Tage zu bezahlen.

Als wir wieder zu Fuß die berühmte Avenida Cinco de Mayo entlang gingen, fühlte ich die Notwendigkeit, Joaco zu einer kleinen Erfrischung einzuladen; er, der nicht viel isst, lehnte die Einladung aus Höflichkeit nicht ab.

Zweifellos haben wir einen schönen Ort gefunden; ich beziehe mich auf das Cafe Paris.

Eine elegante Kellnerin kam zu uns:

„Was wünschen Sie, meine Herren?"

„Bitte, bringen Sie mir einen Erdbeershake und ein Stück Käsekuchen, Fräulein", sagte ich.

„Ich", sagte Joaco, „möchte nur einen Papayashake."

Nachdem sie die Bestellungen der Herren aufgenommen hatte, ging die Dame weg, um später mit den gewünschten Gerichten wiederzukommen.

Wir genossen sehr langsam die leckere Erfrischung, nahmen aus diesen Köstlichkeiten die spirituellen Elemente auf und dann begannen Joaco und ich den folgenden Dialog:

„Ich sage Dir, Joaco, dass ich mich dem Ende meines Buches mit dem Titel »Die drei Berge« nähere.

Es fehlt nur eine Einführung für den dritten Berg, drei Kapitel für die Himmelfahrt und der Schluss."

„Dann sind Sie bereits am Ende dieser Arbeit."

„Ja, Joaco, ja, ja! ... Das Interessanteste ist, dass ich jetzt auf Lemurien zurückgreifen muss."

„Was? Lemurien? Warum?"

„Es ist klar, dass ich in dieser Inkarnation nur den Gipfel des zweiten Berges erreicht habe.

Doch in diesem alten Kontinent Mu oder Lemuria, der früher da war, wo heute der Pazifik ist, habe ich „die drei Berge" erreicht.

Damals erreichte ich zweifellos die Befreiung, aber ich verzichtete auf das vollkommene Glück und blieb in diesem Tal der Tränen, um der Menschheit zu helfen.

In der Tat erlaubte mir der Besitz des Elixiers des ewigen Lebens, jenen lemurischen Körper Millionen von Jahren zu bewahren.

Daher mein lieber Joaco, erzähle ich Dir, dass ich Zeuge all dieser vulkanischen Katastrophen war, die den Kontinent Mu auslöschten.

Es ist offensichtlich, dass nach mehr als zehntausend Jahren unaufhörlicher schrecklicher Erdbeben und Seebeben, jenes alte Land in den stürmischen Gewässern des Pazifischen Ozeans versank.

Es ist eine pathetische, klare und eindeutige Tatsache, dass, während dieser alte Kontinent langsam in die wilden Wellen des stürmischen Ozeans versank, das Atlantis von Platon nach und nach aus den tiefen Gewässern des Atlantiks auftauchte.

Zweifellos lebte ich mit meinem lemurischen Körper auch im *Land der Hügel aus Lehm*; ich habe seine mächtigen Zivilisationen kennengelernt, die der heutigen überlegen waren und ich sah es in den wütenden Wellen des Ozeans versinken, der seinen Namen trägt.

»Im Jahr 6 von Kan, dem 11. Muluc, im Monat des ZRC, fanden schreckliche Erdbeben statt, die sich ohne Unterbrechung bis zum 13. Chuen fortsetzten.

Das Land der Hügel aus Lehm, das atlantische Land, wurde geopfert.

Nach zwei Erschütterungen verschwand es in der Nacht, ständig erschüttert durch unterirdische Feuer, die bewirkten, dass die Erde sich absenkte und an verschiedenen Stellen wieder erschien.

Am Ende gab die Oberfläche nach und zehn Länder wurden getrennt und verschwanden.

Vierundsechzig Millionen Einwohner versanken 8.000 Jahre bevor dieses Buch geschrieben wurde.«

(Dies ist wörtlich aus einer Maya-Handschrift, die Teil der berühmten Sammlung von Le Plongeon ist, der „ Handschriften von Troano" und die man im British Museum finden kann).

Die drei Berge - 251

Bevor der Stern Bal an dem Ort herabstürzte, wo jetzt nur Meer und Himmel sind, bevor die sieben Städte mit ihren goldenen Toren und transparenten Tempeln bebten und zitterten wie die Blätter eines Baumes im Sturm, ging ich in Richtung der zentralasiatischen Hochebene, zu diesem Ort, an dem sich heute Tibet befindet.

In dieser Zone der Erde vermischten sich die überlebenden Atlanter mit den nordischen Menschen; auf diese Weise ist die erste Unterrasse der arischen Rasse entstanden.

Der Retter der auserwählten Atlanter, der sie aus dem „Land der Hügel aus Lehm" herausführte, war der biblische Noah, der Manu Vaivasvata, der Gründer der arischen Rasse.

Ich erinnere mich noch, an jene kosmischen Feste, die vor langer Zeit und sehr weit entfernt in unserem Kloster zu dieser Zeit gefeiert wurden.

Ich beziehe mich nachdrücklich auf den „Heiligen Orden von Tibet", eine alte esoterische Institution.

In der Tat zählt dieser alte Orden zweihundertein (201) Mitglieder.

Die höhere Ebene setzt sich aus zweiundsiebzig (72) Brahmanen zusammen. Ohne Frage bewahrt diese würdige mystische Organisation den Schatz des Aryabarta Ahsram.

Zu jener Zeit wurde ich dort immer mit viel Verehrung empfangen; es war exotisch, mit einem lemurischen Körper in der arischen Welt zu leben.

Leider mischt sich der Teufel immer ein und unglücklicherweise geschah etwas Ungewöhnliches.

Ich kehrte zu meinen alten Wegen zurück; ein Rückfall in das Vergehen; ich verliebte mich wieder in die verführerische Eva der hebräischen Mythologie und aß von der „verbotenen Frucht".

Das Ergebnis: Das große Gesetz nahm mir mein kostbares Vehikel und ein Leben nach dem anderen blieb ich als wandernder Jude auf dem Antlitz der Erde.

„Nun fühle ich mich kleiner als eine Ameise, wie ein Nichts, Meister; ich verstehe nicht; wenn Sie das Ego, das mich selbst, ausgelöscht haben, wer war der Verführer?

Wie sind Sie gefallen?"

„Ach, Joaco ... Im Namen der Wahrheit sollst Du wissen, dass, wenn das Ich sich auflöst, an seiner Stelle der Verstand bleibt. Zweifellos war dies das „Causa Causorum" meines Sturzes."

„Das ist etwas Ungewöhnliches; ich verstehe es nicht."

„Sachen der Leidenschaft; ich verliebte mich, ich beging den gleichen Fehler wie der Graf Zanoni; das ist alles.

So eine Maid von mysteriösem Zauber war für mich verboten; aber ich muss gestehen, dass ich der wunderbaren Frau zu Füssen fiel.

Meine göttliche Mutter Kundalini brachte mich dann in das Innere einer Höhle, in der Tiefe eines Berges und ich sah Regen, Tränen und Ströme von trübem Wasser, Bitterkeit und Schlamm, Elend usw., usw., usw."

„Seht die Zukunft, die Euch erwartet!", sagte meine Mutter.

Mein Bitten war nutzlos; ich hatte keine Vergebung verdient; ich war ein Wiederholungstäter; am Ende sah ich, wie sie sich im Chakra Muladhara im Steißbein einschloss; und dann, wehe mir!

Ich hatte den gleichen Fehler begangen, der im archaischen Kontinent Mu den Fall der Engel verursachte. Es ist unzweifelhaft, dass ich, bevor ich den lemurischen Mysterien beigetreten war, das gleiche Verbrechen begangen hatte.

Die Allegorie des biblischen Adam bedeutet, getrennt vom Baum des Lebens betrachtet, eindeutig, dass jene lemurische Rasse, die sich gerade in zwei Geschlechter geteilt hatte, die Sexualität missbrauchte und in den Bereich des Tierischen und Bestialischen verfiel.

Der Zohar lehrt, dass Matromethah (Shekinah, symbolisch die Frau von Metraton) der Weg zum großen Baum des Lebens, dem mächtigen Baum, ist und Shekinah ist die göttliche Gnade. Es besteht kein Zweifel, dass dieser wunderbare Baum das himmlische Tal erreicht und zwischen den drei Bergen verborgen ist.

Aus diesen drei Bergen steigt der Baum in die Höhe und beginnt dann in die unteren Regionen abzusteigen. Der Baum der Erkenntnis von Gut und Böse wächst aus den Wurzeln des Baumes des Lebens.

Die Dhyanis Boddhisattwas, die in lemurischen Körpern reinkarniert waren, pflanzten sich durch die Kraft des Kriya Shakti (die Macht des Willens und des Yoga) fort.

Attribute von Shiva: der schwarze Lingam, eingeführt in die Yoni.

Zweifellos verschüttet der Erzhierophant und Erzmagier niemals den Becher des Hermes.

Als die Dhyanis – unter denen auch ich war – das Verbrechen begangen hatten, dieses flexible, flüssige, formbare Glas der Alchemie zu verschütten, entfernten sie sich von ihrer göttlichen Monade (sie ermordeten den Gott Merkur), sie fielen in die animalische Zeugung.

„Ich bin erstaunt."

„Warum, Joaco? Vielleicht weil ich der Erste war, der gefallen ist, oder der Letzte?

H. P. Blavatsky sagt in der „Geheimlehre", dass Samael der Erste war, der gefallen ist, aber das ist symbolisch.

Es ist klar, dass ich der Dhyani Boddhisattwa, der Fünfte von Sieben war und aus diesem Grund sagt man, dass Samael der Erste war, der gefallen ist.

Zum Glück stehe ich nun aufrecht, obwohl ich in das gleiche Vergehen zurückgefallen war.

Wie anders war der Fall bei vielen dieser anderen Dhyanis, die in die animalische Erzeugung gefallen sind.

Erinnern wir uns an Moloch, den großen Mörder, der jetzt in den Höllenwelten entsetzlich involutioniert.

Erinnern wir uns an Andramelek und seinen Bruder Asmodeus, zwei Throne, die in den Avernus gestürzt worden sind.

„Ich dachte, dass nach der Befreiung jeder Fall unmöglich wäre."

„Du irrst Dich, mein lieber Joaco; im Kosmos existiert immer die Gefahr zu fallen.

Nur wenn man in das unmanifestierte „Sat", den absoluten abstrakten Raum eintritt, verschwindet jede Gefahr."

Als das Gespräch beendet war, riefen wir die Kellnerin, die demütig die Tische der Gäste bediente.

„Die Rechnung, Fräulein?"

„Ja, meine Herren ... das ist der Betrag ..."

„Hier ist es, mit Ihrem Trinkgeld."

Leise verließen wir diesen luxuriösen Ort, um das Auto zu suchen.

Als wir wieder im Licht der Sonne diese berühmte Avenida Cinco de Mayo entlangfuhren, fiel mir noch etwas ein:

„Das Schlimme, oh Joaco, ist die Auferstehung des abscheulichen animalischen Egos nach dem Fall. Zweifellos ersteht das „Ich selbst" wie der Phönix aus seiner eigenen Asche wieder auf. Nun verstehst Du zutiefst und auf vollkommene Weise, was der eigentliche Grund ist, warum alle religiöse Theogonien die Idee hervorheben, dass die gefallenen Engel sich in Dämonen verwandelten."

„Ach, ja! ... das ist vollkommen klar."

Augenblicke später fuhren wir schnell durch die Straße von Tlalpan zurück nach Hause.

„Da ich aufgestiegen und gefallen und wieder aufgestiegen bin, ist es offensichtlich, dass ich große Erfahrung im Bereich der Esoterik habe."

„Oh, Meister! In diesem Gebiet haben Sie eine ganz besondere Erfahrung."

Wahrhaftig, mein lieber Leser: Ich bin nichts weiter als ein elender Wurm aus dem Schlamm der Erde; ein wertloser Niemand; aber, da ich den Weg gegangen bin, kann ich ihn anderen mit aller Deutlichkeit zeigen und das ist kein Verbrechen.

Beschließen wir dieses Kapitel mit dem Satz von Goethe: „Alle Theorie ist grau, nur der Baum mit den goldenen Früchten, der das Leben ist, ist grün."

Kapitel XLV
Die zehnte Arbeit des Herkules

Die zehnte Arbeit des Herkules, des großen solaren Helden, war der Raub der Rinderherde des Geryon, indem er seinen Besitzer tötete, der sich ihm nach seinen Wächtern, dem Hund Orthos und Eurytion, entgegenstellte.

Dieses ungewöhnliche Ereignis spielte sich jenseits des Ozeans auf der Insel Erytheia (die Rote) ab, die anscheinend einer Insel des Atlantischen Ozeans entspricht, die von Riesen bewohnt wird, welche durch den dreiköpfigen Geryon verkörpert werden, der durch die tödlichen Pfeile des Herkules starb, wie auch sein Rinderhirte und sein Hund, der durch die Keule des Herkules starb.

Die vergleichende Mythologie zieht Parallelen zwischen dem zweiköpfigen Hund Orthos, Bruder des Zerberus und Vitra, dem vedischen Genius des Sturmes.

Auf seiner Reise geht Herkules von Europa nach Afrika, um dann den Ozean in der goldenen Schale (im heiligen Kelch) zu überqueren, den er auf intelligente Weise auf seiner nächtlichen Reise benutzte.

Das bedeutet eindeutig, dass die strahlende Sonne auf ihn warten musste, bis er zurückkehrte, indem sie bei ihrer Sonnenwende zum Wohl des Helden innehielt.

Zweifellos überquerte der Gott-Mensch mit der eroberten Rinderherde in diesem Kelch oder Heiligen Gral den Ozean, um durch das alte Europa zurückzukehren, auf einer Reise voll unendlicher Abenteuer.

Die Legende der Jahrhunderte erzählt, dass der solare Held die zwei Säulen „J" und „B" der okkulten Freimaurerei an der Straße von Gibraltar errichtete; wahrscheinlich als Dank für die Dioskuren, die ihm geholfen hatten, diese Aufgabe siegreich zu bestehen.

Nachdem er nach Mykene zurückgekehrt war, wurden die Kühe Juno geopfert, um ihren Zorn wegen ihres Bruders Eurystheus zu besänftigen.

Wenn es sich um archaische Mysterien handelt, ist es wichtig, zu betonen, dass diese immer in erhabenen prächtigen Tempel gefeiert wurden.

Als ich die Schwelle dieses lemurischen Tempels oder des Tempels von Mu überschritt, wo ich in früheren Zeiten in den Mysterien der Himmelfahrt des Herrn unterwiesen wurde, bat ich den Hierophanten mit unendlicher Demut um einige Dienste, die mir gewährt wurden.

Es ist unbestreitbar, und das weiß jeder Eingeweihte, dass jeder Erhöhung immer eine furchtbare und schreckliche Demütigung vorangehen muss.

Wir haben eindeutig und nachdrücklich versichert, dass jedem Aufstieg ein Abstieg vorausgeht.

Die zehnte Heldentat des Herkules, dem solaren Helden der Esoterik, findet in den höllischen Welten des Planeten Pluto statt.

Schmerzhafte Gefühle rissen meine Seele entzwei, als ich der Folter der Loslösung unterzogen wurde.

Jene Damen aus erhabenen Zeiten, an mich gebunden, durch das Gesetz des Karma, warteten im Avernus mit gebrochenen Herzen auf mich.

Alle diese verführerischen Schönheiten mit ihrer gefährlichen Schönheit fühlten sich, als ob sie ein Recht auf mich hätten.

Zu meinem Vorteil oder Nachteil, diese furchtbar reizvollen Frauen waren in früheren Inkarnationen meine Ehefrauen, als eine natürliche Folge der großen Rebellion und dem Fall der Engel.

Die Hunde Orthos und Eurytion, lebendige Symbole der animalischen Leidenschaft, bedrängten mich unbarmherzig mit unglaublicher Grausamkeit; die Versuchungen multiplizierten sich unendlich.

Aber durch Thelema (den Willen) und tiefes Verständnis und mit der Hilfe meiner göttlichen Mutter Kundalini besiegte ich den Herrn der Zeit, den dreiköpfigen Geryon.

Es ist unzweifelhaft, dass ich auf diese Art die Herde eroberte und zu einem wahren Hirten wurde, nicht von Kühen, wie man auf verschleierte Weise sagt, sondern von Schafen.

Zum Wohl der großen Sache ist es zweckmäßig, dass wir nun einige Verse des Kapitels Zehn des Johannesevangeliums studieren:

„Wahrlich, wahrlich, ich sage euch: Wer den Schafstall nicht durch die Tür (die Sexualität) betritt, sondern durch eine andere Stelle (indem er andere Doktrinen predigt, die mit der weißen Sexualmagie nichts zu tun haben), der ist ein Dieb und Räuber (er stiehlt die Schafe und führt sie in den Abgrund)."

Wir verließen Eden durch die Tür der Sexualität; nur durch diese Tür können wir nach Eden zurückkehren.

Eden ist die Sexualität selbst.

„Aber der, der durch die Tür (die Sexualität) eintritt, ist der Hirte der Schafe.

Ihm öffnet der Türhüter und die Schafe hören seine Stimme; und er ruft seine Schafe mit Namen (mit dem inneren Wort) und führt sie hinaus (er führt sie auf den Pfad auf Messers Schneide).

Und weil er alle seine Eigenen hinausgeführt hat, geht er vor ihnen; und die Schafe folgen ihm, weil sie seine Stimme (sein Wort) kennen.

Einem Fremden aber werden sie nicht folgen, sondern sie werden vor ihm fliehen, weil sie die Stimme des Fremden nicht kennen (die falschen Hirten besitzen nicht das Wort).

Jesus (dessen Bedeutung Erlöser ist) gab ihnen dieses Gleichnis, aber sie verstanden nicht, was er ihnen sagte (es ist offensichtlich, dass hinter der Schrift, die tötet, der Geist ist, der lebendig macht).

Jesus (der innere Erlöser) sagte ihnen wieder: Wahrlich, wahrlich, ich sage euch: Ich bin die Tür zu den Schafen (die Macht befindet sich nicht im Gehirn oder in irgendeinem anderen Teil des Körpers, sondern in der Sexualität)."

In anderen Worten behaupten wir Folgendes: Die schöpferische Kraft des Logos befindet sich ausschließlich in der Sexualität.

Nun ist es leicht zu verstehen, warum er die Tür zu den Schafen ist: andere Wege zu suchen, bedeutet, vor der Tür nach Eden zu fliehen.

„Alle die vor mir kamen (weil sie nicht in die sexuellen Mysterien eingeweiht wurden) sind Diebe und Räuber.

Ich bin die Tür; wer durch mich hineingeht, wird gerettet werden (wird nicht in den Abgrund des Verderbens fallen); er wird ein- und ausgehen und Weide finden (reiche spirituelle Nahrung)."

Ohne die sexuelle Schlange könnte der Christus nichts tun; deshalb steigt der Zweite Logos, der Herr der Vollkommenheit, der innere Logoi aus seiner höheren Sphäre herab und macht sich zum Sohn der heiligen Mutter Kundalini, der feurigen Schlange unserer magischen Kräfte.

(Durch das Werk und die Gnade des dritten Logos).

„Die Setianer verehrten das große Licht und sagten, dass die Sonne in ihren Emanationen in uns ein Nest bildet und die Schlange entwickelt."

Es ist offensichtlich, dass jene gnostische Sekte als heiliges Objekt einen Kelch, eine Yoni, den Heiligen Gral hatte, in dem sie den Samen von Benjamin bewahrten.

Dieser war eine Mischung aus Wein und Wasser.

Zweifellos fehlte auf dem Altar der gnostischen Nazarener nie das heilige Symbol der sexuellen Schlange.

„Die Kraft, die Macht, die Moses begleitete, war die Schlange auf dem Stab, die sich später in den Stab selbst verwandelte.

Die Schlange war sicherlich diejenige, die zu den anderen Schlangen sprach und die Eva in Versuchung führte.

Im Gesang von Homer an Demeter, der in einer russischen Bibliothek gefunden wurde, kann man sehen, dass sich alles um eine physiologisch kosmische Handlung von großer Transzendenz dreht.

Ich bin der gute Hirte: der gute Hirte (derjenige, der diesen esoterischen christlichen Grad erreicht hat) gibt sein Leben hin für die Schafe.

Aber der Lohnempfänger (der tantrische Esoteriker, der die Christifizierung noch nicht erreicht hat), der nicht Eigentümer der Schafe ist, sieht den Wolf kommen, verlässt die Schafe und flieht und der Wolf reißt und zerstreut sie.

Und ich habe andere Schafe, die nicht aus diesem Stall sind (die in anderen Schulen sind), auch sie muss ich holen, sie werden meine Stimme hören und es wird eine Herde und ein Hirte sein.

Deshalb liebt mich der Vater, weil ich mein Leben lasse, um es wieder zu nehmen. (Der innere Christus kristallisiert in uns und erlöst uns, wenn wir würdig sind).

Niemand nimmt es mir, sondern ich gebe es von selbst (als ob er sagen wollte: Ich kristallisiere in meiner menschlichen Person, wenn ich will).

Ich habe die Macht, es zu geben und ich habe die Macht, es wieder zu nehmen.

Dieses Gebot habe ich von meinem Vater empfangen."

Nach diesem esoterischen christlichen Kommentar ist es unerlässlich, dass wir mit diesem Kapitel fortfahren. Welch eine einfache unverfälschliche ursprüngliche Schönheit diese platonischen Geschichten haben, die von archaischen Göttern und Göttinnen handeln; göttlichen Wesen aus der lemurischen Vergangenheit; authentische tantrische Hirten des sexuellen Eden.

Erhabene Kreaturen, die zyklopische Städte erbauen, die Menschen unterweisen, ihnen eine Gesetzgebung geben, die nie übertroffen wurde und ihr Heldentum belohnen. In sich selbst das hyperboreische Mysterium, das Mysterium des Grals, zu verwirklichen, ist dringend notwendig, wenn wir uns danach sehnen, uns in authentische Propheten zu verwandeln, in echte christifizierte Hirten.

Wir müssen das Rote Meer, den stürmischen Ozean des Lebens überqueren, das andere Ufer in der goldenen Schale, im heiligen Kelch erreichen, den Helios, die absolute heilige Sonne, uns gibt.

Sobald die esoterischen Arbeiten in den Höllen des Planeten Pluto beendet waren, musste ich Säulen errichten.

„Plus-Ultra", „Adam-Kadmon", „Himmels-Mensch" das sind die mystischen Bedeutungen, die den beiden Säulen des Herkules zugeschrieben worden sind.

Dieses kosmisch-menschliche Ereignis ist der Desinkarnation meiner Ehefrau-Priesterin Litelantes vorausgegangen.

Zweifellos war sie die einzige karmische Verbindung, die mir in diesem schmerzlichen Tal des Samsara geblieben ist.

Ich sah, wie sie sich von ihrem ausgedienten lemurischen Vehikel entfernte, in tiefste Trauer gehüllt.

Adam-Eva ist zweifellos die geheimste Bedeutung der beiden Säulen des Herkules.

Die Versöhnung mit dem Göttlichen ist dringend, notwendig, unaufschiebbar, Du weißt es.

Säulen zu erbauen in der Versöhnung, Rückkehr des ursprünglichen Paares, Rückkehr nach Eden.

Wir müssen zum ursprünglichen Ausgangspunkt zurückkehren, zur ersten Liebe zurückkehren; das ist unanfechtbar, unbestreitbar und unwiderlegbar.

In den archaischen Mysterien des Kontinents Mu oder Lemurien musste ich die raue Wirklichkeit dieser Rückkehr in „paradiesischen, edenischen Vermählungen" erleben.

Dann bekam ich als Frau eine große Eingeweihte; ich beziehe mich ausdrücklich auf meine bessere Hälfte; meine ursprüngliche eigene Eva; so errichtete ich die zwei Säulen des Herkules.

Ich befand mich am Tisch des Banketts, glücklich begleitet von meiner neuen Ehefrau und vielen Hohepriestern.

Litelantes überquerte die Schwelle des königlichen Saales; sie kam desinkarniert, um dem Fest beizuwohnen.

Oh, Götter! So habe ich den zweiten Logos, den kosmischen Christus, im Heiligtum meiner Seele wiederhergestellt.

Kapitel XLVI
Die elfte Aufgabe des Herkules

Die elfte Arbeit des Herkules, des solaren Helden, fand im transatlantischen Gebiet statt und bestand daraus, die Äpfel der Hesperiden zu pflücken. Die Hesperiden sind die Nymphen, Töchter des Hesperos, der lebendigen Verkörperungen des Planeten Venus, dem wunderbaren Stern der Liebe.

Da er den Weg nicht kannte, musste er zuerst Nereus überwältigen, der alles weiß und sich dann in Afrika dem furchtbaren Riesen Antaios, dem Sohn von Poseidon, in einem Kampf Mann gegen Mann stellen.

Man kann diese Reise auch mit der Befreiung des Prometheus-Luzifer vergleichen, indem man den Adler tötet, der ihn quält, sowie auch mit der temporären Ablösung des berühmten Atlas, der die Welt auf seinen titanischen Schultern trägt, um seine Hilfe zu erhalten.

Schließlich wurden ihm die symbolischen goldenen Äpfel von den Hesperiden selbst gegeben, nachdem er zuvor den Drachen getötet hatte, der sie bewachte.

Offensichtlich steht diese Heldentat in enger Beziehung zu der biblischen Geschichte von der Frucht des Baumes der Erkenntnis von Gut und Böse im paradiesischen Garten, jedoch wurde der Drache von einer Schlange ersetzt, die dazu auffordert, diese wunderbaren Früchte zu sammeln und zu kosten, die Herkules später Athene übereicht, die Göttin der Weisheit und seine göttliche Beschützerin.

Der unerschrockene Abstieg zum alten Tartarus des elften Planeten unseres Sonnensystems war dringend, unaufschiebbar, unerlässlich, vor dem Aufstieg zum Vater (dem ersten Logos).

Der steile, zerklüftete und unebene, absteigende Weg führte mich unvermeidlich zu der schrecklichen Finsternis der Stadt Dis.

Mein „Nereus", oder besser gesagt, mein Guru, Meister oder Führer zeigte mir geduldig alle Gefahren.

Und es war in diesem schrecklichen Abgrund des Schmerzes, in diesem Planeten, der jenseits der Umlaufbahn des Pluto ist, wo ich

Antaeus, den Riesen, traf, der noch schrecklicher war, als der gigantische Briareos.
 Der Florentiner Dante sagt in seiner „Göttlichen Komödie":
 „Der Du im schicksalsreichen Tal – umsponnen
 Von ewgen Ruhmes Glanz, seit Hannibal
 Mit seinem Heer vor Scipios Wut entronnen –
 Der Du dort tausend Löwen hast zu Fall
 Gebracht und, wenn Du helfend teilgenommen
 Am Brüderkampf, wohl doch der Erde Ball
 Für Dein Geschlecht in die Gewalt bekommen,
 Heb uns hinab – aus Güte, nicht aus Pflicht –
 Wo der Cocyt sich ausdehnt frost-beklommen.
 Zu Titius und Typhöus schick uns nicht,
 Denn dieser kann, was man hier wünscht, gewähren;
 Drum bücke Dich und mach kein Schiefgesicht!
 Der kann mit Ruhm auf Erden Dich verklären,
 Da er noch lebt und lange hofft zu leben,
 Eh Gnade ihn beruft zu höhern Sphären.
 So sprach Virgil. Und ohne Widerstreben
 Ergreift die Riesenhand den, der mich führte,
 Die Hand, die Herkules gefühlt mit Beben.
 Als sich Virgil von ihm ergriffen spürte,
 Rief er: »Komm her! dass Dich mein Arm umfange!«
 Und wie ein Bündel mich Virgil umschnürte.
 Wie Carisenda – schaut zum Überhange
 Von unten man zum Turm – wenn Wolken kommen,
 Sich zu verneigen scheint vor ihrem Gange,
 So schien Antäus mir, als ich beklommen
 Sich neigen sah den Unhold, und zur Stunde
 Hätt' gern ich einen andern Weg genommen.
 Doch setzte leicht und sanft er uns zum Schlunde
 Hinab, der Luzifer und Judas fasst –
 Und blieb nicht lang gebückt; empor vom Grunde
 Hob er sich wieder wie im Schiff der Mast!"
 (Dies ist wörtlich aus der „Göttlichen Komödie").

Antaeus: allegorischer Charakter eines Magiers; ein Titan, der die abgründigen finsteren Scharen darstellt.

Nachdem viele blutige Schlachten gegen die Dämonen der Stadt Dis stattgefunden hatten, musste Luzifer-Prometheus befreit werden.

Ich sah, wie die stählerne Tür des schrecklichen Kerkers sich öffnete; der Wächter ließ ihn passieren.

Schreckliche Szenen in der finsteren Wohnstätte; ungewöhnliche, unvermutete Vorfälle; das, was die Bewohner der Erde nicht kennen. Luzifer ist der Hüter der Tür, der Schlüssel des Heiligtums, damit dort nur Gesalbte eintreten, die das Geheimnis des Hermes besitzen.

Der Christus-Luzifer der Gnostiker ist der Gott der Weisheit unter verschiedenen Namen, der Gott unseres Planeten Erde, ohne eine Spur des Bösen, denn er ist Eins mit dem Logos des Platon.

Prometheus-Luzifer ist der Minister des solaren Logos und der Herr der sieben Wohnsitze des Hades.

Luzifer ist der Geist der spirituellen Erleuchtung der Menschheit und der Freiheit der Wahl und, metaphysisch, die Fackel der Menschheit; der Logos in seinem höheren Aspekt und der Gegner in seinem niederen Aspekt; der göttliche und angekettete Prometheus; die aktive und zentrifugale Energie des Universums; Feuer, Licht, Leben, Kampf, Anstrengung, Bewusstsein, Freiheit, Unabhängigkeit, usw., usw., usw.

Luzifer wurden das Schwert und die Waage der kosmischen Gerechtigkeit übergeben, denn er ist die Norm von Gewicht, Maß und Zahl. In jedem von uns ist Luzifer die Wiederspiegelung des inneren Logoi, der Schatten des Herrn, der in die Tiefe unseres Seins projiziert wird.

In diesem Augenblick, in dem ich diese Worte schreibe, erinnere ich mich an einen ungewöhnlichen Fall. In einer Nacht, unwichtig welche, sollte ich diese schreckliche Gestalt in einem schönen Zimmer treffen. Beeindruckend, Prometheus-Luzifer, auf Hufen einer Bestie, anstatt auf Füßen stehend, sah mich bedrohlich an.

Zwei schreckliche Hörner prangten erschreckend auf seiner finsteren Stirn, aber er war wie ein eleganter Herr gekleidet. Ich näherte mich ihm ruhig, klopfte ihm auf die Schulter und sagte: „Du machst mir keine Angst; ich kenne Dich sehr gut, Du konntest mich nicht bezwingen, ich bin siegreich."

Der Koloss entfernte sich und ich saß auf dem bequemen und duftenden Bett aus Mahagoni und wartete einen Moment.

Kurz darauf kam eine gefährlich schöne Frau in das Schlafzimmer; sie legte sich nackt auf das Bett.

Fast ohnmächtig vor Lüsternheit umschlang mich die Schöne mit ihren unzüchtigen Armen und lud mich zu den Freuden des Fleisches ein. Ich lag neben der Schönheit und demonstriert dem Teufel meine Kräfte; ich kontrollierte mich selbst.

Danach erhob ich mich von dem Bett der Lust; die Schöne, fast tot vor Lüsternheit, fühlte sich betrogen und sah mich vergeblich an.

Anschließend betrat ein strahlendes Kind den Raum; ein leuchtendes, schrecklich göttliches Wesen.

Der erhabene Säugling, reich gekleidet in eine schöne priesterliche Tunika in einer ganz besonderen schwarzen Farbe, durchquerte das exotische Zimmer. Ich erkannte ihn sofort, näherte mich ihm sehr behutsam und sagte:

„Es ist zwecklos, dass Du Dich verkleidest; ich erkenne Dich immer: oh, Luzifer! Du wirst mich nie besiegen."

Jenes erhabene Wesen, Schrecken der Unwissenden, lächelte daraufhin mit unendlicher Sanftmut.

Zweifellos ist er der „göttliche Daimon" von Sokrates; unser spezieller Trainer in der psychologischen Turnhalle des Lebens.

Es ist gerecht, dass er frei ist nach so harter Arbeit; der Logos verschlingt ihn, er absorbiert ihn.

Diese Geschichte endet hier, fahren wir fort mit dem transzendentalen Thema dieses Kapitels.

Meine neue Priesterin auf dem Berg der Himmelfahrt erwies sich als außergewöhnlich.

Natürlich wurden meine inneren Fortschritte beschleunigt und als Folge erreichte ich es, die goldenen Äpfel im Garten der Hesperiden zu bekommen.

Die venusischen Nymphen von erlesener Schönheit fielen mir zu Füßen; sie konnten mich nicht besiegen.

Als die magischen Arbeiten in diesem Avernus abgeschlossen waren, stieg ich siegreich zum Vater auf.

Es ist offensichtlich, dass dieses mystische transzendentale Ereignis in keiner Weise übersehen werden konnte.

Dieses kosmische Ereignis wurde dann mit unendlicher Freude im Heiligtum gefeiert.

Vor der erhabenen Bruderschaft auf einem prachtvollen Thron sitzend, fühlte ich mich vollkommen umgewandelt.

In diesem unbeschreiblichen Moment strahlte in mir „der Alte der Tage", „mein Vater, der im Verborgenen ist", „die Güte der Güte", „das Okkulte des Okkulten", „die Gnade der Gnaden", „der Kether der hebräischen Kabbala"; er kristallisierte endgültig in jedem Bereich meines Seins.

In diesem Moment betrachteten mich die Brüder der Universellen Weißen Bruderschaft mit unendlicher Verehrung.

Mein Gesicht nahm das Aussehen des Alters an.

Zweifellos hatte ich es erreicht, die drei ursprünglichen Kräfte des Universums in den verschiedenen Teilen meines Seins zu kristallisieren.

Kapitel XLVII
Die zwölfte Aufgabe des Herkules

Die zwölfte Arbeit des Herkules, des solaren Helden, wurde ihm von seinem Bruder auferlegt, das heißt, von seinem strahlenden „göttlichen Prototyp", in der heiligen absoluten Sonne.

Zweifellos bestand diese Arbeit darin, den dreiköpfigen Hund aus seinem plutonischen Gebiet zu holen, welches er bewachte.

Nachdem er das unterirdische Reich der Toten betreten hatte, versuchte er zuerst, Aidoneo zu besänftigen, der ihm erlaubte, den Hund mitzunehmen, unter der Bedingung, dass er es erreichte, ihn ohne Waffen zu überwältigen; das erreichte er, indem er den Hund zuerst an seinem Drachenschwanz packte und dann am Hals, bis er ihn fast erstickte.

Auf dem Rückweg wurde er von Hermes geführt und nachdem Zerberus in Mykene gezeigt worden war, ließ er ihn frei, damit er in die Hölle zurückkehren konnte.

Zweifellos hat unser strahlendes Sonnensystem Ors zwölf Planeten und das erinnert uns an die zwölf Erlöser.

Es ist offensichtlich und klar, dass die letzte Arbeit des Herkules auf dem zwölften Planeten der solaren Familie stattfinden musste.

Ebenso können und müssen wir die letzte seiner zodiakalen Heldentaten nur mit Skorpion verbinden; diese Konstellation ist die geeignetste, um die Heldentat darzustellen. Diese Heldentat besteht daraus, den dreiköpfigen Hund aus der eifersüchtigen unterirdischen Welt, dem Reich der Schatten, wo die Wahrheit sich als Finsternis verkleidet, zu holen.

Natürlich kann er diese Arbeit nur mit Zustimmung von Hades oder Pluto selbst und mit der Hilfe von Hermes und Minerva zusammen erfüllen ... (sexuelles Yoga und Weisheit).

Mit unendlicher Verehrung überschritt ich die Schwelle des Tempels; ich sehnte mich nach der endgültigen Befreiung.

Im ummauerten Hof der Priester strahlten herrlich die spermatischen Wasser des heiligen Schwimmbeckens.

Der Einweihungs-See in der Darstellung der alten Mysterien, die ewige Bühne jedes Tempels, konnte dort nicht fehlen.

Das, worum ich dann in diesem lemurischen Heiligtum bat, wurde mir zweifellos gegeben.

Meine Arbeit begann mit dem Abstieg in den Tartarus des zwölften Planeten unseres Sonnensystems.

Drei reizende Frauen, gefährlich schön, setzten vergeblich all ihren unwiderstehlichen Charme ein.

Diese aufreizenden Teufelinnen kämpften vergeblich, sie versuchten mich zu Fall zu bringen, aber ich wusste mich selbst zu beherrschen.

Das Tierkreiszeichen des Skorpions entfesselte in meinen schöpferischen Organen all ihre leidenschaftliche Glut, aber ich gewann alle Kämpfe gegen mich selbst.

Der Führhund (der Sexualtrieb) führt den Ritter immer auf dem schmalen Weg, der aus der Dunkelheit ins Licht geht, vom Tod des Todes zur Unsterblichkeit.

Der Hund zieht an der Leine seines Meisters, indem er ihn auf dem steilen Weg zum Ziel führt; danach muss der Hund ruhen, dann kommt die „große Entsagung".

In harmonischer rhythmischer Übereinstimmung mit diesem kosmischen sexuellen Ereignis geschieht die unvermeidliche und höchste Loslösung von allen materiellen Dingen, und die radikale Auflösung des Wunsches, zu existieren.

Die transzendentale Idee des Atems der Schatten, der sich über die schlafenden Wasser des Lebens bewegt, welche die ursprüngliche Materie mit dem latenten Geist darin sind, lädt uns zum Nachdenken ein.

In jeder Kosmogonie spielt „das Wasser" (das ens seminis) die gleiche wichtige Rolle: es ist die Grundlage und der Ursprung der materiellen Existenz und die Grundlage jeder inneren Selbstverwirklichung.

Aber es ist dringend notwendig, unaufschiebbar, nie zu ignorieren, dass im ursprünglichen Abgrund, in der Tiefe der Wasser, viele gefährliche Bestien leben.

Wenn die göttlichen Titanen des alten Kontinents Mu, jene Engel, die in die animalische Zeugung gefallen sind, diese gewaltige Wahrheit nicht vergessen hätten, wenn sie wachsam und aufmerksam wie die Wächter in Zeiten des Krieges geblieben wären, wären sie immer noch in einem paradiesischen Zustand.

Den dreiköpfigen Hund ohne Waffen zu überwältigen, bedeutet die absolute Kontrolle über die Sexualität.

Als ich Gebieter über diesen Hund wurde, stieg ich siegreich aus den Tiefen des schrecklichen und schwarzen Abgrundes auf.

Dann inkarniert in mir das Sein meines Seins; das, was jenseits von Brahma, Vishnu und Shiva ist, ... jener göttliche solare absolute Prototyp.

Als dieses mystische Ereignis stattfand, betrat ich glücklich ein kleines Sanktuarium der heiligen absoluten Sonne.

Von diesem außergewöhnlichen Moment an konnte ich mich von den Früchten des „Baumes des Lebens" ernähren, jenseits von Gut und Böse.

Ich war zum ursprünglichen Ausgangspunkt zurückgekehrt; zweifellos war ich zu meiner Monade zurückgekehrt.

Jeder von uns hat in dieser strahlenden Sphäre des Lichtes und der Freude seinen göttlichen Prototyp.

Die heiligen Individuen, die die Zentralsonne bewohnen, bereiten sich vor, den absoluten abstrakten Raum zu betreten; das geschieht immer am Ende des Mahamvantara (des kosmischen Tages).

Jedes Universum des unendlichen Raumes hat seine eigene Zentralsonne und die Gesamtsumme der geistigen Sonnen bildet den Protokosmos.

Die Emanation unseres allbarmherzigen und heiligen solaren Absoluten ist das, was H. P. B. als „den großen Atem" bezeichnet, der sich selbst zutiefst unbekannt ist.

Obwohl dieses allgegenwärtige aktive Prinzip an der Schöpfung der Welten beteiligt ist, verschmilzt es nicht mit ihnen; es bleibt unabhängig, allgegenwärtig und alldurchdringend.

Es ist leicht zu verstehen, dass die Emanation des solaren Absoluten sich in die drei grundlegenden Kräfte entfaltet – Brahma, Vishnu, Shiva – mit dem offensichtlichen Zweck, zu erschaffen und wieder zu erschaffen.

Wenn eine kosmische Manifestation endet, vereinen sich die drei ursprünglichen Kräfte, um mit dem unaufhörlichen Atem zu verschmelzen, der sich selbst zutiefst unbekannt ist.

Das, was im Makrokosmos geschieht, wiederholt sich im Mikrokosmos Mensch; so war es in meinem Fall.

So konnte ich in den Schoß des heiligen solaren Absoluten zurückkehren; aber ich behielt den lemurischen physischen Körper und lebte Millionen von Jahren.

Ich verwandelte mich zu einem weiteren Stein der wachenden Mauer.

Diese Mauer wird von allen Meistern des Mitgefühls gebildet, all jene, die auf alles Glück verzichteten, aus Liebe zur Menschheit.

Friede sei mit Euch!
Samael Aun Weor